AF555716

Le double mystère de la maison vide

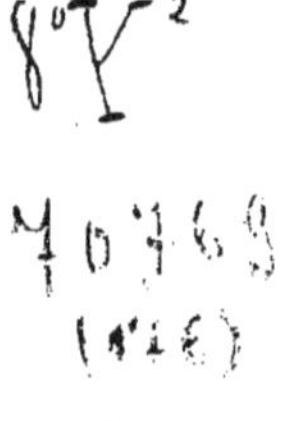

2f 75

VICTOR RICKARD

Le Double Mystère de la Maison Vide

Collections hebdomadaires du Livre National
ROMANS CÉLÈBRES DE DRAME ET D'AMOUR
ÉDITIONS JULES TALLANDIER
75, Rue Dareau, PARIS (XIVe)

ROMANS CÉLÈBRES DE DRAME ET D'AMOUR

VICTOR RICKARD

Le double mystère de la maison vide

Traduit et adapté de l'Anglais
par N. DERIVES

EDITIONS JULES TALLANDIER
75, Rue Darcau, PARIS (XIVe)

Le double mystère de la maison vide

CHAPITRE PREMIER

LA DAME DE LA NUIT

I

Le grand hall de la maison de sir Rupert Hendon, le célèbre philanthrope, était désert.

Tout au bout de l'immense pièce plongée dans l'obscurité s'ouvrait une serre remplie de plantes exotiques : lys du Japon, fleurs de teintes changeantes selon les heures, grandes orchidées flamboyantes, dont le subtil parfum flottait dans l'air. Sous une porte filtrait un rayon de lumière.

Dans le silence, une pendule invisible sonna minuit d'un timbre cristallin. Comme un écho, une grosse horloge chinoise en répéta les douze coups. Au loin, les bruits de la grande ville grondaient, tandis qu'un vent violent s'élevait, lançant la pluie en rafales contre les murs de la vieille demeure qui se dressait au milieu d'un parc, au sommet de Hampstead Head.

Mant, le maître d'hôtel de sir Rupert, était couché, ainsi que tout le personnel de la maison.

En servant le dîner, le domestique avait été frappé de la beauté de la jeune fille que son maître avait invitée, ce soir-là. Cependant, ce n'était pas la première fois que celui-ci, bien connu pour sa charité envers les malheureux, accueillait à sa table une passante égarée. Etait-ce la joliesse du petit visage pâle encadré de boucles cendrées qui attirait l'attention de Mant, étaient-ce les grands yeux bleus qu'éclairaient parfois un sourire fugitif, ou la svelte silhouette que les sombres vêtements défraîchis n'arrivaient pas à enlaidir ? Il était impossible de le deviner, mais il semblait ne pouvoir détacher ses regards de la jeune inconnue.

En réalité, il la surveillait discrètement. Sir Rupert donnait si libéralement qu'on abusait souvent de sa générosité, et cette enfant devait être comme beaucoup d'autres, une malheureuse sans feu ni lieu. Mais elle paraissait intéresser tout particulièrement le vieux philanthrope.

En sortant de table, sir Rupert avait fait appeler son domestique, pour chercher avec lui dans le coffre-fort de la bibliothèque, une boîte à bijoux. Quand il revint dans la galerie où Mant avait servi le café, le vieillard paraissait bouleversé.

Un peu plus tard dans la soirée, le maître d'hôtel, tout en décachetant une enveloppe qu'on venait de lui remettre, avait vanté les charmes de l'inconnue à la cuisinière. Celle-ci s'était moquée de lui.

— Toutes les jeunes filles sans situation, avait-elle dit, viennent trouver sir Rupert pour les tirer d'embarras, la nouvelle venue ne doit pas différer des autres. En tout cas, ce n'est pas notre affaire, avait-elle ajouté.

Grand et bien bâti, sir Rupert ne paraissait pas son âge. Formidablement riche et d'une générosité inépuisable, c'était un philosophe en même temps qu'un bienfaiteur de l'humanité. Bien qu'il eût été souvent trompé, son cœur généreux restait le même. On racontait que ce désintéressement cachait un roman de jeunesse...

Après la mort de sa femme, et n'ayant comme seul héritier qu'un cousin éloigné, il avait fondé un home pour jeunes filles, et renoncé à son siège au Parlement pour se dévouer plus complètement aux malheureux.

Dans le silence nocturne, on n'entendait que le tic-tac de l'horloge chinoise, et le vent qui faisait rage au dehors.

A cet instant, la porte de la galerie s'ouvrit doucement et se referma sans bruit ; la jeune fille qui venait de pénétrer dans le hall semblait fuir sous l'empire de la terreur, elle se dirigeait à tâtons, les mains tendues, vers la sortie. Déjà elle venait d'enlever la chaîne qui défendait la porte, quand une sonnerie ininterrompue se fit entendre dans la maison.

Haletante, elle tira le verrou et, tandis qu'une rafale de vent et de pluie s'engouffrait dans le hall, brusquement elle s'élança, fonçant, tête baissée dans la tempête, comme un animal traqué.

Derrière elle, la porte battit avec fracas.

L'invitée de sir Rupert venait de disparaître dans la nuit.

II

Ce soir-là, Cyprian Stenhurst, avocat à la cour, marchait à pas rapides sur la route d'Heath à Londres.

Il allait avoir trente ans, et vivait modestement dans un petit logis du quartier du Temple, attendant d'un cœur léger, le problématique client.

Malgré ses cheveux roux et son visage couvert de taches de son, ses manières affables et son regard franc lui attiraient toutes les sympathies, hormis cependant celle de sir Rupert, dont il était le seul parent.

Ne voyant pas trace de taxi sur la route, il se décida à passer par le parc Belise : en escomptant le pire, il serait obligé de rentrer à Londres à pied ; il envisagea gaiement ce retour sous le vent violent qui lui fouettait le visage.

Comme il traversait le plateau de Heath, la tempête parut s'apaiser, le ciel s'éclaircit et un rayon de lune se fit timidement jour entre les nuages, mais la pluie tombait toujours.

Il lui fallait donc chercher un abri avant d'être complètement trempé. A quelques pas devant lui, dans un terrain vague, il aperçut une petite maison vers laquelle il courut. Dès qu'il y fut entré, il se rendit compte que l'immeuble était à peine achevé, et que, derrière les volets, les fenêtres n'étaient pas encore posées. Une odeur de peinture fraîche et de plâtre humide imprégnait l'air du vestibule, encombré de débris de bois et de pots de couleur.

Certes, la villa n'offrait aucun confort, mais comme la tempête, un moment calmée, reprenait avec violence, ce refuge était préférable au plateau ventilé de Heath.

Il ouvrit la porte qui se trouvait à droite, et pénétra dans une chambre de petites dimensions.

L'allumette dont il venait de se servir s'était éteinte, la pièce se trouva plongée dans une obscurité complète.

Après s'être heurté à des planches posées sur des tréteaux, il s'appuya au mur, la cigarette aux lèvres, décidé à attendre patiemment que la pluie eût cessé.

Un volet battait, dont les chocs intermittents lui prenaient les nerfs...

Soudain, il entendit bouger.

Tandis qu'il se demandait d'où provenait ce bruit, Cyprian, bien que peu nerveux, sentait son pouls s'accélérer... Quelqu'un venait de remuer près de lui... il avait maintenant la certitude de n'être plus le seul occupant de la maison, et souvent par la suite il devait se souvenir de la sensation qu'il avait éprouvée au début de cette aventure qui allait changer si complètement le cours de sa vie. L'inquiétude qu'il ressentait en cet instant n'était pas de la terreur, mais un pressentiment inexplicable. Tout d'abord, pour calmer ses nerfs, il se mit à arpenter de long en large la petite pièce, puis dominé par la curiosité, et ayant frotté sa dernière allumette, il tâcha de s'orienter. Du hall minuscule, partait un petit escalier, véritable échelle de meunier, conduisant à l'étage supérieur.

En face de lui, se trouvait une porte. A son grand étonnement, celle-ci résista quand il voulut l'ouvrir, comme si une main invisible en tenait la poignée.

Son instinct ne l'avait pas trompé, quelqu'un était dans la maison.

Sous l'effort du jeune homme, la porte céda. Au même instant, à la lueur d'un rayon de lune, il aperçut une silhouette féminine.

— Ne craignez rien, murmura-t-il, je ne suis pas un malfaiteur...

— J'ai peur, soupira une voix tremblante.

— Rassurez-vous. J'ai été surpris par la tempête, et je me suis réfugié ici.

— Je vous ai entendu entrer.

— Alors, je comprends votre frayeur... — il se rapprocha de la fenêtre — vous vous êtes probablement trompée de route?... C'est facile dans cet endroit désert et par un temps pareil.

— Je me suis égarée, en effet.

— Dans ce cas, comme je vais à Londres, nous pourrions rentrer ensemble... Le temps a l'air de s'éclaircir, ajouta-t-il en regardant le ciel, nous arriverons trop tard pour le dernier métro, mais nous trouverons sûrement un taxi.

— C'est bien, partons (elle avait posé nerveusement sa main sur le bras du jeune homme) ; le plus tôt sera le mieux ; n'attendons pas, même s'il pleut encore.

Elle tremblait si fort en parlant, que Cyprian se sentit un désir fou de l'aider, de la protéger contre tout danger.

— Voyons, dit-il gentiment en prenant la main de la jeune fille, ne vous chagrinez pas, venez avec moi.

Il constata alors qu'elle ne portait pas d'alliance, mais une seule bague au troisième doigt : le parfum délicat qui émanait d'elle et sa voix harmonieuse le troublaient étrangement... L'aventure devenait passionnante.

— Avec cet affreux temps et ces mauvais chemins, proféra-t-il, ne préféreriez-vous pas attendre ici pendant que j'irais à la recherche d'un taxi? Vous tremblez de froid.

— Non, répondit la jeune fille en retirant précipitamment sa main. Je ne veux pas rester seule. J'irai avec vous, je me sens capable de marcher jusqu'à Londres, s'il le faut.

— Eh bien ! soit. Prenez mon bras, car je crois que vous ferez bien de vous laisser guider par moi jusqu'à ce que nous soyons sortis de ce chantier.

En traversant le petit jardin, elle se retourna pour jeter un dernier regard à l'abri qu'ils venaient de quitter. Le vent soufflait toujours en tempête, mais il ne pleuvait plus ; les étoiles brillaient, de plus en plus nombreuses, et la lune, à son plein, voguait ronde et claire entre les nuages ; un souffle printanier, d'une fraîcheur délicieuse, avait succédé à la bourrasque de tout à l'heure.

— On est mieux ici que dans cette horrible petite maison, s'écria Cyprian en arrivant sur la grande route, d'où l'on devinait les lumières de Londres dans la lueur d'incendie qu'elles formaient au-desus de la ville.

Maintenant, il pouvait voir la longue et svelte silhouette de la jeune fille serrée dans un manteau de fourrure, mais il lui était difficile de distinguer ses traits, dissimulés par un petit chapeau enfoncé et par le col de son manteau. Ce qu'il en apercevait était charmant... et d'une grande jeunesse.

Elle tourna vers lui un visage faiblement éclairé par la lune.

— Partons, partons, ne restons pas plus longtemps ici, dit-elle impatiente.

Sans parler, ils atteignirent le carrefour qu'éclairait une lampe électrique, puis ils descendirent la colline de Rosslyn.

Cyprian sentait que cet attrait indéfinissable pour sa compagne n'était pas dû simplement à leur romanesque rencontre dans la maison solitaire, mais que partout ailleurs elle aurait provoqué en lui le même intérêt passionné.

Qui était-elle? D'où venait-elle?... Il mourait d'envie de le savoir, mais il n'osait la questionner.

Soudain, elle s'arrêta :

— Mon sac ! s'écria-t-elle, je ne l'ai plus. J'ai dû le perdre.

— Vous l'avez sans doute oublié dans la maison vide. Je vais y retourner, ce ne sera pas long, je vous le promets.

— Non, je vous en supplie, ne m'abandonnez pas. Du reste, j'ai pu le laisser tomber sans m'en apercevoir. Cela n'a pas d'importance...

Puis, frappant du pied, elle reprit sa marche.

« Avec cette distinction et ces manières hautaines, elle ne peut appartenir qu'à la meilleure société de Londres », pensait Cyprian, rêveur.

— Je vais être obligée de vous emprunter un peu d'argent, déclara tout à coup la jeune fille d'un air embarrassé, en ralentissant le pas, j'en suis navrée, mais je ne peux faire autrement.

— C'est tout naturel, répondit Cyprian en riant, combien vous faut-il ?

— Dix shillings me suffiront.

— Vous ne pourrez même pas vous offrir un taxi avec cela ! Je vais vous donner tout ce que j'ai sur moi.

Et comme elle refusait :

— Prenez au moins une livre et un peu de monnaie, vous me rendrez cette somme si vous y tenez, ne faites pas tant d'histoires pour ces quelques sous.

Les yeux baissés, elle prit l'argent que lui tendait le jeune homme et elle s'apprêtait à le remercier, quand un taxi attardé les dépassa.

— Appelez-le, arrêtez-le, cria-t-elle fiévreusement, vite...

Le chauffeur stoppa, et avant que le jeune homme étonné eût eu le temps de dire un mot, elle était déjà dans l'auto.

— Où voulez-vous qu'il vous mène ? demanda Cyprian.

— Qu'il me conduise place Eccleston, mais je ne me souviens pas du numéro... Je reconnaîtrai la maison. Encore merci.

Etait-ce la gratitude ou le soulagement qui résonnait dans sa voix ? Cyprian ne pouvait le définir.

En voyant la voiture s'éloigner, il pensa soudain qu'il ne savait même pas le nom de celle qui venait de le quitter si brusquement.

Intrigué, il revint sur ses pas. La jeune fille avait dû laisser son sac dans la maison où elle s'était réfugiée. S'il le retrouvait, il pourrait le lui rapporter, car il contenait sans doute son adresse, et ce serait comme un lien entre eux. L'idée de ne plus la revoir, de la laisser disparaître ainsi, sans espoir de la rencontrer de nouveau, lui était insupportable.

Cyprian pensait avec une singulière émotion à la femme qui venait d'entrer dans sa vie ; elle était partie bien rapidement, il est vrai, sans même offrir à celui qui l'avait secourue de le ramener à Londres. Mais il se rendait compte que, dévorée par l'angoisse, elle n'y avait pas songé.

Au clair de lune, la petite maison apparaissait très nettement dessinée, et sa porte restée ouverte formait un trou béant. Sur le porche, Cyprian se retourna et aperçut le jardin bordé d'arbustes taillés qui en dessinaient les contours : telle qu'il la voyait maintenant, la villa en construction n'était guère plus séduisante que dans l'obscurité. En y pénétrant, le jeune homme se sentit saisi par l'humidité.

Il visita tout d'abord la pièce où il avait rencontré « la dame de la nuit ». Elle était vide, les ouvriers l'ayant débarrassée des échafaudages qui traînaient encore un peu partout dans l'immeuble. La cheminée était remplie de vieux papiers, mais il n'y avait pas trace de sac...

Ayant allumé une cigarette avec un briquet qu'il avait retrouvé dans la poche de son pardessus, il traversa le hall et pénétra dans la chambre qu'il connaissait déjà.

Au milieu des pots de peinture, des planches et de divers objets aux formes hétéroclites, il tâcha vainement de découvrir le sac égaré... Elle ne devait pas l'avoir perdu là... Tout en songeant, il s'appuya à la fenêtre ; le bruit du volet tapant contre le mur, qui l'avait énervé tout à l'heure, avait cessé. Ce silence profond était impressionnant.

Cyprian revint dans le vestibule et s'engagea dans l'escalier ; peut-être l'inconnue avait-elle laissé son sac au premier étage ? S'il ne le trouvait pas là, il chercherait encore dans le jardin, où il faisait aussi clair qu'en plein jour. Il gravit les marches qui craquèrent sous ses pas, et arriva au petit palier sur lequel donnaient quatre chambres.

La première devait être une chambre de domestique ; la seconde, beaucoup plus grande, ayant vue sur le Heath, était vide comme la précédente, et tandis qu'il regardait par la fenêtre, il se demandait de quel côté la jeune fille avait pu arriver... Il était étrange, la connaissant si peu, d'y penser ainsi, constamment.

L'air semblait imprégné de son parfum ; sans doute n'était-ce là qu'un jeu de son imagination ou la douceur de cette nuit de printemps...

Puis, s'étant retourné, il poursuivit inutilement ses recherches dans la troisième chambre ; il ne lui restait plus que la quatrième à explorer.

III

En y entrant, Cyprian ne distingua rien et, les volets étant fermés, il fut obligé d'aller à tâtons les ouvrir. Mais en traversant la chambre, il buta sur quelque chose, — était-ce un sac de plâtre ?... mais non, on aurait dit un corps, — et une sensation aiguë de peur le fit frissonner.

Furieux de cet instant de faiblesse, il frappa de son poing les volets fermés qui s'ouvrirent sous le choc et laissèrent pénétrer la splendeur de la nuit dans la pièce obscure.

Pour reprendre son calme, il s'appuya au châssis de la fenêtre ; ses nerfs lui avaient joué un tour inattendu... il avait quelquefois entendu raconter que ces maisons encore inhabitées étaient hantées, et il commençait à croire que dans celle-ci flottait un mystère qui ne provenait pas simplement de l'heure ou de la solitude.

N'était-ce pas fou d'admettre, même passagèrement, de pareilles histoires ... Après un moment d'hésitation, il se retourna et regarda autour de lui.

Une femme était étendue par terre, le visage caché par son bras replié.

Etait-elle morte ?... Un frisson d'horreur le secoua à cette pensée... Non, elle avait dû simplement chercher un abri contre la tempête et s'endormir sur le parquet.

S'étant agenouillé, il la palpa, mais elle ne bougea pas. Frappé de terreur, il comprit que ce corps inerte était celui contre lequel il avait buté quelques instants auparavant.

CHAPITRE II

CYPRIAN FAIT VŒU DE SILENCE

I

L'inconnue, qui paraissait toute jeune, était sans chapeau, pauvrement vêtue, et portait au cou un collier de perles fausses. Sa chevelure d'or clair faisait contraste avec d'épais cils noirs qui ombrageaient ses joues pâles.

Elle n'était pas morte ; son cœur, bien que faible, battait régulièrement. Ayant enfin ouvert les yeux, elle regarda le jeune homme, soupira, puis avec un gémissement, retomba dans sa torpeur.

Cyprian se releva. Son émotion lui avait fait oublier le but de sa visite.

Apercevant alors, à quelques pas de lui, un sac en daim, il s'empressa de le ramasser.

Mais ce ne devait pas être celui de « la dame de la nuit », car si elle était dans cette chambre, elle aurait remarqué la jeune fille inanimée... Or, elle ne lui en avait pas parlé. Cyprian n'avait donc plus qu'à signaler à la police la découverte qu'il venait de faire, et à appeler une voiture d'ambulance.

Il revint auprès de la dormeuse pour l'examiner plus attentivement ; elle respirait faiblement, et son sommeil paraissait anormal.

En essayant de la soulever, il remarqua sous sa tête un sac en drap, agrémenté d'une frange de cuir et d'un chat noir brodé sur l'étoffe. A l'encontre du premier, d'une élégance raffinée, il paraissait bien modeste.

« Ainsi, se disait-il, ma belle inconnue est venue ici et y a laissé tomber son sac. A tout hasard, je vais le prendre. »

Il le glissa dans sa poche, et après avoir jeté autour de lui un dernier regard, il descendit l'escalier et s'enfonça dans la nuit.

Tout en se hâtant vers le poste de police, Cyprian réfléchissait. Il devait, en effet, être très prudent dans ses déclarations, car le sommeil léthargique de la jeune fille devait cacher un mystère.

« La dame de la nuit » avait probablement fait la même découverte et, dans son effroi, s'était réfugiée dans la chambre où il était entré tout d'abord. Il semblait étrange qu'elle ne lui en eût pas parlé.

Cyprian se souvenait aussi de ses efforts pour l'empêcher d'ouvrir la porte, et du tremblement dont elle était agitée quand il l'avait prise par le bras.

Elle avait fait preuve d'une énergie extraordinaire en conservant son calme, malgré la frayeur qu'il avait dû lui causer en surgissant devant elle si brusquement ! Il admirait son courage et était bien décidé à garder le silence sur ce dernier épisode de son aventure...

Mais comment expliquer sa présence dans la maison vide, et pourquoi s'était-elle montrée si mystérieuse ? Sans doute tenait-elle à conserver son secret. Il était donc inutile de la mêler à cette histoire, et il devait se considérer, désormais, comme un témoin muet choisi par la Providence. En ayant ainsi décidé, il monta les marches qui accédaient au bureau du chef de la police locale.

Quelques instants plus tard, suivi du policier, il retournait dans la maison qui, au moment où la tempête faisait rage, lui avait semblé un abri idéal, mais qui, maintenant, lui apparaissait désolée.

— Montez au premier, dit-il à l'agent, elle est dans la petite chambre de gauche.

De son pas pesant, l'agent explora chaque pièce, l'une après l'autre, et, finalement, revint sur le palier.

— Etes-vous bien sûr qu'il y avait quelqu'un dans cette chambre, monsieur ?

— Tout à fait sûr.

— Peut-être vous trompez-vous de maison ?

— Certainement, non ; du reste, il n'y en a pas d'autres aux alentours et il est impossible de faire erreur.

— Vous dites que la jeune personne était évanouie ?

— Oui.

— En tout cas, ce ne devait pas être bien grave, car elle n'est plus là. C'est tout de même bizarre, ajouta-t-il en descendant lourdement l'escalier. Sans doute est-elle en train d'errer sur le plateau de Heath ; je vais aller à sa recherche. Mais, auparavant, voulez-vous avoir l'obligeance de me donner certains renseignements qui nous seront peut-être nécessaires pour l'identifier. Tâchez de me la décrire très exactement, cela peut avoir plus d'importance que vous ne le pensez, ajouta-t-il en fixant Cyprian.

Celui-ci, malgré toute sa bonne volonté, ne put en donner qu'un signalement assez vague.

— Vous venez de me dire que vous l'avez découverte alors que vous cherchiez un refuge contre la tempête, mais voilà plus d'une heure que la pluie a cessé.

— J'ai été obligé de retourner dans la maison.

— Dans quel but ?

— J'avais perdu mon étui à cigarettes et je ne m'en suis aperçu qu'en descendant la colline d'Hampstead.

Il mentait avec un tel accent de sincérité, que le policier ne mit pas en doute sa déclaration.

— Etiez-vous seul ?

— Absolument seul, à part la femme évanouie.

— Mais vous n'avez pas laissé tomber votre étui à cigarettes au premier étage ?

— Non, répondit Cyprian, en maudissant intérieurement son interlocuteur ; j'avais entendu battre un volet et je suis monté pour me rendre compte d'où venait le bruit, c'est alors que j'ai aperçu la personne en question.

— Et votre étui ?

— Je l'ai retrouvé.

— C'est bien... (Le policier ferma son carnet d'un coup sec.) J'ai noté votre adresse dans le cas où nous aurions besoin de vous. Très probablement, les parents ne savent pas où est leur fille et ne désirent pas être renseignés... (Il s'arrêta pour ramasser quelque chose sur le plancher.) Tiens, quelle drôle de fleur !...

Il tenait à la main une orchidée toute meurtrie.

— Cette fleur peut-elle servir d'indice à la police ? questionna Cyprian, inquiet.

Le policier secoua la tête.

— A votre place, dit-il, je laisserais cette

affaire de côté ; cette dame a disparu et je ne ferais rien pour la retrouver... Bonsoir, monsieur, vous avez passé une mauvaise soirée, consolez-vous en vous disant qu'elle aurait pu être bien plus désagréable encore... Nous ferons publier le signalement de cette femme. Cela nous permettra peut-être d'établir son identité.

L'incident était clos, du moins pour l'agent de police ; car Cyprian avait comme un pressentiment que ce n'était que le prologue d'une passionnante aventure.

II

En rentrant dans sa chambre, le premier geste de Cyprian Stenhurst fut d'ouvrir le petit sac en daim. Il contenait un minuscule mouchoir de poche brodé aux initiales D. P., une houppette, quelques billets de banque et de la menue monnaie.

Dans le compartiment du milieu, il trouva l'adresse d'un home de jeunes filles de la place Eccleston ; c'était un de ceux auxquels son charitable cousin s'intéressait.

« La dame de nuit » devait y habiter ; mais se sentant très fatigué et déprimé par les événements de la soirée, Cyprian enferma soigneusement le petit sac dans son secrétaire et alla se coucher.

De très bonne heure, le lendemain matin, il fut réveillé par le domestique de la maison. Il était appelé d'urgence au téléphone, par la personne qui l'avait déjà demandé sans succès la veille au soir.

— Qui est-ce ? interrogea Cyprian, encore à moitié endormi.

— Un nommé Mant, monsieur.

— Mant ?...

Ce nom ne lui disait rien. Pendant un instant, il essaya de deviner quel pouvait bien être l'inconnu qui lui téléphonait ainsi à deux reprises, et d'une façon si pressante.

Quand il eut enfilé sa robe de chambre et ses pantoufles, il avait à peu près retrouvé sa lucidité ; si les péripéties de son étrange soirée de la veille se présentaient très nettes à sa mémoire, par contre, le nom de son correspondant mystérieux ne lui rappelait rien.

Ayant décroché le récepteur, il entendit bientôt une voix inconnue :

— Allo ! Allo ! c'est Mant qui parle, Mant, le valet de chambre de sir Rupert Hendon.

Stenhurst laissa échapper un cri de surprise. Il y avait bien longtemps qu'il n'avait entendu parler de son vieux cousin, dont les idées philanthropiques l'avaient souvent agacé, étant donnée la situation gênée dans laquelle il se trouvait personnellement.

D'une voix tranquille et respectueuse, le domestique poursuivait son explication au bout du fil. Il annonçait que son maître était décédé dans la nuit, vers une heure du matin, et qu'avant de mourir, il avait demandé à son valet de chambre de prévenir son seul parent : Mr. Cyprian Stenhurst.

— De quoi est-il mort ? questionna Cyprian.

— D'une lésion du cœur. Le médecin qui le soignait habituellement est arrivé avant la fin.

— Avez-vous autre chose à me dire ?

— Rien, monsieur, si ce n'est une dernière recommandation de sir Rupert, que je transmettrai de vive voix à Monsieur.

— Je m'habille et j'arrive, dit le jeune homme, en coupant la communication.

Peu après, Cyprian quittait sa chambre et se dirigeait vers la station de métro la plus proche. Il faisait un temps radieux et la foule matinale marchait gaiement. Lui-même se sentait tout joyeux.

A peine installé dans le train, il déplia le journal qu'il venait d'acheter et ses yeux tombèrent immédiatement sur un titre en gros caractères :

TRAGIQUE DÉCOUVERTE DANS UNE MAISON SOLITAIRE

Disparition d'une jeune fille

L'article donnait une description détaillée de la disparue, qu'on représentait comme une très jolie blonde aux yeux bleus et au teint clair. De taille moyenne, elle était très modestement vêtue d'une robe défraîchie en serge marine et ne portait pas de chapeau...

Cyprian poussa un soupir de soulagement en constatant qu'on ne faisait pas allusion au rôle qu'il avait joué dans cette histoire, mais ce récit lui rappelait avec plus d'intensité encore sa rencontre avec la mystérieuse jeune fille qu'il avait surprise dans la maison vide.

La reconnaîtrait-il si, par un heureux hasard, il la revoyait un jour ?

Il se souvenait de ses traits éclairés par les rayons de la lune, mais la pâle lumière suffisante pour révéler sa beauté ne lui avait pas permis de définir la couleur de ses yeux qui brillaient dans la nuit. D'ailleurs, son chapeau cachait entièrement ses cheveux et ombrageait le haut de son visage.

Un parfum délicieux émanait du manteau de fourrure à longs poils rudes qu'elle serrait contre elle, et jamais il n'oublierait certain pli qui relevait la commissure de ses lèvres... Il se rappelait aussi que, chose curieuse, la femme endormie ressemblait à « La Dame de nuit » !...

Arrivé à la station d'Hempstead, il quitta le métro. Hendon n'étant pas très éloigné de la gare, il se dirigea à pied, par un raccourci qu'il connaissait, vers la maison de son cousin.

Celle-ci, avec ses balcons de fer forgé, avait un cachet ancien, et aurait été charmante si sir Rupert n'y avait ajouté une serre vitrée qui la déparait. Située au centre d'un grand jardin, et avec ses murs qu'un treillis de bois couvert de plantes grimplantes haussait encore au point de la rendre invisible de la rue, elle avait beaucoup plus l'air d'une maison des champs que d'une maison de ville. Tout au bout du parc, un vieux cèdre étendait ses larges branches.

Ce matin, la vieille demeure, avec ses volets fermés sur la façade, avait un air funèbre.

Ce fut Mant qui le reçut, respectueux et attristé ; il le fit entrer dans la seule pièce dont les persiennes étaient restées ouvertes.

Cyprian, ayant désigné une chaise au maître d'hôtel, s'installa devant le bureau pour écouter le récit du domestique.

Celui-ci s'assit avec une dignité d'archevêque et commença à relater au jeune homme les événements de la nuit.

CHAPITRE III

CE QUI ÉTAIT ARRIVÉ DANS LA MAISON HENDON

I

Sir Rupert était, depuis quelque temps, sujet à des crises cardiaques dont son médecin ne lui avait pas caché la gravité.

La veille au soir, le vieux philanthrope avait dîné de bon appétit, et Mant s'était retiré vers onze heures, laissant son maître dans la galerie. A minuit, il avait été réveillé par la sonnerie placée à la tête de son lit. A demi vêtu, il s'était précipité dans la chambre de sir Rupert, qu'il avait trouvé étendu sur le divan, livide et respirant avec peine, en proie à une nouvelle crise d'une violence inouïe. Mant, après lui avoir donné sa potion habituelle, avait mandé le docteur.

Avant que celui-ci eût eu le temps d'arriver, sir Rupert avait éprouvé un léger mieux et s'était couché. Parlant maintenant sans difficulté et avec toute sa lucidité, il avait exprimé le désir de voir son cousin Cyprian Stenhurst. Mant avait immédiatement téléphoné chez celui-ci, mais sans pouvoir obtenir de réponse. Sir Rupert, qui savait ses instants comptés, avait alors chargé son domestique de transmettre ses dernières volontés à Mr. Stenhurst.

— Il m'a dit que son testament était déposé chez son notaire, Me Sheldon, et que Monsieur était son légataire universel, auquel il laissait la charge de différents legs et d'un arrangement me concernant.

— Ce n'est pas possible ! s'écria Cyprian, en regardant le maître d'hôtel avec étonnement.

— Ce sont ses propres paroles, continua Mant, de plus en plus impassible ; il a également spécifié, bien qu'il n'en soit pas question dans son testament, qu'il interdisait à

Monsieur de vendre la maison et de démolir la serre.

Mant fit une pause.

— Mais la femme de sir Rupert doit être encore vivante, remarqua Cyprian... Dans ce cas, c'est à elle que revient la fortune de mon cousin. Même si elle n'était plus de ce monde, n'existe-t-il pas d'autres personnes ayant droit avant moi à l'héritage de sir Rupert?... Vous devez le savoir, vous qui aviez toute sa confiance depuis des années?

Mant plissa le front :

— Je ne le crois pas ; à moins que...

Il toussa en fixant le parquet.

— Monsieur a sûrement entendu parler de la générosité de sir Rupert et des nombreuses œuvres qu'il soutenait, sans parler de ses charités personnelles envers les malheureux qui venaient se recommander à lui ; c'était sa marotte...

— En effet, répondit le jeune homme, très intéressé par le récit du domestique.

— La nuit de sa mort, une jeune fille est venue dîner avec lui. Je ne sais pas exactement quand elle a quitté la maison ; en tout cas, elle a laissé mon maître si bouleversé, que cette émotion, du moins j'en suis convaincu, a provoqué la crise qui l'a emporté. Il a dû y avoir une discussion entre eux, j'ai cru le deviner en constatant son agitation, et d'après ce qu'il m'a dit...

Cyprian fixait le maître d'hôtel d'un air interrogateur.

— Il m'a bien recommandé, reprit Mant, de prier Monsieur de la rechercher.

— De la rechercher?

— Oui. Il tenait à ce que Monsieur la retrouve, afin de pouvoir lui rendre une somme qui lui était due...

— Vous l'avez vue, je suppose, le soir où elle a dîné ici?

Mant fit un geste affirmatif.

— Comment s'appelle-t-elle?

— Il l'ignore, car sir Rupert n'a pas eu le temps de dire tout ce qu'il désirait — et Mant ferma sa bouche étroite qui ressemblait à celle d'un requin. Je suis sûr, du reste, ajouta-t-il, que nous n'arriverons jamais à la découvrir.

— Alors, comment diable ferai-je? demanda Cyprian, découragé. Voyons, Mant, décrivez-la-moi.

— De taille moyenne, avec des yeux bleus très brillants et des cheveux blonds comme de l'or pâle, elle était fort jolie, déclara le domestique, qui semblait avoir observé bien attentivement la mystérieuse inconnue ; quoique modestement habillée, elle avait une ravissante silhouette.

Cyprian, appuyé à la table, écoutait cette description. Une certitude affreuse se dressait devant lui...

— Quel âge lui donnez-vous?... Vingt ans?...

— Environ.

— Mince?

— Très mince, presque maigre.

Mant observait curieusement son interlocuteur.

— Il y a une chose que je désirerais savoir, fit Cyprian, en marchant de long en large dans la pièce, avait-elle un chapeau quand elle a quitté la maison?

— Non, monsieur, elle l'a oublié ici.

— Allez me le chercher.

Le maître d'hôtel sortit de la chambre et revint quelques secondes plus tard, portant un petit chapeau de feutre garni d'une aile rouge sur le côté.

— Le voici, dit-il en le tendant à Cyprian.

Le jeune homme examina la coiffe, mais n'y ayant trouvé aucune adresse de fournisseur, il le déposa sur la table.

— Puisque vous semblez avoir un souvenir très précis de cette personne, peut-être pourrez-vous me dire si elle portait un collier de perles fausses?

— Non, monsieur, répondit Mant, sans hésiter, du moins pas quand je l'ai vue.

— Il était peut-être dissimulé sous la robe, hasarda Cyprian à mi-voix, comme parlant à lui-même.

— Pardonnez-moi, mais Monsieur la connaîtrait-il par hasard? interrogea Mant.

Cyprian secoua négativement la tête.

— Encore une question. Avait-elle un manteau de fourrure?

— Non, monsieur.

— Paraissait-elle triste?

— Oui, mais surtout effrayée. Il faut avouer que ce doit être impressionnant pour une fille de sa condition de se trouver dans une demeure aussi luxueuse. J'en ai même fait la réflexion à la cuisine.

— Et vous n'avez aucune idée de l'heure à laquelle elle est partie ? Sir Rupert a-t-il dîné tard ?...

— A huit heures et demie très exactement, comme d'habitude.

Cyprian réfléchissait et se demandait si la jeune fille avait quitté Hendon pendant la tempête pour se réfugier dans la maison vide.

Il était presque certain, maintenant, que celle qu'il avait trouvée dans la villa solitaire et celle décrite par Mant n'étaient qu'une seule et même personne.

— Le notaire m'a chargé de demander à Monsieur s'il désirait aller le voir ou s'il préférait qu'il vienne ici, dit Mani, en jetant un regard singulier sur l'héritier de sir Rupert.

— Je téléphonerai à Mr. Sheldon. Vous pouvez vous retirer, dit Cyprian, en se levant ; puis, il traversa le hall, au bout duquel s'ouvrait l'immense serre ; distraitement, il y pénétra.

Nulle part ailleurs, dans toute l'Angleterre, n'existait plus belle collection d'orchidées. Cyprian s'arrêta en extase... Soudain, il se souvint que c'était une de ces fleurs exotiques qu'il avait trouvée dans la maison vide !

II

Tandis que le taxi descendait la colline de Rosslyn, Diana Palliser, effondrée, la tête dans ses mains, se sentait défaillir. Bientôt, par un effort de volonté, elle se ressaisit et lutta contre le découragement qui l'envahissait.

Toute frissonnante encore, elle regarda par la portière. La voiture traversait le pont d'Eccleston ; Diana frappa contre la vitre pour attirer l'attention du chauffeur.

— J'ai changé d'avis, lui dit-elle, menez-moi rue Redmay, derrière la place Sloane, la quatrième maison à gauche, il me semble.

— Très bien, madame, et le chauffeur prit la direction indiquée.

Rapidement, Diana enleva son chapeau et le déposa à côté d'elle, puis elle lissa d'une main tremblante son épaisse chevelure.

A cette heure tardive, les rues désertes, éclairées par la lune, donnaient l'impression qu'un fleuve argenté y coulait. Bientôt, l'auto s'arrêta devant une maison d'aspect modeste.

Derrière les volets clos, on ne devinait aucune lumière et on eût pu la croire inhabitée. Seul, un chat aux aguets, dont les yeux brillaient dans la nuit, rampait le long d'une grille. Le chauffeur étendit le bras et ouvrit la portière.

— Nous sommes arrivés, ma petite dame, fit-il en regardant avec curiosité sa cliente.

La jeune fille descendit, et comme elle ajoutait au prix de la course un généreux pourboire, il demanda aimablement :

— J'espère que c'est bien là ? On n'a pourtant pas l'air de vous attendre.

L'inconnue ne répondit rien, et le chauffeur lui ayant souhaité une bonne nuit, se remit en route.

En arrivant à l'angle de la rue, il se retourna et constata que la personne qu'il venait de conduire stationnait encore devant la maison où il l'avait déposée.

Diana Palliser avait déjà tiré à plusieurs reprises la sonnette à l'ancienne mode, dont le timbre grêle résonnait dans le silence nocturne ; enfin, elle réussit à éveiller l'attention, et une fenêtre du premier étage s'éclaira.

Après quelques instants d'attente, elle entendit un pas feutré qui approchait et une lueur apparut à l'imposte de la porte d'entrée.

Celle-ci était à peine entr'ouverte que Diana, dans sa hâte impatiente, la poussa violemment et se précipita dans le hall.

— Miss Peters !... Jenny !... disait-elle en sautant au cou d'une vieille dame en robe de chambre, qui la regardait, stupéfaite.

— Diana !... s'écria celle-ci, en prenant la jeune fille par la taille, tandis qu'elle fermait la porte de sa main libre. Que faites-vous ici à pareille heure ?... C'est fou.

— Je vous l'expliquerai plus tard... (Elle tremblait tout en parlant et claquait des dents.) Pouvez-vous me recevoir ?

— Naturellement.

Miss Peters la fit entrer dans une chambre remplie de meubles trop importants pour les dimensions de la pièce et qui devaient provenir d'une plus somptueuse demeure. Des braises mouraient dans l'âtre ; la vieille demoiselle frotta une allumette, et, bientôt, elle put contempler, à la lumière du gaz, la visiteuse inattendue qu'elle venait d'introduire.

Miss Peters était une femme entre deux âges, avec un long nez dans un visage ridé, et dont les yeux décolorés reflétaient une grande bonté.

— Comment êtes-vous à Londres, ma chérie ? J'espère que ce n'est pas un ennui qui vous amène ?

— Je vous en prie, ne m'interrogez pas, répondit Diana, suppliante.

Assise devant le feu, elle tendait les mains vers la flamme, qui faisait briller l'améthyste de sa bague.

— Je suis exténuée, ajouta-t-elle ; avez-vous une chambre à m'offrir ?...

CHAPITRE IV

LA FUGITIVE

I

— Jenny !... (Et Diana semblait implorer miss Peters.) Si vous voulez me rendre un grand service, ne me demandez pas la raison pour laquelle je suis ici...

Miss Peters hocha la tête ; ce n'était pas sans dépit qu'elle acquiesçait à cette demande.

— Je ne sais où aller, continua la jeune fille ; je n'ai pas un sou, en dehors d'une petite somme empruntée à un homme que j'ai rencontré tout à fait par hasard.

— Que dites-vous là, ma chérie ?

— C'est comme ça, répondit Diana, énervée, et je ne peux rien y changer. Vous voulez bien me garder, n'est-ce pas, Jenny ?... demanda-t-elle en entourant de ses bras sa vieille amie.

Miss Peters baisa les cheveux soyeux de Diana et lui caressa affectueusement la joue.

— Je ferais n'importe quoi pour vous, vous le savez bien... Vous pouvez donc avoir confiance en moi, mais je suis désolée de vous sentir malheureuse. Et vos bagages ?

— Je n'en ai pas. (La jeune fille releva la tête.) Je suis comme les premiers chrétiens ! Mon bagage se borne aux vêtements que j'ai sur moi, il faudra que vous me prêtiez une chemise de nuit...

— C'est bien facile, et je vais vous en donner une sans tarder, car il faut aller vous coucher. Ecoutez, voilà trois heures qui sonnent !...

Quand elle eut laissé Diana dans la modeste petite chambre d'amis, miss Peters regagna son lit, mais elle ne put retrouver le sommeil. Dans sa vie tranquille, l'arrivée de son ancienne élève lui faisait le même effet qu'un tremblement de terre... Les yeux grands ouverts, elle revivait le passé.

Elle se rappelait lady Palliser, quand celle-ci l'avait prise comme institutrice de la petite Diana, une ravissante enfant. Souvent, miss Peters s'était imaginé que sa mère en était jalouse.

Cette visite inopinée devait cacher un roman. Elle n'avait pas questionné la jeune fille, ainsi qu'elle le lui avait promis, mais elle ne pouvait s'empêcher de faire des conjectures.

C'était sans doute une histoire d'amour, qui finirait par un mariage, comme dans les livres populaires qu'elle lisait.

Elle commençait à s'assoupir, lorsqu'un léger coup frappé à sa porte la fit sursauter.

— Entrez, dit-elle.

Peut-être Diana, prise de remords, avait-elle changé d'idée, et allait-elle lui faire des confidences ?

— Jenny, disait la jeune fille, avez-vous le téléphone ?

— Non, ma chérie.

— Ni de domestique ?

— Je n'ai qu'une femme de ménage, pendant quelques heures de la matinée.

— Eh bien, si l'on venait me demander...

— Qui ça ?... Un homme ?...

— Oui, sir Ulick Lawson, vous lui diriez que vous ne m'avez jamais vue. Promettez-le-moi, jurez-le...

— Je vous le promets, murmura miss Peters.

II

Diana fut éveillée par la lumière qui filtrait à travers le volet et jouait sur ses draps.

Elle contempla avec étonnement les barreaux de fer de son lit, son couvre-pied en piqué blanc et tous les objets inusités qui l'entouraient. Enfin, elle se leva. Quand elle eut terminé sa toilette, elle se rendit dans la petite salle à manger : sur la table, devant le feu, le déjeuner était préparé avec du jambon et des scones appétissants. Miss Peters servit le thé et, s'étant assise sur une chaise basse, elle regardait avec plaisir manger sa jeune amie.

— Diana, dit-elle soudain, il me faudra expliquer votre présence ici.

— A qui ?

— Mais à Mrs. Stores, ma femme de ménage ; il n'y a pas plus bavard que ces femmes-là... Elles vont de maison en maison, et racontent tout ce qu'elles voient. Je suis donc obligée de lui dire pourquoi vous êtes venue chez moi.

— C'est très simple : me trouvant à Londres, sans bagages et ayant perdu mon porte-monnaie, j'ai pensé tout de suite à mon ancienne institutrice. N'est-ce pas là un motif suffisant ?

— A la rigueur, si vous ne deviez pas rester ; mais, dans les conditions actuelles, je doute qu'elle soit convaincue... C'est la tare d'une vie aussi régulière que la mienne ; le moindre changement à mes habitudes, et les langues marchent...

— Dites-lui que je suis malade, ce ne sera que la vérité...

Et, tout en parlant, elle portait la main à son front.

— Ma pauvre petite chérie, s'écria miss Peters, navrée, vous êtes malade et nous discutons de choses sans importance. Venez vite vous coucher...

Dès que Diana eut regagné sa chambre, la vieille fille débarrassa la table, puis elle accrocha le manteau de fourrure à une patère du vestibule. Maintenant, la pièce avait repris son aspect habituel.

Réflexion faite, miss Peters décida de raconter à la femme de ménage qu'une de ses anciennes élèves avait débarqué la veille au soir à l'improviste pour passer quelque temps avec elle.

Elle profita du moment où Mrs. Stores était en train de nettoyer le carrelage de la cuisine pour lui annoncer la présence de Diana ; la vieille femme ne parut pas y prêter le moindre intérêt et répondit simplement qu'elle craignait que la jeune fille ne prolongeât son séjour, car ce serait un surcroît de fatigue et de dépenses... C'était une femme d'aspect vulgaire qui, à l'en croire, avait été fort jolie autrefois, mais il était difficile aujourd'hui de retrouver les traces de son ancienne beauté sous ses traits grossiers et communs.

Miss Peters avait toute confiance en elle et lui laissait même sa clef quand elle sortait se promener, afin que la femme de ménage puisse faire son ouvrage sans l'attendre.

A plusieurs reprises, l'ancienne institutrice était venue rôder auprès d'elle comme un oiseau inquiet, avec l'intention de lui parler de sir Ulick Lawson, mais elle ne savait comment aborder ce sujet.

« Voyons, pensait-elle, je pourrais lui dire que, si un monsieur venait un jour pour me voir... Non, cela ne va pas... que sir Ulick Lawson demandait miss Palliser... Encore moins... Ne serait-il pas plus simple d'appeler Diana par un autre nom, celui de sa mère, par exemple : Diana Gerrard, cela mettrait fin à toutes les difficultés, car si sir Ulick se présentait et s'enquérait de miss Palliser, Mrs. Stones répondrait en toute franchise : « Elle n'est pas ici. »

Ce fut cette solution que miss Peters adopta.

— Si, par hasard, on demandait ma jeune amie, en mon absence, elle s'appelle Gerrard, déclara-t-elle à la femme de ménage.

— Drôle de nom, remarqua celle-ci, en poussant un profond soupir.

— J'espère que vous n'avez pas d'ennuis ?

demanda miss Peters, qui lui trouvait un air bizarre.

— Pas plus que d'habitude, et la grosse femme renifla fortement...

Était-ce colère ou chagrin ? La vieille demoiselle ne sut le définir et n'osa, par délicatesse, la questionner plus longuement sur ses affaires privées, mais elle sentait bien que quelque chose n'allait pas.

III

Avant de sortir, miss Peters passa dans la chambre de Diana et lui expliqua pourquoi elle l'avait annoncée sous le nom de miss Gerrard.

Mrs. Stores, le visage contracté et les lèvres serrées, finissait d'essuyer la vaisselle. De temps en temps, ses yeux se remplissaient de larmes qu'elle essuyait du revers de sa manche. Quand elle eut terminé son ouvrage à la cuisine, elle monta pour balayer et épousseter le hall. Soudain, il lui sembla entendre un bruit de pas à l'étage supérieur, mais au même instant la pendule de la cuisine sonna dix heures. La brave femme se rendit compte qu'elle était en retard et elle ne songea plus à aller voir qui pouvait bien marcher ainsi... Il lui restait tout juste le temps de nettoyer le palier, car miss Peters, si bonne qu'elle fût, était très méticuleuse, et, de son côté, la femme de ménage, avait une conscience professionnelle allant jusqu'au scrupule.

Elle achevait de brosser les vêtements accrochés dans le vestibule, quand Diana sortit de sa chambre et se pencha sur la rampe. Ce qu'elle vit alors la stupéfia : Mrs. Stores, après avoir déposé sur une chaise l'imperméable et le manteau d'hiver de miss Peters, venait de décrocher la fourrure de Diana.

La tenant à bout de bras, elle en examinait attentivement la doublure ; l'étiquette portant le nom du fourreur paraissait l'intéresser tout particulièrement.

Tout à coup, elle posa la main sur sa bouche, le visage transfiguré, comme si elle venait de faire une découverte...

CHAPITRE V

DIANA GERRARD

I

Diana se retira sans bruit et, une fois dans sa chambre, s'assit pensivement sur son lit.

La sécurité qu'elle croyait trouver chez sa vieille amie n'existait plus. Un frisson la secoua, il lui fallait agir sans tarder. Ayant mis son chapeau et après un rapide coup d'œil à son miroir, elle descendit l'escalier. Arrivée dans la rue, elle compta l'argent qu'elle avait emprunté la nuit précédente et qui constituait toute sa fortune, puis elle se dirigea vers King's-Road.

« Je n'ai pas le choix », pensait-elle, avec un haussement d'épaules.

D'un air décidé, elle entra dans la première boutique de coiffeur qu'elle rencontra. Quand elle en ressortit, une heure plus tard, elle était méconnaissable : avec ses cheveux noirs, coupés en frange plate sur le front, et son teint ocré, elle ressemblait à une bohémienne. S'étant regardée dans la glace d'un magasin, elle sourit avec satisfaction à l'image de la nouvelle Diana que lui renvoyait le miroir de fortune.

— Oh ! Diana ! Vos cheveux ?... votre teint ?... s'écria plaintivement la vieille demoiselle, en constatant la transformation de sa jeune amie, quand elle rentra pour le déjeuner.

— Je suis Diana Gerrard, que vous avez inventée, repartit la jeune fille, mécontente. J'ai oublié mon ancienne personnalité, Jenny, et je commence une nouvelle vie. Après le déjeuner, je m'occuperai de trouver une situation.

Devant cette attitude combative, miss Peters n'insista pas. Dès la fin du repas, Diana prit congé d'elle.

— Vous sortez sans manteau ? interrogea l'institutrice.

— Oui, je ne crois pas en avoir besoin...

Puis, se ravisant, elle se dirigea vers le vestibule pour prendre sa fourrure.

— Jenny ! cria-t-elle soudain, et sa voix résonnait, épouvantée... Jenny ! Mon manteau a disparu !...

II

Un mois se passa sans que Diana eût pu trouver le moindre emploi, et un profond découragement la gagnait, en voyant s'envoler une à une toutes les situations qu'on lui faisait espérer.

Elle avait fait de longues stations dans les bureaux de placement, au milieu de femmes silencieuses et, comme elle, préoccupées, qui attendaient avec la même patience stoïque.

Ce matin-là, il faisait un clair soleil, et, tout en regardant par la fenêtre du lugubre bureau, elle commençait à désespérer. La secrétaire se préparait à partir, car c'était samedi et la maison fermait à midi.

Au même instant, la sonnerie du téléphone se fit entendre ; avec une exclamation d'ennui, l'employée décrocha le récepteur.

Perdue dans son rêve, Diana n'écoutait pas ce qui se disait, ignorant que sa destinée se jouait en ce moment... Sans qu'ils eussent un sens pour elle, ces mots : « c'est très pressé », « quelqu'un digne de confiance » frappèrent pourtant ses oreilles. Ce fut seulement en entendant appeler : « Miss Gerrard », qu'elle se retourna, étant déjà habituée à son nouveau nom.

— Je reçois une demande urgente qui fera peut-être votre affaire. Lady Ormsby, qui habite Dial House, à Spenders Green, désire une secrétaire susceptible de lui servir en même temps de dame de compagnie. Pouvez-vous y aller dès cette après-midi ?

Diana sentit son cœur se dilater de joie. Certainement, elle irait ; la question ne se posait pas pour elle.

— Où se trouve Spenders Green ? demanda-t-elle.

— Quelque part près de Staines. Que dois-je répondre ? (L'employée tenait toujours le récepteur.) Cela ne vous engage à rien, puisque vous ne serez pas obligée d'y rester, si la situation ne vous plaît pas... Miss Gerrard, qui est justement ici, reprit-elle d'une voix aimable, en s'adressant à sa cliente, vous conviendrait très bien ; que puis-je lui dire au sujet des gages ?

« On vous offre quatre livres par mois. Cela vous va-t-il ? dit-elle en se retournant.

Diana inclina la tête :

— J'accepte...

Ces mots venaient de décider de son avenir.

« Dial House, Spenders Green », la jeune fille répétait l'adresse tout bas ; elle se demandait si Spenders Green était un de ces charmants petits villages, avec une église ensoleillée au milieu d'un cimetière fleuri de genêts. Comment pouvait être le château ?...

En rentrant chez miss Peters, elle lui raconta avec volubilité qu'elle avait trouvé une situation... une véritable situation... et qu'elle devait aller dans l'après-midi se présenter chez lady Ormsby, qui l'engageait à l'essai pour un mois...

Miss Peters, les yeux brillants, écoutait ces explications. Elle voyait déjà sa chérie épousant le fils de la maison, car sûrement lady Ormsby avait un grand fils qui tomberait infailliblement amoureux de la secrétaire de sa mère. Il l'épouserait sans un sou vaillant, et ne découvrirait que plus tard qui elle était... Pendant que Diana faisait sa malle, la brave fille échafaudait tout un roman dans sa tête.

— Je regrette que vous n'ayez pas votre manteau de fourrure, ma petite, dit-elle, je suis navrée de penser qu'on vous l'a volé dans mon vestibule... Mrs. Stores m'a juré qu'il y était pendu le lendemain de votre arrivée chez moi.

Diana releva la tête. Elle était agenouillée devant sa malle et regardait sa vieille amie d'un air étrange.

— Je n'y pense déjà plus, dit-elle d'une voix blanche, je préfère même ne jamais le retrouver, il me rappelle trop un passé que je veux oublier.

Miss Peters se souvint alors du mystère qui avait entouré l'arrivée de Diana chez elle et de la terreur que son ancienne élève témoignait en parlant de sir Ulick. Aussi n'insista-t-elle pas.

Mais elle avait les yeux pleins de larmes en l'accompagnant à la station de Waterloo. Diana était bien jolie avec ses cheveux noirs et sa peau bronzée, et elle avait été si tendre envers sa vieille institutrice, que celle-ci ne lui faisait pas grief de lui avoir caché la vérité et regrettait infiniment de s'en séparer.

— Jenny, s'écria Diana, au moment de monter dans son compartiment. Jenny !... répéta-t-elle, les yeux pleins de larmes, en la serrant dans ses bras, je ne pourrai jamais assez vous remercier de m'avoir si affectueusement accueillie, mais vous accepterez, au moins, que je vous rende, dès que je le pourrai, l'argent que vous avez dépensé pour moi.

— Si vous êtes heureuse chez lady Ormsby, répondit miss Peters, en étouffant un sanglot, je ne demande rien d'autre. Surtout, n'oubliez pas de m'écrire dès votre arrivée.

— Je vous le promets, Jenny chérie.

Et après avoir embrassé tendrement la vieille demoiselle, elle sauta dans le wagon dont un employé fermait déjà les portières...

Le train glissa doucement sous la grande verrière et ne fut bientôt qu'un point noir dans le ciel bleu.

Derrière la vitre de la voiture de troisième classe, Diana regardait le paysage. La grande cité avait disparu, on arrivait dans la banlieue aux maisons de modeste apparence, entourées chacune d'un petit jardin, puis ce fut la campagne : de grandes prairies, une petite rivière brillant au loin comme une lame d'acier, un bois de châtaigniers aux jeunes pousses d'un vert tendre, le parc d'un cottage où des joueurs de tennis se renvoyaient des balles.

Diana avait beaucoup voyagé ; selon les saisons, elle était allée, tantôt dans le Midi de la France, tantôt en Italie, tantôt en Egypte, et toujours dans les conditions les plus confortables. Aujourd'hui, elle partait vers l'inconnu ; désormais, c'en était fait de son indépendance. Jamais encore elle n'avait ressenti un tel serrement de cœur, mais son angoisse fut de courte durée, et bientôt elle retrouva sa gaieté.

A la petite gare de Spenders Green, un élégant cabriolet l'attendait. Elle s'y installa pendant que le chauffeur s'occupait de ses bagages ; quelques minutes après, l'auto démarrait et filait à vive allure vers le village perché au sommet d'une colline, en face des hauteurs de Windsor.

Diana ne savait rien de la maison dans laquelle elle allait entrer en qualité de dame de compagnie et de secrétaire.

Mais Spenders Green, avec ses genêts en fleurs, sa vieille église couverte de lierre se dressant au milieu du cimetière, lui donna une impression de sécurité, comme si une main amie se tendait vers elle.

— Sommes-nous encore loin de Dial House ? demanda-t-elle au chauffeur.

— A trois kilomètres environ, répondit poliment celui-ci ; c'est le plus beau château du pays !

— Il me semble qu'il y a beaucoup de jolies propriétés dans la région, reprit la jeune fille, au moment où la voiture passait devant une avenue plantée de tilleuls ; lady Ormsby est-elle très âgée ?

— Très âgée ? répondit le chauffeur, étonné ; guère plus que vous !...

— Tiens, fit Diana, surprise.

— Elle a été victime d'un très grave accident de chasse, et ne peut plus marcher, expliqua le chauffeur. Le château des Cloîtres, que vous voyez là, est tout voisin de Dial House. Il appartient à sir Ulick Lawson...

CHAPITRE VI

LES ÉTRANGES SURPRISES DU DESTIN

I

« Il faut que je trouve un autre nom pour Hendon House », se disait Cyprian, en pensant aux améliorations qu'il venait d'apporter à sa nouvelle demeure.

N'ayant aucun motif pour ne pas l'appeler comme il lui plairait, il se décida pour le nom de « Linden Lawn », en raison de l'avenue de tilleuls qui donnait accès à la maison ; il espérait conjurer ainsi le mauvais sort qui semblait planer sur la vieille demeure.

Il n'avait rien changé à l'aménagement du salon, qu'il ne comptait pas habiter, et qui conservait son aspect glacial et démodé, avec ses chintz passés et ses hautes glaces, au pied desquelles les jardiniers disposaient encore des fleurs dans les vasques...

L'appartement particulier de Mant était arrangé avec goût ; différents meubles — et ce n'étaient pas les moins beaux du château — y avaient été peu à peu transportés par le domestique qui dirigeait maintenant le nouveau personnel, sur lequel il avait reporté son ancienne autorité.

Cyprian s'était réservé comme bureau une des anciennes pièces donnant au couchant ; une porte dissimulée dans le mur de la bibliothèque, et qui s'ouvrait par la simple pression d'un bouton, donnait accès dans l'immense serre en forme de dôme.

Entre les orangers en fleurs et les plantes tropicales atteignant le toit, un champ de roses recouvrait le sol ; des magnolias, des héliotropes et des lis embaumaient l'air ; le gazouillement des oiseaux, derrière le grillage doré de la volière, donnaient à cette maison des fleurs un cachet tout à fait oriental. Dans un minuscule étang artificiel, cerné de pierres, des poissons rouges prenaient leurs ébats au milieu des nénuphars.

Un peu plus loin, se trouvait la serre aux orchidées. Cyprian la détestait et n'y allait jamais. Néanmoins, à la suite des dernières recommandations de son cousin, il la conservait, de même qu'il gardait Mant ; le maître d'hôtel lui était peu sympathique, et son air sinistre donnait à Cyprian l'impression d'être servi par le bourreau.

Cependant, la correction parfaite du domestique lui avait fait comprendre pourquoi sir Rupert y tenait tellement et la raison des gages très élevés qu'il lui servait.

La journée était déjà avancée, et Cyprian venait de se promener solitairement dans le jardin, en songeant à la nuit d'orage où il avait rencontré celle dont il avait perdu la trace. Depuis ce soir-là, il en était comme obsédé.

Les pelouses, nouvellement fauchées, répandaient une odeur de foin coupé. Sur le sol embrasé par le soleil couchant, dont le dôme de la serre reflétait les dernières lueurs, les branches du grand cèdre se détachaient, telles des ombres chinoises ; des oiseaux chantaient dans les arbres et la paix du soir descendait sur la terre.

Cyprian commençait à s'attacher à sa nouvelle demeure, très différente de ce qu'elle était autrefois.

Soudain, un bruit de pas lui fit lever la tête : Mant était près de lui. Il y avait toujours quelque chose d'un peu mystérieux dans l'attitude du maître d'hôtel, mais, aujourd'hui, il paraissait encore plus sombre que d'habitude.

— Une femme demande à parler à Monsieur... Elle prétend avoir une communication très importante à lui faire.

II

Mrs. Stores avait été introduite dans le bureau de Cyprian. Assise à l'écart, ses larges mains posées sur ses genoux, elle attendait le jeune homme, les yeux brillants et le visage empourpré par l'émotion. Quand il entra dans la pièce, elle se leva respectueusement.

— Il paraît que vous avez quelque chose de confidentiel à me communiquer, lui dit-il avec bonté.

Il était toujours amical envers les malheureux ; or, Mrs. Stores ne donnait certes pas l'impression d'une personne à son aise.

— Oui, monsieur, répondit-elle d'une voix éraillée, je désire, en effet, vous parler en particulier.

Elle paraissait gênée, et ses yeux fixaient la porte que Cyprian avait négligé de fermer en entrant. Ayant réparé son oubli, il se rapprocha de sa visiteuse, sans allumer l'électricité, bien qu'il fît déjà sombre, mais il avait deviné que Mrs. Stores préférerait une demi-obscurité à une trop éclatante lumière.

— Voyons, de quoi s'agit-il ? Vous paraissez inquiète ?

Elle retenait ses larmes et sa voix tremblait.

— C'est au sujet de ma petite... elle s'appelle Pansy.

— Pansy Stores?... fit-il, en allumant une cigarette, je n'ai jamais entendu ce nom de ma vie...

— Oui, Pansy Stores, répéta la vieille femme, en soupirant. J'ai beaucoup travaillé pour elle, et c'est maintenant une très jolie fille, qui a même eu un prix dans un concours de beauté : elle rêvait de devenir star de cinéma ! Mais je m'y suis opposée, et aujourd'hui je le regrette.

— Je suis désolé que vous soyez en peine à son sujet, déclara le jeune homme, ému par l'inquiétude de cette femme pauvrement vêtue, je voudrais pouvoir vous aider.

— M'aider...

Mrs. Stores fit un effort pour retrouver son calme. Malgré la pénombre, Cyprian vit qu'elle le regardait d'un air bizarre.

— Ne savez-vous pas, poursuivit-elle, qu'il est trop tard maintenant, c'est elle que l'on a trouvée dans la maison vide sur le Heat.

Stenhurst fit un pas en arrière, saisi d'une étrange angoisse.

— Comment, c'était votre fille?...

Mrs. Stores inclina la tête.

— Je ne comprends pas, reprit-il, la raison qui vous amène ici?... — il venait de se rappeler brusquement qu'il devait être prudent.

Personne, en effet, en dehors de la police, ne savait qu'il avait découvert dans la maison vide la jeune fille endormie, dont il avait perdu la trace.

Mrs. Stores baissa la voix.

— Nous nous étions disputées, ce jour-là, la petite et moi. Elle était venue me voir, vêtue d'une façon excentrique, et la figure peinte, pour me demander de lui donner cinq shillings... Je les lui ai refusés, et je reconnais que j'ai été dure avec elle, mais je venais de rentrer de Chelsea, où j'avais été faire des nettoyages. En la voyant fardée et attifée de la sorte, cela m'a mise en rage, d'autant plus que sa visite — la première qu'elle me faisait depuis plusieurs mois — n'avait pour but que de me soutirer de l'argent.

— Etes-vous sûre que ce soit elle que l'on a retrouvée dans la maison en construction?

— Tout à fait sûre. Quand j'ai refusé de lui donner ces cinq shillings, elle n'a rien répondu... Malgré un pressentiment qui aurait dû me rendre plus pitoyable, je n'ai pas voulu me laisser attendrir... Pensez, monsieur, que je n'avais que cette fille au monde. Pourquoi ai-je été si sévère?

Cyprian se leva pour allumer une lampe, dont la lumière tombait directement sur le visage de Mrs. Stores et accentuait l'expression tragique de ses yeux.

— Mais en quoi puis-je vous aider? demanda-t-il.

— Je vais vous l'expliquer, répondit la vieille femme. En me quittant, Pansy m'a dit : « C'est bien, mère, puisque vous ne voulez pas me donner l'argent que je vous demande, je vais aller trouver le père Noël. » C'est ainsi que nous appelons toutes sir Rupert Hendon... Cela m'a renseignée sur ses intentions...

— Vous n'ignorez pas que la police la recherche toujours, reprit Cyprian avec douceur.

La douleur de cette malheureuse mère lui faisait mal.

— Oui, je le sais...

Puis, s'étant rapprochée du jeune homme, elle continua d'une voix sourde :

— Quand ma Pansy est venue me voir ce jour-là, elle portait un manteau de fourrure.

Pendant une seconde, Cyprian eut un éblouissement, comme si, brusquement, l'ombre et la lumière s'étaient rapidement succédé dans la pièce. Quand il fut remis de son émotion, il fixa attentivement Mrs. Stores : tout ce qu'elle avait raconté jusqu'à présent n'était qu'un préambule. En réalité, elle voulait surtout lui parler du manteau de fourrure que portait sa fille, quand celle-ci était venue faire appel à la charité de sir Rupert.

— Elle l'avait le jour où nous nous sommes disputées, poursuivit-elle. Je le sais d'autant mieux que j'en ai raccommodé la doublure qui était déchirée, car la petite n'a jamais été très forte pour les travaux d'aiguille.

— D'après les rapports de la police, cette jeune fille n'avait ni manteau, ni chapeau... La police...

— Je suis sûre qu'elle portait un manteau de fourrure ; il y en a des centaines comme cela dans Londres, mais il est le seul dont la doublure ait été réparée par moi.

— Très bien, admettons que ce soit vrai... (Cyprian la regardait, étonné.) En quoi cette histoire de manteau est-elle si importante ? Elle s'appuya à la table.

— Je vais vous en expliquer la raison. Je l'ai revu, depuis le soir où ma fille a disparu. Je peux même dire où il est, et je connais celle qui le porte maintenant. Le tout est de savoir comment il est entré en sa possession.

— En possession de qui ?...

— De miss Gerrard, une ancienne élève de miss Peters, chez qui elle est en ce moment...

CHAPITRE VII

LE RÉCIT DE MRS. STORES

I

Mrs. Stores s'installa confortablement sur sa chaise. Beaucoup plus à son aise qu'au début, elle surveillait Cyprian, tout en lui parlant de miss Peters : celle-ci l'employait comme femme de ménage depuis plusieurs années, lui laissant ses clefs et lui témoignant la plus grande confiance. Le matin même, en portant le lait au n° 13 de la rue Redmay, où la brave femme se rendait chaque jour, elle avait lu dans le journal qu'on avait trouvé une jeune fille sans connaissance dans une maison en construction d'Hempstead. A la description, elle avait reconnu sa fille Pansy... Cette nouvelle l'avait tellement bouleversée, que son travail de la journée en avait souffert. Quelques instants plus tard, miss Peters était descendue à la cuisine pour lui parler d'une jeune amie arrivée la veille au soir. Celle-ci était souffrante et miss Peters lui avait fait garder le lit.

— Avant de sortir, elle m'a recommandé, continua Mrs. Stores, de répondre immédiatement à l'appel de miss Gerrard si celle-ci sonnait, mais je partis sans qu'elle eût donné signe de vie, et comme je suis tombée malade le lendemain, je ne suis pas retournée rue Redmay. Le même jour, j'ai appris l'aventure de Pansy, et j'ai pu l'identifier à ma grande satisfaction. Ah ! j'oubliais un détail : miss Peters m'avait dit également : « Si, par hasard, sir Ulick Lawson demandait à me voir, ne le recevez pas. »

— Est-il venu ?... demanda Stenhurst, ayant comme une vague idée que ce nom ne lui était pas inconnu. Lawson ! répétait-il ; en tout cas, c'est un nom que je n'oublierai pas... Vous disiez donc que miss Peters ne désirait pas recevoir ce monsieur ?... Vous avait-elle déjà parlé de lui auparavant ?...

— Jamais, répondit sans hésitation Mrs. Stores. Après lui avoir assuré qu'elle pouvait compter sur moi, miss Peters est sortie faire des courses. Miss Gerrard était couchée au premier et j'avais ordre de ne pas la déranger, à moins qu'elle ne sonne...

La vieille femme s'arrêta, essoufflée... Elle était arrivée au point culminant de son récit : elle avait vu, de ses yeux vu, une chose extraordinaire, sur laquelle elle ne pouvait avoir aucun doute, le monde entier aurait-il soutenu le contraire...

— Après avoir nettoyé le linoléum, poursuivit-elle, en reprenant le fil de son histoire, j'étais montée dans le vestibule pour brosser les vêtements pendus au porte-habits, lorsque j'aperçus un manteau de fourrure pareil à celui de ma fille. Mon sang ne fit qu'un tour ! Je le décrochai et j'en regardai tout de suite la doublure. Vous me croirez si vous voulez, monsieur, je reconnus ma reprise de la veille. Il était impossible de s'y tromper... C'était le manteau de Pansy !...

— Alors, qu'avez-vous fait ? questionna Cyprian.

Mrs. Stores poussa un profond soupir sans répondre.

— Vous n'en avez pas parlé à miss Peters ?

— Non, je n'en ai parlé à personne ; mais comment le manteau que ma fille portait en me quittant pour venir ici, a-t-il pu se trouver, le lendemain, au n° 13 de la rue Redmay ?

— Je n'en ai pas la moindre idée.

Cyprian se leva.

— Allons, ne vous inquiétez pas, mistress

Stores, je vais faire tout mon possible pour en trouver l'explication.

Et, se tournant vers la porte, il l'ouvrit pour laisser passer la femme de ménage.

II

Quand Mrs. Stores fut partie, munie d'un cadeau de Cyprian, celui-ci revint dans son bureau et se mit à réfléchir à l'étrange récit qu'il venait d'entendre.

C'était une véritable énigme qu'il commençait à déchiffrer : il avait toujours admis, jusqu'à présent, que l'inconnue trouvée dans la maison vide était la même que celle qui avait dîné chez sir Rupert, pour disparaître ensuite mystérieusement. Tout semblait l'indiquer, et Mrs. Stores venait de lui en fournir une nouvelle preuve en lui apprenant que miss Gerrard avait porté le manteau appartenant à Pancy Stores.

Il était bientôt l'heure du dîner, le jeune homme monta dans sa chambre pour s'habiller. Cette aventure l'intriguait de plus en plus... En attendant que son repas fût prêt, il feuilleta le *Tout-Londres* pour y chercher l'adresse de sir Ulick Lawson.

L'annuaire en indiquait deux : « La Cloitre », en Surrey, près de Spenders Green, et à Londres, celle d'un hôtel particulier de Park Lane.

Célibataire, âgé de quarante-huit ans, sir Ulick appartenait à deux clubs très fermés. C'était un explorateur célèbre et un fervent de la voile. Après avoir lu cette courte biographie de son voisin, Cyprian remit le livre à sa place.

Pendant tout le dîner, il fut hanté par l'étrange coïncidence du manteau de fourrure : Pancy Stores n'en portait pas quand elle était venue à Hendon House. Ceci était un point établi d'après la déclaration de Mant ; d'autre part, il paraissait certain que miss Gerrard et Pancy Stores s'étaient rencontrées ce jour-là. La chose devait être facile à expliquer... Mrs. Stores était obsédée par l'idée que ce manteau était un lien entre sa fille et miss Gerrard, et quand Cyprian avait demandé quelle serait sa conclusion si l'on établissait que le manteau de sa fille et celui de miss Gerrard étaient le même, elle l'avait regardé d'un air étonné et déconcerté, sans pouvoir lui répondre.

... La « Dame de nuit » portait également une fourrure grise très ordinaire... Simple hasard, sans doute...

En se promenant dans la galerie, Cyprian pensait à cette femme qui l'attirait comme un aimant... Il était toujours sous l'impression de son charme et de sa beauté, et le timbre grave et troublant de sa voix résonnait encore à ses oreilles. Elle passait devant ses yeux comme une étoile filante et insaisissable ! Maintenant qu'elle avait disparu, il éprouvait une satisfaction en se disant qu'elle lui devait encore une livre treize shillings...

III

La première entrevue de Diana avec lady Ormsby se passa fort bien.

La maîtresse de maison l'avait observée avec attention dès le début de leur conversation.

— Laurette, ma femme de chambre, va vous montrer votre appartement, avait-elle dit une fois l'accord conclu entre elles ; vous êtes entièrement libre de rester dans votre chambre si vous le désirez ; ou si, au contraire, vous craignez la solitude, vous n'aurez qu'à venir me retrouver, soit ici, soit dans le jardin.

Tandis que Diana se retirait, lady Ormsby la suivait des yeux.

En voyant cette ravissante femme, d'une élégance raffinée et couverte de bijoux, étendue sur sa chaise longue, son chapeau de jardin négligemment jeté sur le parquet, on n'aurait pu se douter qu'elle était infirme. Très brune, au type méridional, elle avait de grands yeux noirs qui reflétaient à la fois la douceur et la passion. Quand elle parlait, sa voix grave, à l'intonation étrangère, donnait l'impression d'une caresse tendre, au point d'en être inquiétante.

La porte-fenêtre de la pièce où elle se trouvait donnait sur une terrasse dominant un jardin à la française.

Lady Ormsby réfléchissait.

Elle aimait passionnément le plaisir, et depuis quelque temps, rien n'était venu distraire la monotonie de ses journées. Elle contemplait ses bagues et souriait, secrètement amusée...

Personne n'aurait pu croire que lady Ormsby, devenue tragiquement veuve d'un vieux mari, n'était pas née dans la pourpre, ni que sa présentation à la cour et son mariage avaient été l'œuvre de sir Ulick Lawson.

Elle pensait à l'impression que lui avait faite Diana. La jeune fille, nerveuse au premier abord, s'était efforcée de lui plaire ; sa distinction et sa parfaite éducation avaient frappé lady Ormsby. Quand elle avait questionné miss Gerrard sur ses antécédents, celle-ci avait répondu évasivement, comme si elle dissimulait quelque chose... un rien... mais ce rien demandait à être élucidé, et lady Ormsby comptait bien s'y employer.

Ce mystère qu'elle soupçonnait n'était pas fait pour lui déplaire, car elle aimait jouer avec le feu... Sir Ulick, d'ailleurs, s'entendait à la faire vivre au milieu d'émotions passionnantes. Les bijoux qu'elle portait provenaient du fameux cambriolage de Tancred, et bientôt ceux-ci, confiés au vicaire de la paroisse, prendraient le chemin de Bruxelles...

Lady Ormsby en ferait un petit paquet, « des lettres appartenant à une amie », expliquerait-elle, et ils parviendraient ainsi à la complice, prévenue d'avance de cet envoi.

Sa première idée avait été de ne pas garder miss Gerrard. Elle ne s'y était décidée qu'après avoir remarqué son air embarrassé en lui répondant.

« Que dissimule-t-elle ? se demandait la belle infirme, sans doute une histoire d'amour ?... »

Un peu plus tard, quand les grands candélabres furent allumés, lady Ormsby se mit à sa correspondance.

« Cher Ulick, écrivait-elle, je m'étais adressée à un bureau de placement pour avoir une secrétaire et je pensais voir arriver une brave demoiselle de l'époque victorienne. Or, figurez-vous que je viens de recevoir une ravissante jeune fille d'une vingtaine d'années... Je ne sais encore si je la garderai. Elle prétend s'appeler Diana Gerrard ; est-ce là son vrai nom ?... Je me le demande ; en tout cas, il est certain qu'elle dissimule, sous les traits d'une bohémienne aux cheveux sombres comme la nuit, l'ancienne blonde qu'elle devait être... Que pensez-vous de cela, Ulick ?... »

CHAPITRE VIII

LE SECRET

I

Dans sa petite maison de la rue Redmay, miss Peters se sentait parfaitement heureuse.

Les lettres de Diana respiraient le bonheur et elle ne tarissait pas d'éloges sur la générosité et les gentillesses de lady Ormsby. Celle-ci était belle, intelligente et infiniment touchante dans cette infirmité qui l'avait frappée en pleine jeunesse... Elle avait emmené Diana à Londres pour lui acheter un élégant trousseau ; enfin, tout était parfait.

« C'est à peine si elle m'a posé quelques questions sur mon passé, écrivait la jeune fille ; si, par hasard, elle désirait, un jour ou l'autre, avoir des renseignements plus circonstanciés sur sa secrétaire, je vous ai indiquée comme référence, chère Jenny. Vous direz que je suis votre nièce, n'est-ce pas ?... Lady Ormsby me donne un gros traitement et m'a payé un mois d'avance ; je peux donc enfin vous rembourser les frais de mon séjour chez vous, en y ajoutant ma tendresse et mon affectueuse reconnaissance. En tout cas, c'est une situation rêvée, et j'espère bien la conserver plusieurs années. »

Cette lettre, exception faite du mensonge relatif à leur soi-disant parenté, remplissait de joie la vieille demoiselle. C'était évidemment regrettable que lady Ormsby n'eût pas de fils en âge d'épouser Diana, mais il y avait le voisinage... voisinage dans lequel sa chérie pourrait rencontrer nombre de prétendants... L'été, avec ses expositions florales, ses parties de tennis ; l'automne, avec les chasses et les thés autour du feu, sans oublier les bals de Noël, lui fourniraient l'occasion de rencontrer l'homme que miss Peters rêvait pour son ancienne élève. En attendant, Diana était heureuse ; c'était l'essentiel.

La soirée était chaude. Miss Peters en profita pour faire une courte promenade, dont le but était une visite à sa femme de ménage, qui, malade depuis longtemps, n'avait pas reparu rue Redmay.

La physionomie de Mrs. Stores s'éclaira en voyant entrer la visiteuse.

Après les salutations d'usage, miss Peters s'assit et la conversation commença.

— Avez-vous découvert quelque chose au sujet du manteau de fourrure, mademoiselle, demanda la vieille femme. J'en suis tourmentée plus que je ne peux le dire, étant donné qu'en dehors de vous, j'étais seule à avoir la clef de votre appartement.

— Mais personne n'a jamais songé à vous accuser, ma bonne mistress Stores, s'écria miss Peters, personne...

Mrs. Stores parut rassurée ; ayant essuyé la sueur qui perlait sur son front, elle poussa un profond soupir.

— Il faut bien espérer que l'on découvrira la vérité un jour ou l'autre, murmura-t-elle. Et la jeune demoiselle ?

— Elle va très bien. Elle est à la campagne ; j'avoue qu'elle me manque beaucoup...

— J'en suis persuadée.

Dès que miss Peters se fut retirée, la malade sortit de son lit et traversa la pièce, jusqu'à un porte-manteau dissimulé sous un rideau, qu'elle fit glisser sur sa tringle. Elle décrocha un vêtement de fourrure et chercha du regard un endroit où elle pourrait le cacher ; puis, tout à coup, elle parut prendre une résolution : l'ayant roulé, elle le plaça sous son traversin et se remit sous ses couvertures.

II

Malgré sa promesse à Mrs. Stores, Cyprian Stenhurst différa sa visite chez miss Peters, ne se sentant pas disposé à parler de la rencontre qu'il avait faite dans la maison vide... et les semaines passaient sans qu'il se rendît au 13 de la rue Redmay.

En revenant d'une promenade à cheval sur le Heath, il trouva Mant sur le seuil de la porte; le domestique lui annonça qu'un visiteur l'attendait.

— Qui est-ce ? interrogea Cyprian, après avoir déposé son chapeau et ses gants sur la table du vestibule.

— Sir Ulick Lawson, monsieur.

— Sir Ulick Lawson ? répéta Cyprian.

Il se rappela soudain que Mrs. Stores lui en avait parlé : c'était le personnage qu'elle avait défense de faire entrer chez miss Peters... Que signifiait cette visite ?...

— Sir Ulick venait constamment ici du vivant de sir Rupert, ajouta Mant, avec une petite toux sèche ; c'était un de ses meilleurs amis.

— Où est-il ?

— Je l'ai fait entrer au salon.

Quand le jeune homme pénétra dans la pièce, sir Ulick, qui regardait par la fenêtre, se retourna.

De grande taille, très brun, avec des traits accentués qui lui donnaient un air autoritaire, il avait l'allure d'un parfait gentleman. Son sourire aimable et sa voix prenante effaçaient la dureté de son regard.

— Ainsi, vous êtes le cousin de sir Rupert Hendon ? dit-il en serrant chaleureusement la main de Cyprian ; je venais souvent ici de de son vivant ! Me trouvant dans le voisinage, j'ai tenté de vous rencontrer... J'ai été reçu par Mant, une vieille connaissance, qui m'a fait admirer les transformations que vous avez apportées dans la maison. Je vous félicite de l'avoir si heureusement modifiée.

Rien ne pouvait être plus agréable à Cyprian que ce compliment... Sir Ulick l'avait conquis et tous deux causèrent bientôt comme d'anciens amis, en prenant le thé que Mant venait de servir ; après quoi, sir Ulick proposa à son hôte d'aller visiter la serre aux orchidées.

Ils y pénétrèrent par la petite porte dérobée qui donnait dans la bibliothèque et s'assirent près de la fontaine.

— Je vous avoue que je n'aime pas les

orchidées, remarqua Cyprian, en regardant avec une sorte de répulsion les fleurs écarlates qui se trouvaient près de lui.

— Elles ont une beauté perverse, répondit sir Ulick, en se croisant les jambes. Personnellement, je préfère des fleurs plus simples. Rupert a dépensé une fortune ici... A propos, cet excellent Mant m'a dit que son maître était mort presque subitement.

— En effet. (Cyprian leva les yeux sur son interlocuteur.) C'est une étrange histoire...

Après avoir offert un cigare à Cyprian, sir Ulick alluma un corona et reprit :

— J'aimerais à la connaître.

Cyprian hésita un instant : il était fort tenté de conter son aventure à un auditeur qui semblait y prendre un si vif intérêt, mais il ne voulait pas mentionner la présence de sa « Dame de nuit »... Du reste, son souvenir commençait à s'estomper, bien qu'il y rêvât encore dans ses heures de solitude. Après tout, il n'était nullement nécessaire de parler d'elle, et le reste de l'histoire était facile à narrer. Il décrivit donc la nuit d'orage et la chance qu'il avait eue de découvrir, au plus fort de l'averse, un abri dans la maison vide ; il relata aussi la tragique découverte qu'il avait faite de la jeune fille endormie par un narcotique, et sa stupeur en apprenant le lendemain matin qu'il était l'héritier de son cousin.

— C'est ainsi, conclut-il, que, d'un pauvre diable, je suis devenu un richard...

Sir Ulick s'inclina sans parler.

Cyprian répéta aussi ce que Mant lui avait dit sur les derniers moments de sir Rupert, et ne put s'empêcher de faire part à son hôte de sa conviction au sujet de la personne qu'il avait trouvée inanimée.

— Pour moi, dit-il, à n'en pas douter, c'est elle qui a dîné ce soir-là avec sir Rupert.

— Pourquoi en êtes-vous si sûr ? objecta sir Ulick ; les apparences sont souvent trompeuses.

— Voici la preuve... répondit Cyprian, en montrant du doigt une orchidée pourpre ; une fleur semblable se trouvait à côté de la jeune fille dans la maison vide : n'est-ce pas un sérieux indice?...

— Peut-être, fit sir Ulick.

— Depuis lors, cependant, reprit Cyprian, un fait nouveau m'a troublé... Une femme de ménage, Mrs. Stores, est venue me voir et m'a déclaré que sa fille était l'inconnue de la maison d'Hempstead, dont les journaux avaient donné le signalement.

— Comment savait-elle que vous la connaissiez ?

— Parce que celle-ci lui avait confié son intention de venir ce jour-là demander un secours à sir Rupert. Lors de sa visite à sa mère, elle portait un manteau de fourrure grise.

— Vous n'aviez pas mentionné ce détail dans votre récit.

— Elle ne le portait pas, quand je l'ai découverte... (Il pesait maintenant ses paroles.) C'était un manteau gris, en fourrure bon marché. Il a été facile de l'identifier, car Mrs. Stores en avait réparé la doublure le matin même... En le voyant, elle n'a donc pu avoir aucun doute.

— Attendez un instant, je ne vous suis plus. Si j'ai bien compris, cette jeune fille est venue ici... Elle a dîné avec sir Rupert, et elle a quitté la maison quelques instants avant la mort de votre cousin ?

— C'est exact.

— Bon !... Vous établissez l'identité de la jeune fille par le fait que l'orchidée écarlate se trouvait à côté d'elle. Mrs. Stores la reconnaît au signalement donné par la police ; elle sait, d'autre part, que sa fille devait venir ici... Tout cela est très clair, et je ne vois pas ce qui peut vous troubler... La jeune fille a disparu et vous héritez, c'est très simple, si tout s'est bien passé comme vous venez de me le raconter.

Cyprian ne put s'empêcher de rougir.

— Je vous ai dit tout ce dont j'étais sûr, mais un mystère plane encore sur le manteau de fourrure, cela a peu d'importance, il est vrai.

— Alors, terminez votre récit, dit sir Ulick en souriant avec indulgence.

— Mrs. Stores, continua Cyprian, travaillait ce jour-là au 13 de la rue Redmay, chez une ancienne institutrice, miss Peters.

Un silence suspendit quelques instants sont récit.

— C'est là, reprit-il bientôt, que la femme de ménage découvrit, dans le vestibule, un manteau qui ressemblait tellement à celui de sa fille, qu'elle le décrocha pour l'examiner de plus près... Elle reconnut tout de suite la doublure raccommodée par elle.

— Quelle est, d'après vous, la véritable propriétaire du mystérieux manteau ?

— Une certaine miss Gerrard, et — Cyprian parut soudain s'animer — c'est à ce moment que votre nom est venu sur le tapis.

— Mon nom ?... s'écria sir Ulick ; que dites-vous là ?

— Mrs. Stores m'a parlé de vous.

— A quel propos ?

— Il paraît qu'elle avait reçu l'ordre de ne pas vous recevoir, dans le cas où vous vous présenteriez rue Redmay...

CHAPITRE IX

SIR ULICK EST DE PLUS EN PLUS INTÉRESSÉ...

I

Sir Ulick Lawson regarda Cyprian d'un air étonné.

— Vous êtes sûr de ce que vous avancez ?

— Absolument, cet ordre avait été donné à Mrs. Stores par miss Peters, la locataire du 13 de la rue Redmay.

L'hôte de Cyprian resta silencieux pendant quelques instants et contemplait d'un air songeur les fleurs de la serre. Il reprit bientôt :

— Je n'arrive pas à comprendre pourquoi cette dame ne voulait pas me recevoir, je ne la connais pas... avouez qu'il y a de quoi m'intriguer... (Et il tendait la main dans un geste de bonhomie amusée.) Tâchez donc de découvrir ce qui a pu provoquer pareille décision à mon égard, et pourquoi j'ai eu ainsi le malheur de déplaire... En attendant, voulez-vous me faire le plaisir de venir dîner avec moi à Londres ? Quel jour êtes-vous libre ?... Maintenant que je suis de retour en Angleterre, j'espère avoir le plaisir de vous voir souvent.

Cyprian lui serra la main et accepta avec joie son invitation pour le surlendemain. Lawson lui plaisait, et ses allures de grand seigneur l'impressionnaient. Il semblait bizarre que deux hommes aussi différents pussent s'entendre !... Il est vrai que le jeune homme était subjugué par l'ancien ami de son cousin.

Il l'accompagna jusqu'à la porte et, debout sur le seuil, le suivit des yeux tandis qu'il descendait l'avenue, car sir Ulick, grand marcheur, n'avait pas pris sa voiture pour venir à Hendon.

Quand celui-ci eut franchi le portail, il ne continua pas sa promenade, mais se dirigea lentement vers un réverbère sous lequel il s'arrêta quelques instants, comme s'il cherchait quelqu'un. Bientôt, il revint sur ses pas et se porta à la rencontre d'un homme en pardessus sombre et en chapeau rond qui s'avançait rapidement dans sa direction.

— Enfin, vous voilà, Mant, dit-il.

— Mr. Stenhurst m'a retenu, monsieur, il m'a été impossible de venir plus tôt, répondit le maître d'hôtel.

Ils prirent tous deux la route du village, et ce fut sir Ulick qui entama la conversation d'une voix basse et rapide.

— Veuillez me dire tout ce que vous avez vu pendant la soirée qui a précédé la mort de sir Rupert, et faites-moi la description exacte de la jeune fille qui est venue ce soir-là à Hendon House.

— Elle était fort jolie, très blonde, et sûrement femme du monde, déclara Mant, il n'y a aucun doute à ce sujet. Elle est arrivée à la fin de la journée et a demandé à parler à sir Rupert. Je l'ai fait entrer dans le bureau où il se trouvait... Une heure plus tard, mon maître a sonné et m'a donné l'ordre de mettre deux couverts.

— Vous a-t-il dit son nom ?... C'est un point capital qu'il faut élucider.

Le maître d'hôtel chercha dans ses souvenirs.

— J'ai entendu qu'il l'appelait Diana, mais je ne connais pas son nom de famille.

— Continuez votre récit. Nous en étions au moment où cette jeune fille allait dîner avec sir Rupert.

— C'est bien cela, monsieur. A neuf heures vingt, j'ai servi le café ; un peu plus tard, sir Rupert m'a demandé de l'accompagner dans la bibliothèque, où il a pris dans le coffre-fort la boîte à bijoux, qu'il a portée dans la galerie.

— Que contenait cette boîte ?

— Les fameuses émeraudes de Lifton.

Sir Ulick sembla réfléchir.

— Et alors ? reprit-il.

— Quand on a fait l'inventaire, on ne retrouva pas la plus belle.

— Elle avait disparu ?... demanda brusquement sir Ulick.

— Je crois plutôt qu'elle avait été donnée à la jeune inconnue qui avait passé la soirée à Hendon House.

— Voyons, Mant, demanda sir Ulick sur un ton aimable, qu'avez-vous encore remarqué cette nuit-là ?

— Rien d'autre, monsieur ; je ne pouvais pas passer mon temps à les surveiller.

— Ont-ils parlé de quelqu'un ?

— Non, monsieur.

Sir Ulick, silencieux et immobile, contemplait les lumières de Londres, qui brillaient au loin.

— Mon maître, poursuivit Mant, semblait très nerveux pendant le dîner. Il a déclaré à son invitée qu'il lui enverrait au home tout ce dont elle aurait besoin. Il agissait toujours ainsi avec ses protégées.

— Je le sais, dit froidement sir Ulick, continuez...

— Je venais de m'endormir, quand j'ai été réveillé par la sonnette placée à la tête de mon lit. Sir Rupert l'avait fait installer en raison de son mauvais état de santé, afin de pouvoir m'appeler à toute heure de la nuit. Je me suis immédiatement rendu dans sa chambre, où je l'ai trouvé en proie à une violente crise cardiaque. Quand il se sentit un peu mieux, il se mit à parler avec volubilité. L'histoire que la jeune fille lui avait racontée l'avait complètement bouleversé et il se considérait comme tenu en conscience d'en vérifier tous les détails, afin d'établir la vérité.

— Alors, qu'avez-vous fait ?

— Je lui ai donné son remède habituel, puis j'ai téléphoné à son médecin. Depuis longtemps déjà, il se sentait très malade, et le docteur semblait en peine de son état, même avant cette dernière crise.

— Vous avez mis de côté tout ce qu'il avait sur lui, en homme prudent que vous êtes ?

— Parfaitement, sir Ulick.

Celui-ci avança de quelques pas, sans parler, puis il reprit :

— Avant de poursuivre cette conversation, je désirerais savoir comment était habillée la jeune Diana.

— Très simplement. Elle portait une robe de serge bleue marine et était coiffée d'un chapeau rouge, qu'elle a oublié en partant. Je l'ai montré à Mr. Stenhurst.

— Elle n'avait pas de manteau ?

— Non, monsieur. J'ai lu — et il tendait un journal à sir Ulick — qu'une jeune fille répondant exactement à la description que je viens de vous faire avait été trouvée dans une maison en construction, sur le Heath, et qu'elle avait ensuite disparu mystérieusement...

— Vous n'avez pas fait de déclaration à la police ?

— Non, monsieur ; j'en avais l'intention, — il s'arrêta une seconde, — mais je n'en ai pas eu le temps ; d'ailleurs, sir Rupert m'avait dit, avant de mourir : « Mant, elle n'a fait aucun mal... vous direz à Mr. Stenhurst de la rechercher et de l'aider. » Ce sont les dernières paroles qu'il a eu la force d'articuler.

Tout en causant, sir Ulick et Mant avaient atteint l'extrémité du plateau.

— Surveillez attentivement la correspondance de Mr. Stenhurst, Mant, recommanda sir Ulick avant de quitter le maître d'hôtel, et prévenez-moi sans tarder, dans le cas où vous découvririez quelque chose de suspect... Si Mrs. Stores, la femme de ménage, mère de la jeune disparue, revenait à Hendon House, n'oubliez pas de m'en avertir.

— Comment, monsieur !... fit Mant, stupéfait.

— Vous croyez donc que la mystérieuse inconnue était d'une essence plus relevée ?

— J'en suis sûr... — et il regardait d'un air goguenard son interlocuteur. J'ai, du reste, de bonnes raisons pour cela, car je connais personnellement Pansy Stores...

— Pansy Stores ?...

— Oui, suffisamment pour être sûr de ne pas me tromper. L'inconnue lui ressemblait, en effet, mais je peux vous assurer que ce n'est pas elle...

— En tout cas, gardez cela pour vous. Vous êtes payé pour recevoir des ordres et moi pour vous les donner. Depuis un certain temps déjà, je n'avais eu aucune affaire intéressante à traiter ; je crois que je viens d'en trouver une qui en vaut la peine.

Ceci dit, il monta dans un taxi qui passait, et la voiture fila dans la direction de Londres.

II

Une fois arrivé chez lui, sir Ulick s'enferma à clef dans sa chambre, puis, ayant ouvert son bureau, il sortit d'un tiroir secret un paquet de lettres soigneusement rangées et étiquetées. Quelques-unes lui étaient personnellement adressées ; d'autres, ayant trait à des questions aussi intimes que compromettantes, portaient différentes adresses ; toutes étaient réunies dans un dossier sur lequel était écrit : « Tribut du silence ».

Lawson eut vite fait de trouver la lettre qu'il cherchait. Elle était datée de la semaine qui avait précédé la mort de sir Rupert Hendon et était d'une écriture féminine. Il la lut en souriant :

« Cher monsieur,

« Vous allez être probablement étonné de voir mon écriture, mais comme vous étiez, ainsi que sir Rupert, le meilleur ami de mon père, j'ai pensé pouvoir m'adresser à vous. Je ne peux plus supporter de vivre avec ma mère et je voudrais trouver à Londres une situation qui me permette de gagner ma vie. J'espère qu'en souvenir de mon père, sir Rupert et vous vous accepterez de m'aider à sortir d'embarras. Vous seriez bien aimable de me répondre chez miss Peters, 13, rue Redmay, car je ne sais pas encore où je descendrai. Sir Rupert m'a écrit que je pourrais peut-être rester auprès de lui, mais il faut pour cela qu'il me voie auparavant. »

La lettre était signée : « Diana Palliser ».

Sir Ulick, les yeux à demi fermés, réfléchissait à cette étrange coïncidence : Diana Palliser et Pansy Stores avaient toutes deux disparu pendant la nuit de la tempête...

Or, cette même nuit, une jeune personne, se faisant appeler « Diana Gerrard », était entrée au n° 13 de la rue Redmay. Elle portait un manteau de fourrure que, le lendemain matin, Mrs. Stores avait reconnu comme étant celui de sa propre fille...

Sir Ulick replia la lettre à laquelle il n'avait jamais répondu et referma son bureau.

La sonnerie du téléphone se fit entendre. Il traversa la pièce pour répondre à cet appel.

— Allo, dit-il, en prenant le récepteur. Comment, c'est vous, Crystal ? Quelle bonne surprise...

CHAPITRE X

LA RENCONTRE

I

Diana commençait à s'habituer à sa nouvelle vie et essayait de se persuader qu'elle y trouvait le bonheur ; elle s'efforçait aussi de se montrer reconnaissante envers lady Ormsby.

La beauté de cette femme, qui l'accablait de gentillesses, la fascinait. Cependant, quelque chose lui disait qu'il fallait s'en méfier... Elle était un peu comme le galant chevalier, entre les mains de la belle dame sans merci...

Lady Ormsby était une des personnalités les plus marquantes de Spenders Green, et sa maison était le rendez-vous de nombreux visiteurs. Un beau jour, Diana, persuadée que sa trace était bien effacée, demanda incidemment à la maîtresse de maison si sir Ulick habitait « Le Cloitre ». Lady Ormsby l'avait alors regardée d'une façon bizarre, comme toutes les fois, du reste, que l'on parlait devant elle de son voisin, et la jeune fille en était arrivée à s'imaginer que l'accident de la belle infirme était venu interrompre un roman d'amour, et que celle-ci en restait inconsolable...

De son côté, Diana était inquiète ; le souvenir de la nuit de tempête la hantait. Un événement douloureux avait détruit ses jeunes illusions et l'avait mûrie prématurément. Elle redoutait la moindre allusion à Hamstead, et frissonnait de terreur en y pensant.

Désormais, elle ne connaîtrait plus l'insouciance de la jeunesse... Son passé était pour elle comme une prison qui l'enfermait hors des joies de la vie... il lui fallait fortifier son âme contre les rigueurs de son inévitable destin et envisager l'avenir avec courage.

Quelquefois, elle pensait au jeune homme rencontré dans la maison vide ; cependant, ce souvenir, le seul point lumineux de son horrible cauchemar, allait en s'estompant... Mais Diana Palliser était incapable d'une faiblesse : ayant pris la décision de changer de nom et de situation, elle était résolue à faire fi de son passé...

Six semaines après son arrivée chez lady Ormsby, elle demanda l'autorisation d'aller voir sa tante miss Peters. La permission lui fut facilement accordée par la jeune infirme ; étendue sur une chaise longue, à l'ombre d'un grand cèdre, celle-ci était délicieuse à contempler.

— Ne soyez pas en retard, lui avait-elle dit en souriant, j'attends un charmant garçon pour dîner ; surtout, ne manquez pas le train.

Avant de partir, Diana contempla le paisible jardin et la maison fleurie ; elle commençait à s'habituer au luxe qui l'environnait, et cependant, elle avait l'impression que jamais elle ne se sentirait vraiment chez elle dans cette somptueuse demeure, bien qu'elle y connût parfois une gaieté en harmonie avec sa jeunesse.

Assise dans le train qui la conduisait à Londres, elle réfléchissait au changement qui s'était effectué en elle : elle se sentait moins effrayée et commençait à oublier ses horribles souvenirs. Sa vie chez lady Ormsby lui plaisait ; il lui était agréable de partager son temps entre la danse, le tennis et le doux farniente, de recevoir les cadeaux de Crystal, de porter de jolies robes... et pourtant, il y avait toujours en elle, au milieu de cette vie facile, une arrière-pensée qu'elle ne pouvait définir... Mais pourquoi s'y arrêter et ne pas vivre au jour le jour, sans songer au lendemain ?...

Soudain, le nom de sir Ulick Lawson lui revint à la mémoire et jeta comme une ombre sur sa joie ; un frisson la parcourut.

Sa visite à Jenny Peters n'allait-elle pas aussi réveiller de douloureuses pensées ?... Cependant, elle chérissait son ancienne institutrice et aimait à lui conter les moindres détails de sa vie...

— Alors, ma chérie, comment, pas le moindre jeune homme à l'horizon ?... demanda tout de suite miss Peters avec un accent de regret.

— Pas le moindre, répéta Diana en riant ; du reste, Jenny, je ne me marierai jamais, je me le suis juré.

— Si ce n'est que cela, fit miss Peters, rassurée, rien n'est perdu... Quelle horrible chose que cette infirmité de lady Ormsby, c'est une véritable tragédie !

— Oui, et cependant il n'y a rien de tragique en elle ; elle est...

Mais elle s'arrêta brusquement, sur le point d'avouer son inexplicable méfiance envers Crystal Ormsby.

Miss Peters avait peu de chose à raconter à Diana.

— La pauvre Mrs. Stores a été malade, disait-elle, et n'est pas revenue depuis lors. Plus jamais, sans doute, elle ne pourra nettoyer le palier, ni faire briller le linoléum, elle a un gros ennui...

— Pourquoi, mon Dieu ?... demanda Diana en buvant son thé.

— Elle croit que je la soupçonne d'avoir volé votre manteau de fourrure, et, pourtant, il n'en est rien.

La jeune fille, le visage empourpré, regardait au loin.

— Ce n'est que cela !...

Et sa voix résonna étrangement.

Quelques minutes plus tard, elle se levait pour partir ; toute sa gaieté s'était envolée. En prenant congé de sa vieille amie, elle se cramponna à elle, comme elle l'avait fait déjà en la quittant, lors de son départ pour Dial House.

— Jenny, disait-elle d'une voix étouffée par l'émotion, Jenny, je pense souvent que je n'aurais jamais dû venir chez vous... ce n'était pas bien... je m'en rends compte maintenant.

Quelqu'un venait de frapper, et Jenny, obligée d'aller ouvrir la porte, n'eut pas le temps de consoler son ancienne élève.

II

A la suite de sa conversation avec sir Ulick Lawson, Cyprian avait décidé d'aller voir miss Peters pour essayer de trouver l'explication du mystère qui le hantait.

Il avait dîné plusieurs fois avec sir Ulick, dans sa maison de Londres, et c'étaient maintenant deux amis. Son hôte évitait généralement de parler de sir Rupert Hendon, mais, un soir, au milieu d'une conversation animée, tout en effleurant les sujets les plus divers, il avait fait allusion à lady Ormsby et exprimé le regret que Cyprian ne la connût pas.

— Elle représente à la fois la tragédie et la comédie, avait-il dit, je suis sûr que vous l'apprécierez. Mais comment pourrais-je vous faire faire sa connaissance ? Vous savez qu'elle est infirme et ne se déplace que très difficilement. Il m'est donc impossible de l'inviter ici avec vous, et comme, d'autre part, je n'irai pas m'installer au « Cloître » avant quelque temps, je ne vois pas le moyen de vous présenter.

Puis, la conversation prit une autre tournure, et il ne fut plus question, ce soir-là, de lady Ormsby. Mais, quelques jours plus tard, Cyprian recevait d'elle une invitation pour le *week-end*.

Elle avait entendu parler de lui par leur ami commun, sir Ulick Lawson.

« Nous ne sommes donc pas des étrangers l'un pour l'autre », écrivait-elle en terminant.

Cyprian avait accepté avec enthousiasme, mais il n'avait pas voulu quitter Londres sans avoir vu miss Peters, à qui il comptait demander l'adresse de Mrs. Stores. Il désirait, en effet, se conformer aux dernières volontés de son cousin, et faire verser à Pansy Stores la somme d'argent dont lui avait parlé le maître d'hôtel.

Arrivé au n° 13 de la rue Redmay, il monta les marches du petit perron et sonna à la porte. Ce fut une personne âgée qui lui ouvrit ; au même moment, il entrevit, dans la pénombre, la silhouette d'une jeune fille qui disparaissait. Cette vision fugitive avait suffi à faire battre follement son cœur... Il lui semblait, en effet, retrouver en elle un souvenir familier et particulièrement cher... Mais, elle était passée avec la rapidité de l'éclair, et, maintenant, il restait devant une vieille dame, qui le regardait avec un aimable sourire, essayant en vain de dire quelque chose de sensé !...

— Je voudrais voir miss Peters, demanda-t-il enfin. Je suis Mr. Stenhurst.

— Donnez-vous la peine d'entrer, répondit poliment la vieille demoiselle, un peu effarée par l'attitude embarrassée de son visiteur ; puis, elle l'introduisit dans un petit salon, où le thé était encore servi.

Cyprian avait eu le temps de se ressaisir.

— Miss Peters, commença-t-il, en prenant le siège qu'elle lui indiquait, il faut que je vous explique le motif de ma visite. Mrs. Stores m'a donné votre nom et votre adresse comme références... Je viens de la part d'un ami qui serait désireux de...

— C'est une excellente travailleuse, répondit miss Peters, sans lui laisser le temps d'achever sa phrase ; mais je crains que sa santé ne lui permette plus de reprendre son ancien métier...

— Ces renseignements ne sont pas précisément ceux que je cherche, dit-il, troublé, car il venait d'entendre la porte d'entrée se refermer. Mon ami désire la secourir.

— J'en serais enchantée, car c'est une femme méritante, déclara la vieille fille, tout en écrivant quelques notes sur une carte.

— Voici son adresse, dit-elle.

Cyprian, ayant pris le papier qu'elle lui tendait, ne savait comme lui parler de « La Dame de la nuit ». Il ne voulait pas, en effet, paraître indiscret.

Déjà, il s'était levé. S'enhardissant, il demanda :

— Il m'a semblé apercevoir une jeune fille dans le vestibule, quand vous m'avez ouvert?...

Il regardait en souriant son interlocutrice.

Ce sourire toucha le cœur romanesque de miss Peters, qui ne put s'empêcher de répondre aimablement, sans toutefois dévoiler l'identité de son ancienne élève, ainsi qu'elle lui en avait fait la promesse.

— C'était ma nièce : Diana Gerrard, dit-elle avec une nuance de fierté dans la voix.

Cyprian se rassit.

— Elle ressemble tellement à quelqu'un que j'ai déjà rencontré, que j'en ai été bouleversé, ajouta-t-il lentement ; n'a-t-elle pas une sœur?

Miss Peters, compatissante par nature, avait deviné l'émotion du jeune homme.

— Non, elle est fille unique.

— Je me demande...

Il s'arrêta en passant la main dans ses cheveux et en fronçant les sourcils.

— Pardonnez-moi d'insister, mais j'aimerais tellement la revoir quelques instants.

— Malheureusement, elle ne vit plus avec moi ; elle est à la campagne...

Cyprian réfléchissait de nouveau. Le mouchoir qu'il avait trouvé dans le sac en daim était marqué aux initiales D. P. et la jeune fille qu'il venait d'entrevoir s'appelait Diana Gerrard...

Sûrement, il faisait erreur ; un jeu de lumière, une légère ressemblance avaient suffi à lui faire croire qu'il avait retrouvé celle dont le souvenir le poursuivait depuis la nuit d'orage... Son espoir déçu l'attristait, mais avait réveillé en lui l'ardent désir de revoir la « Dame de la nuit ».

— Vous dites qu'elle est à la campagne?... questionna-t-il, en mettant dans sa poche l'adresse de Mrs. Stores.

— Oui, elle me faisait ses adieux quand vous êtes arrivé.

Miss Peters regardait son visiteur avec intérêt : comme il était sympathique et bien habillé !

— Elle est secrétaire chez une dame qui a une magnifique propriété dans le Surrey...

— Puis-je vous demander son nom?...

— Je n'ai pas le droit de vous le donner, répondit la vieille demoiselle avec un sourire espiègle ; tout ce que je peux dire, c'est que la dame dont je vous parle porte un grand nom...

CHAPITRE XI

NUIT DE JUIN

I

Diana s'était enfuie de chez miss Peters, en proie à une folle inquiétude : elle avait reconnu le visiteur inattendu qui était venu troubler ses adieux à son amie.

C'était, à n'en pas douter, le jeune homme qu'elle avait rencontré dans la maison vide et à qui elle était encore redevable d'une livre treize shillings...

Il avait dû, lui aussi, la reconnaître, et, bien qu'il ne sût rien d'elle, elle redoutait de se trouver de nouveau en sa présence.

Cette crainte la poursuivit durant toute sa promenade de retour, sur la route poussiéreuse qui conduisait de la gare au château de lady Ormsby.

Certes, ce jeune homme paraissait très séduisant, mais elle ne devait pas trop y songer, en raison de l'incertitude de sa vie. Elle le rencontrerait peut-être au moment où elle s'y attendrait le moins... Que ferait-elle, si cela arrivait? Elle releva la tête avec défi... n'était-elle pas méconnaissable maintenant, avec ses cheveux sombres, sa peau foncée et ses yeux bleus de bohémienne du Galway?...

Du reste, il était probable qu'elle ne se retrouverait jamais sur son chemin... elle n'avait donc pas lieu de se tourmenter...

Elle se demandait quelle était la raison qui l'avait amené chez Jenny... Celle-ci le lui dirait sans doute, mais, pour le moment, cela l'inquiétait...

Aussi, en l'accueillant, lady Ormsby remarqua-t-elle immédiatement que sa secrétaire était préoccupée et, sans qu'elle formulât sa pensée, Diana la devina.

— Faites-vous belle, Di, dit-elle en riant malicieusement, vous savez que j'attends ce soir un charmant convive ; je suis sûre qu'il vous plaira...

Mais, ce jour-là, Diana n'était pas dans un état d'esprit lui permettant de s'intéresser à un jeune homme, si séduisant fût-il. Crystal lui faisait peur, une peur mal définie, mais qui l'angoissait... Un secret instinct lui disait que, tel un charmeur de serpents, lady Ormsby, tout en captivant ceux qui l'approchaient, était capable de les tenir à sa merci.

Le cœur serré par le mépris qu'elle avait d'elle-même, la jeune fille fit cependant ce qui lui avait été si gracieusement ordonné ; elle passa une robe feuille de rose et chaussa de petits souliers d'or...

Sa vie à Dial House n'était qu'un mensonge perpétuel. Ni son nom, ni les vêtements qu'elle portait ne lui appartenaient, et son teint, pas plus que la couleur de ses cheveux, n'étaient naturels... Mais aujourd'hui, en présence du fait accompli, il ne lui restait plus qu'à tirer le meilleur parti possible de la situation.

Quand elle descendit pour le dîner, lady Ormsby paraissait contrariée.

— C'est désolant, dit-elle, mon invité vient de me téléphoner qu'un accident d'auto, sans gravité, l'empêche d'arriver pour le dîner et qu'il ne pourra être à Dial House que tard dans la soirée.

Diana, sans savoir pourquoi, en fut satisfaite. Ce convive inconnu n'excitait pas sa curiosité, et ce soir elle avait envie d'être seule.

Jouant son jeu aussi bien qu'elle le pouvait, sous le regard inquisiteur de lady Ormsby, elle causa gaiement pendant tout le repas, après quoi, elle demanda à son hôtesse la permission d'aller respirer l'air du jardin. Les fenêtres du salon étaient ouvertes, des lampes discrètement voilées éclairaient le divan où était étendue l'infirme, dans une robe en lamé d'or sur laquelle brillait une chaîne en diamant. Elle lisait d'un air maussade et n'avait pas protesté quand Diana avait parlé de sortir.

Les dernières lueurs du crépuscule s'éteignaient, et déjà la lune avait dépassé l'horizon ; dans le calme de la nuit, le cœur de Diana souffrait, et ses yeux se remplissaient de larmes en pensant à sa jeunesse solitaire...

Le jardin, tout trempé par la rosée nocturne, embaumait... Diana marchait dans l'allée centrale, bordée de roses rouges, dont le parfum la grisait. Au delà de la grille, un petit étang brillait comme un miroir dans son cadre sombre.

Soudain, comme prise de folie, elle se mit à courir et se laissa tomber sur un tas de foin nouvellement coupé. Elle s'y trouvait si bien qu'elle ne se sentait plus le courage de rentrer. Sur ce lit chaud et moelleux, elle pouvait enfin donner libre cours aux larmes qu'elle retenait depuis si longtemps, et elle en éprouvait une véritable détente...

Seule au monde, abandonnée de tous, elle ne connaissait plus le repos du home, car ni dans le château qui l'abritait maintenant, ni dans le modeste logis de la rue Redmay, elle n'était chez elle. L'affection de Crystal n'était pas sincère, et l'amitié de Jenny, pourtant sûre et fidèle, ne suffisait pas à son jeune cœur assoiffé d'amour... Elle tordait ses mains en un geste de désespoir.

Serait-elle jamais aimée comme elle le désirait ?... Ce désir était si violent que, pour y arriver, elle ne reculerait devant aucun mensonge... Tout vaudrait mieux que d'être, comme un fétu de paille, emporté par le vent, ou comme le papillon qui se débat sur l'eau pour sauver sa vie éphémère...

C'était là son image... Désemparée, elle appelait cet amour de tout son être... Ses mains retombèrent et elle éclata en sanglots. Mais, soudain, elle crut rêver :

Un inconnu, dont la lune éclairait le visage la serrait dans ses bras et la couvrait de baisers fous...

— Enfin, je vous ai retrouvée !... disait-il d'une voix brisée par l'émotion.

II

Dans un sursaut de sa volonté, elle se ressaisit et le repoussa.

— Qui êtes-vous ? demanda-t-elle.

C'était la plus terrible minute qu'elle eût jamais vécu. Malgré sa terreur, il lui fallait agir, sinon... non, il n'était pas possible d'y penser !

— Voyons, c'est bien vous ?...

Et il ne pouvait se décider à desserrer son étreinte.

— Ne vous souvenez-vous pas de moi ?... Oh ! je vous en prie, rappelez-vous...

Il devenait incohérent.

— Je vous aime sans espoir depuis le jour où nous nous sommes rencontrés d'une façon si inattendue. Aussi, quand tout à l'heure vous avez levé vers moi votre visage baigné de larmes, je n'ai pu m'empêcher de vous serrer dans mes bras, comme je l'ai fait si souvent en rêve ! Voyons, implorait-il, vous n'êtes pas une inconnue pour moi... je vous aime depuis cette nuit de tempête sur le plateau de Heath...

— De quelle nuit parlez-vous ?...

Il se rapprocha pour la regarder plus attentivement ; mais elle ne broncha pas...

— Grand Dieu, murmura-t-il, confus, me serais-je trompé ?... Votre voix est la même que celle de ma « dame de la nuit » et vous avez aussi son charme indéfinissable... il est impossible que ce ne soit pas vous...

Diana sentait encore ses baisers brûler son visage, et une étrange douceur l'alanguissait.

— Je ne suis pas la « Dame de la nuit »... répondit-elle.

Le jeune homme alluma une cigarette.

— Ne pourrions-nous pas nous asseoir pour tirer cette histoire au clair ?... proposa-t-il.

Sans répondre, elle s'installa de nouveau sur le tas de foin.

— Je me suis conduit comme une brute... et je vous en demande pardon... Vous avez raison, vous n'êtes pas celle que je croyais... je reconnais maintenant mon erreur...

— Je devrais le regretter, car, il me semble que c'est pour vous une véritable déception ?...

Eludant cette question, il demanda :

— Puis-je savoir pourquoi vous étiez si malheureuse ?

— Je me sentais si seule !...

Le jeune homme lui offrit une cigarette qu'elle accepta, mais ses mains tremblaient si violemment qu'elle avait peine à l'allumer.

— Tiens ! s'exclama-t-il, surpris... vos cheveux sont noirs ?...

— Vous allez savoir la vérité : je suis Diana Gerrard et vous m'avez déjà aperçue aujourd'hui, dans le vestibule de ma tante.

— Comment ?... Où habitez-vous ?...

— Au château de Dial.

— Ah ! C'est là justement que je suis attendu.

Diana resta impassible.

— Ayant eu une panne d'auto, tout près d'ici, j'ai dû laisser ma voiture dans un garage, et venir à pied. C'est pourquoi...

Il ne termina pas sa phrase, et se tournant vers elle :

— Suis-je pardonné ? Il est trop tard pour retirer ce que j'ai fait, ajouta-t-il en riant.

Il y eut un court silence avant qu'elle répondit.

— Oui, je crois que vous êtes pardonné...

III

Lady Ormsby commençait à s'impatienter : Diana ne rentrait pas et Cyprian Stenhurst n'était pas encore arrivé.

Lasse d'attendre, elle quitta son divan et se dirigea en boitant vers le téléphone, d'où elle pouvait voir le jardin, éclairé par la lune, et surveiller l'arrivée de ceux dont l'absence l'inquiétait.

Ayant décroché l'appareil, et obtenu le numéro désiré, elle appela :

— Allo ! allo !... C'est vous, Ulick ? Figurez-vous qu'il n'est pas venu...

— Pourquoi ? demanda la voix, à l'autre bout du fil.

— Une panne d'auto... Diana est allée à Londres cet après-midi, et m'a paru très bizarre à son retour. Il a dû se passer quelque chose que je ne m'explique pas.

— Surveillez-les quand ils se rencontreront, et observez attentivement l'attitude de Diana pendant la soirée. Vous tâcherez ensuite de la faire parler et de la conseiller dans le sens que je vous ai indiqué.

— Elle paraissait inquiète.

— Elle a de bonnes raisons pour cela, continuait Ulick. Que pensez-vous qu'elle ait pu faire de l'émeraude de Lifton ?

— Mon cher Ulick, ce n'est pas une idiote, et jusqu'ici, je n'ai rien pu en tirer... j'entends des voix, bonsoir...

Et lady Ormsby raccrocha le récepteur.

Un instant après, Diana entrait dans la pièce, suivie de Cyprian... Crystal jeta un coup d'œil rapide sur sa jeune secrétaire.

« Il l'a embrassée, pensa-t-elle, ce n'a pas été long ! »

Durant toute la soirée, elle se montra la plus charmante des hôtesses envers son invité, sans que rien ne laissât deviner ses intimes pensées... et, quand vers onze heures, Diana, prétextant une migraine, monta se coucher, elle retint Cyprian à souper.

Le jeune homme croyait rêver : cette journée avait été pour lui pleine de révélations inattendues. Tout d'abord, il avait rencontré celle qu'il avait prise pour sa « Dame de la Nuit ».

Bien que ce ne fut pas elle, la douceur de ses baisers l'avait singulièrement troublé, et maintenant, au lieu de l'hôtesse âgée et respectable qu'il imaginait, il se trouvait en face d'une jeune femme dangereusement séduisante, malgré son infirmité.

— Ainsi vous avez découvert ma petite Diana dans le jardin ? dit lady Ormsby, en riant d'un air malicieux. Comme elle est jolie, n'est-ce pas ?

— Elle est charmante, acquiesça-t-il.

— Vous vous êtes présenté dans toutes les règles, je suppose ?

— Pas tout à fait, répondit-il en rougissant.

Quand le souper fut terminé, ils retournèrent au salon où Crystal s'installant au piano, se mit à chanter d'une voix fraîche et expressive de vieilles chansons d'amour, que Cyprian écoutait en rêvant.

Sa « Dame de la nuit » où était-elle maintenant ?... Il lui sembla soudain que son image s'estompait, et qu'il y pensait avec moins d'intensité.

Pansy Stores et son manteau de fourrure grise ne l'obsédaient plus...

CHAPITRE XII

PANSY STORES RENTRE EN SCÈNE

I

Bien qu'il ne fut guère plus d'une heure de l'après-midi, les lampes de la rue et celles des magasins étaient déjà allumées, tant cette journée glaciale était sombre.

Dans un petit restaurant, non loin de Piccadilly, un orchestre jouait des airs à la mode.

Sur le seuil, un homme surveillait les entrées et les sorties des consommateurs, comme s'il attendait quelqu'un. Bientôt sa patience fut récompensée et il s'avança à la rencontre d'une femme qui marchait lentement, plongée dans la lecture d'un journal.

C'était une jolie fille aux yeux bleus, aux cheveux d'or pâle, dont quelques boucles sortaient d'un chapeau soigneusement brossé, mais aussi usé que ses vêtements. Cet ensemble, complété par un rang de perles fausses, trahissait sa pauvreté, mais ne suffisait pas à atténuer sa beauté.

L'homme fit un pas en avant et la saisit par le bras.

— James Mant !... s'écria-t-elle, mon Dieu, aidez-moi.

— Ne faites pas l'idiote, Pansy...

Et l'entraînant vers le petit restaurant, il y entra derrière elle.

— J'ai vu l'annonce, dit-elle en s'asseyant en face de lui, mais jamais je n'aurais cru qu'elle vînt de vous.

— Je ne suis pas né d'hier, répondit Mant avec une grimace. Vous allez manger et boire quelque chose, car vous paraissez en avoir grand besoin.

Elle regarda au loin sans répondre.

— J'ai reçu votre lettre, reprit-il avec colère, ainsi, vous aviez décidé de mourir, ou du moins de le faire croire... une belle invention, ma foi !

Elle soupira, et le regarda bien en face :

— J'ai pensé que cela pourrait peut-être

changer votre façon d'agir à mon égard, et vous rendre meilleur ou plutôt moins dur avec moi, dit-elle tristement.

— Vous avez fait un mauvais calcul en tout cas. Ce soir-là, je n'aurais pu sortir ni pour une question d'argent, ni même pour une question d'amour... C'était la nuit de la mort de sir Rupert.

Elle commençait à manger.

— Cet homme si généreux manquera à bien des gens, remarqua-t-elle.

Mant tapotait ses dents avec un porte-crayon en argent.

— J'ai besoin d'avoir quelques détails sur ce qui s'est passé ce jour-là, Pansy... vous devez vous rappeler que je vous avais interdit de vous approcher de Hendon House.

— Oui, je m'en souviens...

— Et cependant vous êtes venue, et vous avez laissé sur la table du vestibule la lettre que voici ; vous m'écriviez que vous en aviez assez de l'existence et que vous alliez vous empoisonner.

Pansy détourna les yeux.

— Je ne pouvais que vous gêner, dit-elle d'un ton boudeur, en rougissant.

— C'est possible, mais cela ne regarde que moi.

— En tout cas, c'est bien fini maintenant, répondit Pansy, en le regardant avec défi.

Mant commanda une bouteille de vin rouge ; il contemplait la jeune fille, qui, peu à peu, retrouvait ses fraîches couleurs. Elle redevenait très jolie, et sa ressemblance avec l'inconnue qui avait dîné avec sir Rupert était frappante.

— Comment avez-vous pu déposer cette lettre dans le hall ? demanda-t-il en remplissant son verre.

— J'étais cachée dans la serre et j'y suis restée très tard.

— Vous ne saviez donc pas que sir Rupert était mort ?

— Non, je n'en ai rien su... Je chantais alors dans le chœur de *Suzette*, elle frissonna. C'était un travail absorbant, qui ne me laissait pas le loisir de lire les journaux, et c'est tout à fait par hasard que j'ai vu votre annonce dans le *Sunday Torch*, si j'avais pu supposer que vous en étiez l'auteur, je ne serais pas venue.

— Vous auriez manqué un bon dîner et une rencontre avec un vieil ami, pour ne pas dire un ancien admirateur... répliqua Mant galamment, vous savez que sir Rupert m'a laissé une jolie somme...

— Ah ! alors, je suppose que vous avez quitté Hendon House ?...

Mant secoua la tête ; le vin généreux le rendait plus aimable.

— Non, je suis resté avec le nouveau propriétaire, l'héritier de sir Rupert : Cyprian Stenhurst, pour le surveiller.

— En quoi a-t-il besoin d'être surveillé ?

— Ma petite, je ne vous le dirai pas, à moins d'en être payé d'avance.

Elle ne répliqua pas... elle regardait pensivement devant elle, songeant à la situation temporaire qu'elle avait au théâtre de la Gaîté.

— Dans quel but avez-vous fait passer cette annonce ?

— Tout d'abord pour vous voir, et aussi pour vous faire une proposition.

— Laquelle ?... interrogea-t-elle, inquiète.

— Je suis chargé de vous demander si vous accepteriez un emploi, très bien rétribué, et qui vous plairait, je crois.

— De quoi s'agit-il ? Vous ne plaisantez pas, Jim ?

— Je vous jure que non, c'est une offre très sérieuse que vous fait sir Ulick Lawson. Je vais vous expliquer ce qu'il en est...

II

Mrs. Stores allait mieux. Bien qu'habitant toujours sa petite chambre sombre — parce qu'elle la préférait à toute autre, disait-elle — elle aurait été à même d'acheter une petite maison, si elle l'avait voulu. Maintenant, elle s'offrait souvent de larges tranches de jambon et fréquentait assidument le cinéma.

Toujours très renfermée, elle devenait tout à fait mystérieuse, quand on l'interrogeait sur l'origine de son aisance actuelle.

L'été venait de finir, et, en ce début d'automne, Londres semblait sortir de sa torpeur. Mrs. Stores n'attachait que peu d'importance aux changements de saison, et s'abandonnait au doux plaisir du farniente.

Par cette claire après-midi, tandis que les feuilles rousses, qui commençaient à tomber, tourbillonnaient contre les grilles du jardin, la femme de ménage, assise au coin du feu buvait une tasse de thé noir relevé d'un peu de brandy... Elle avait eu peu de joie dans la vie, et la perte de sa fille, si dure qu'elle lui eût paru, était adoucie par ce changement inattendu dans son existence.

Elle venait de terminer la seconde tasse de son breuvage favori, lorsqu'elle entendit frapper. Au même instant, la porte s'ouvrit et quelqu'un entra en coup de vent dans la chambre.

Complètement affolée, Mrs. Stores s'était appuyée à la table, et ne pouvait articuler un son...

Dans la pièce, éclairée seulement par le feu qui brûlait dans la petite cheminée, et avec sa vue basse, elle n'avait pu distinguer, tout d'abord, qu'une silhouette féminine, mais, une fois remise de son alarme, elle n'eut plus de doute... C'était Pansy, qui se tenait devant elle.

— Pansy!... s'écria-t-elle d'une voix brisée d'émotion, c'est toi... Pansy!...

— Mais oui, c'est moi...

La jeune fille parlait d'une voix douce et s'exprimait maintenant sans le moindre accent.

— Je suis si contente de vous voir, maman, je vais m'installer près de vous au coin du feu.

S'étant assise sur la chaise que sa mère venait d'approcher, elle se déganta. Ses gants, son manteau au grand col de fourrure, son petit chapeau enfoncé, tout dans sa personne était d'une élégance raffinée et indiquait qu'elle se trouvait dans une situation aisée.

— Pansy... répétait la vieille femme, tout heureuse de voir sa fille ainsi transformée, je te croyais morte. Pourquoi m'as-tu laissée sans nouvelles si longtemps?

— Pauvre maman... J'y étais obligée...

Elle souleva la théière.

— Ne pourrais-je pas avoir un peu de thé?

Mrs. Stores alla prendre dans l'armoire une tasse qu'elle déposa devant sa fille.

— Maintenant, mère, dit-elle en se servant, je vais vous mettre au courant de ma situation actuelle, qui, comme vous pouvez le supposer, ne laisse rien à désirer.

— Quel genre de situation as-tu trouvé?

— C'est — Pansy s'arrêta un instant — quelque chose qui ressemble à la fois à une agence de renseignements et à une agence matrimoniale. Sir Ulick Lawson, chez qui je travaille, paie grassement ses employés.

— Sir Ulick Lawson!... répéta Mrs. Stores, mais je connais ce nom-là... C'est lui que miss Peters m'avait interdit de recevoir si jamais il se présentait chez elle... explique-moi, Pansy...

— Inutile, je ne peux rien vous dire de plus et vous ne devez parler de moi à personne... J'ai appris que vous avez touché une jolie somme de Mr. Stenhurst, et j'en suis bien contente.

— Comment le sais-tu?

— Je viens de vous dire que je travaillais dans un bureau de renseignements, je sais donc beaucoup de choses. Vous êtes tranquille et à votre aise, maintenant?... Vous constatez que je suis en vie et que je vais bien, ne cherchez pas à obtenir de plus amples renseignements... et soyez tranquille pour l'avenir je ne vous ennuierai plus jamais pour avoir de l'argent.

Mrs. Stores s'essuya les yeux avec son mouchoir.

— C'est bien, Pansy, mais à condition que tu ne fasses rien de mal.

— Je vous le jure, répondit la jeune fille en tendant ses pieds à la flamme. A propos, mère, avez-vous découvert quelque chose, au sujet de mon vieux manteau de fourrure?

— Celui que j'avais raccommodé, ma chérie?

— Vous savez bien que je n'en avais pas d'autre.

— La dernière fois que je l'ai vu, il était accroché au porte-manteau de miss Peters... et cependant, tu l'avais quand tu m'as quittée.

— C'est vrai, répondit Pansy, en allumant une cigarette, alors vous dites qu'il a disparu de chez miss Peters?

— Je pense qu'il a été volé dans le vestibule... il y était encore au moment où elle est venue me parler de miss Gerrard.

Mais, puisque, tel un fantôme, tu sors du passé, je te demande de m'expliquer pourquoi cette jeune fille était en possession de ton manteau.

— Je vous le dirai, si vous m'apprenez où il est maintenant, répliqua Pansy, en riant.

Mrs. Stores secoua négativement la tête.

— Miss Peters avait toute confiance en moi, et ce serait malheureux que tu sois la première à me soupçonner... Je ne sais pas où il est, ma chérie...

CHAPITRE XIII

LES CONFIDENCES DE LADY ORMSBY

I

Sir Ulick Lawson venait de débarquer à Spenders Green, où il ne comptait faire qu'une courte visite.

Par un heureux hasard, lady Ormsby était seule : Cyprian, qui ne quittait plus guère Dial House, avait emmené Diana au théâtre, et celle-ci ne devait rentrer que tard dans la soirée.

— Eh bien ? demanda Lawson, en s'étendant dans un fauteuil, comment cela marche-t-il ?

La jeune femme s'appuya au dossier de la petite voiture, traînée par une ânesse aussi blanche que le lait, et dans laquelle elle venait de faire le tour du jardin.

— Ils filent le parfait amour... déclara-t-elle.

— J'espère que vous suivez d'un œil vigilant les progrès de ce flirt ?

— Oui.

Elle jouait négligemment avec le manche de son fouet.

— Ma surveillance ne se relâche jamais. Pour le moment, ils sont en plein roman ! Aux yeux de Diana, Cyprian n'a, comme toute fortune, que ses très modestes appointements d'employé de banque ; quant à notre jeune ami, il est persuadé qu'elle est la nièce de miss Peters...

Sir Ulick sortit de son portefeuille, une photographie qu'il tendit à la jeune femme.

— Reconnaissez-vous cette personne ? demanda-t-il.

Lady Ormsby se pencha pour l'examiner de plus près.

— C'est Diana... avec des cheveux blonds et sans frange... Où l'avez-vous dénichée ?

Sans répondre, sir Ulick reprit la photographie, avec un sourire énigmatique.

— Ainsi, nous voilà reportés au temps où les rois épousaient des bergères... cela nous change de l'époque actuelle ! Quand se marient-ils ?

— Ils ne sont pas encore fiancés.

Elle regarda sir Ulick :

— Faut-il hâter les événements ?

— C'est de toute nécessité.

— Puis-je connaître la raison ?

— La surprise n'en sera que plus grande, si vous restez dans l'ignorance.

Il lui prit la main :

— Dites-vous bien, Crystal, que ce mariage ne représentera que le début de notre tâche... le grand jeu ne commencera qu'après.

Lady Ormsby le fixa avec curiosité.

— Je ne m'explique pas votre hâte. Quand il l'aura épousée, il s'en fatiguera vite, car elle n'est pas très intéressante !... Souvent même, elle m'ennuie.

— Sapristi ! je crains que vous ne portiez trop d'intérêt à Cyprian...

Sir Ulick se leva et prit par la bride le petit âne au collier rouge, orné de grelots.

— C'est étrange à quel point les hommes roux plaisent aux femmes... Dans la partie que nous jouons, il n'y a pas place pour l'amour... Je vous conseille donc de laisser de côté ces billevesées et de reprendre votre calme habituel, ajouta-t-il d'un ton glacial.

— Je suis sûre que vous n'avez jamais aimé, Ulick ! Non, n'est-ce pas ?...

— Si vous entendez par aimer, être un jouet dans les mains d'une femme, répondit-il en regardant Crystal, en effet, je n'ai jamais été amoureux... Je connais trop les femmes et leurs ruses. Pour moi l'amour est un désir passager, un simple épisode qui finit en désillusion... en tout cas, c'est un sérieux atout entre nos mains, et il nous faut jouer serré... voyons, du courage, camarade...

Pendant quelques instants, elle resta silencieuse, puis avec un soupir, elle reprit :

— Il faut donc précipiter les choses, ce ne sera pas difficile, car il est... ou du moins, il s'imagine être follement amoureux de Diana.

— Et, non seulement elle réaliserait un beau rêve, mais elle y verrait aussi le moyen de continuer à dissimuler sa véritable personnalité.

— Elle est déconcertante... je ne suis pas encore parvenu à découvrir son secret, poursuivit sir Ulick, en fronçant les sourcils. Son arrivée chez miss Peters, le soir même de la mort de sir Rupert, le manteau de fourrure grise qu'elle portait, son écriture exactement semblable à celle de la lettre qu'elle m'avait adressée, tout prouve que nous nous trouvons en face de Diana Palliser... Après avoir dîné à Hendon House, elle s'est enfuie dans la nuit et, depuis lors, officiellement du moins, on a perdu sa trace. Il faut avoir quelque chose à cacher pour agir de la sorte. N'a-t-elle jamais soulevé son masque en causant avec vous?

— Jamais.

— Les femmes se méfient souvent les unes des autres, et se tiennent parfois sur la défensive. C'est par Cyprian que vous pourrez obtenir la clef de cette énigme... Jouez avec lui le rôle de l'enchanteresse, que vous connaissez si bien, et dites-vous, que, si vous le voulez, son indifférence actuelle se changera en un désir passionné de vous gagner comme étant la seule femme au monde en qui il puisse avoir confiance... Si cela traînait trop, vous n'auriez qu'à provoquer la jalousie de votre compagne.

Le visage de Crystal Ormsby s'empourpra subitement...

II

Quand Diana et Cyprian rentrèrent de Londres, Crystal n'eut qu'à les observer un instant, pour se rendre compte qu'ils étaient au comble du bonheur ; ils n'avaient d'yeux que l'un pour l'autre, et semblaient ignorer sa présence !

Cyprian, qui logeait dans un petit hôtel du village, quitta ce soir-là Spenders Green la joie au cœur, comme s'il venait de découvrir un monde nouveau. Il croyait entendre résonner à ses oreilles un joyeux carillon, en pensant à la réalisation de son rêve merveilleux...

Diana l'aimait, elle le lui avait avoué aujourd'hui même.

Tout d'abord avec une étrange réserve, qu'il voulait ignorer, puis avec une soudaine passion, comme si cet amour trop longtemps contenu la dominait si fortement, qu'elle ne pouvait plus le taire. Elle avait enfin laissé parler son cœur, sans faire aucune objection à leur mariage.

Dans son bonheur, il lui semblait avoir des ailes : quelle joie de pouvoir tout lui offrir, tandis qu'elle le croyait un pauvre diable !... et quelle sagesse avait montré Crystal Ormsby en le mettant en garde contre la fierté de Diana qui, démunie de tout comme elle l'était, n'aurait jamais voulu l'accepter, si elle avait connu le fabuleux héritage de sir Rupert et la vie de luxe qui l'attendait.

Crystal avait été pour lui un guide et une amie incomparable ; il lui en était infiniment reconnaissant. Elle l'avait si habilement conseillé et guidé pour gagner Diana... Cette enfant, jeune et inexpérimentée, lui avait-elle dit, est une sentimentale et une idéaliste, qu'un rien pourrait effaroucher.

Le lendemain matin, Cyprian recevait un mot de lady Ormsby, lui annonçant que Diana avait été passer la journée à Londres chez miss Peters : puisqu'ils étaient tous deux abandonnés, pourquoi ne viendrait-il pas déjeuner avec elle, afin de réunir leur solitude...

Cyprian, ravi de cette invitation, s'y rendit tout joyeux. Il avait l'intention d'acheter à sa fiancée une petite bague bon marché, et de lui exprimer ses regrets de n'avoir pas l'argent nécessaire pour leur permettre un voyage de noces ! Ils se marieraient très simplement, avec miss Peters et lady Ormsby comme témoins. En dehors d'elles, il n'inviterait que son garçon d'honneur.

Crystal écoutait toutes ces explications et approuvait son jeune ami, voulant ainsi continuer à jouer son rôle de marraine fée... Ce fut elle qui décida que le mariage serait célébré à l'église de Spenders Green, et que le dîner aurait lieu à Dial House. Elle voulait absolument s'occuper de tout.

Appuyée au bras du jeune homme, et se promenant lentement à travers le jardin paré des feuilles rousses de l'automne commençant, elle était délicieuse à regarder.

Mais hélas, il ne la voyait pas, seule Diana remplissait sa pensée...

— Avez-vous déjà été amoureux? Cyprian, demanda-t-elle en s'asseyant sur un banc de jardin. Il y a toujours une certaine tristesse à penser aux amours passées...

Il enleva son chapeau, et le jeta sur le gazon.

— Non, à dire vrai, je n'ai jamais été amoureux... une fois cependant, j'ai failli aimer une jeune fille.

— Voyons, racontez-moi cela : je ne serai pas jalouse.

Elle le regardait, provocante.

— Et je vous promets de ne pas en parler à Diana...

— Je l'ai rencontrée dans la nuit, continua Cyprian, en contemplant d'un air pensif la prairie couverte d'un tapis de feuilles mortes, elle avait peur... Surpris par la tempête, nous nous étions tous deux réfugiés dans une maison en construction d'Hampstead Head. C'était le soir où mon cousin Rupert est mort, même sans cet événement, jamais je n'oublierai cette nuit.

— Sans doute la jeune fille y est-elle pour quelque chose.

— Oui, et cependant je ne l'ai jamais revue...

— Savez-vous comment elle s'appelait?

— Non, mais j'ai retrouvé dans un sac qu'elle avait perdu un mouchoir marqué D. P. Vous êtes la première personne, en dehors de Diana à qui j'en parle.

— Ainsi, vous lui avez tout raconté?

Lady Ormsby examinait le jeune homme avec intérêt comme un chat guettant un oiseau.

— Qu'a-t-elle dit?

— Pas grand'chose.

Et il se mit à rire.

— Peut-être n'ai-je pas été aussi complètement sincère avec elle qu'avec vous! J'étais réellement, et sans raison, amoureux de cette inconnue... Vous avez dû lire dans les journaux cette histoire d'Hampstead Head, que j'ai un peu oubliée...

— J'espère que vous avez fait de même pour votre mystérieuse inconnue?...

— Qui sait?...

Et il alluma une cigarette.

— En tout cas, elle est partie en emportant une livre treize shillings six pences, que je lui avais prêtés. Elle ressemblait à Diana d'une façon surprenante, et toutes deux ont la même voix. Je l'ai réellement adorée jusqu'au jour où, ayant rencontré miss Gerrard, je me suis rendu compte qu'il n'y a qu'un seul amour au monde : celui que je ressens maintenant pour ma fiancée...

— Cyprian...

Et lady Ormsby se penchait vers le jeune homme d'un air mystérieux et solennel :

— Diana n'est pas allée à Londres dans le simple but de voir sa tante... déjà, hier soir, elle nous a laissés seuls dans l'espoir que je vous révèlerais, sous le sceau du secret, ce qu'elle n'a pas le courage de vous avouer...

— Que dites-vous?... interrogea-t-il, devenu subitement d'une pâleur mortelle.

CHAPITRE XIV

L'IMPOSTURE

I

— Ce mystère touche Diana directement, mais elle n'en est nullement responsable.

— Pourquoi ne m'en a-t-elle pas parlé elle-même?

— C'est un secret qui concerne sa mère... répondit lady Ormsby en la regardant de ses longs yeux langoureux. Or, même de nos jours, il est difficile de juger sainement ses parents... Mrs. Gerrard était une très jolie femme, sa fille lui ressemble beaucoup, sauf qu'elle est brune.

Cyprian l'écoutait avec attention.

— Vous savez comme Di est réservée, poursuivit-elle en jetant un regard furtif au jeune homme.

Elle se demandait si elle ne s'aventurait pas sur un terrain dangereux...

— Ne vous a-t-elle pas raconté l'histoire de sa vie ?

— Non, répondit-il sans hésiter, elle ne m'a dit que quelques mots sur son passé, c'est pourquoi je préfère ne pas le connaître, à moins qu'elle ne le désire...

— Mais c'est Diana qui m'a demandé de vous en parler.

— Je me fiche de ce qu'a fait sa mère, dit-il avec colère. Je n'ignore pas que Di a eu beaucoup à lutter dans la vie et que, seule, sa vieille tante miss Peters connaît vraiment l'existence qu'elle a menée.

— Ce n'est que sa grande-tante... répondit tranquillement lady Ormsby.

— Je le sais...

Crystal posa la main sur le bras de Cyprian et poursuivit avec un petit rire étrange :

— Vous ne pouvez pas savoir comme cela m'est pénible d'exhumer ces vieilles histoires...

— J'en suis persuadé, fit Cyprian en levant ses yeux candides vers son hôtesse.

Et lady Ormsby commença le récit de la vie de Mrs. Gerrard : celle-ci était, à l'époque, une très belle fille, d'assez mauvaise réputation et entourée d'adorateurs, parmi lesquels le capitaine Gerrard paraissait être le plus sérieusement pris; il habitait dans un hôtel de Londres dont Mrs. Gerrard, alors miss Peters, était directrice. L'officier, fort riche, et devant hériter d'un titre, était considéré comme un parti inespéré pour la jeune fille...

— Il nous est impossible de savoir ce qu'il valait, remarqua lady Ormsby, se faisant indulgente.

Cyprian ne répliqua pas. En parlant de son père, Diana lui avait dit :

— Je l'aimais tendrement, mais j'étais encore une enfant quand il est mort.

« En tout cas, à peine le mariage était-il célébré que Mrs. Gerrard découvrit l'erreur qu'elle avait faite en épousant le capitaine : celui-ci l'avait trompée complètement. Perdu de dettes, il fut bientôt poursuivi pour faux. Le jeune ménage se trouva dans l'obligation de quitter l'Angleterre et Diana naquit à l'étranger. Pendant six ans, ses parents menèrent une vie aventureuse sans pouvoir se fixer nulle part. La guerre les ramena en Angleterre, où tous ceux qui avaient fait plus ou moins partie de l'armée étaient rappelés sous les drapeaux. Parmi eux se trouvait Gerrard, qui devint bientôt colonel dans l'Intelligence Service.. Vous ne vous rappelez pas cette histoire ?... demanda lady Ormsby en fixant Cyprian.

— Je n'en ai aucun souvenir... J'étais, à cette époque, un petit garçon, encore au collège.

— Mrs. Gerrard s'était installée près de la côte, aux environs de Folkestone, poursuivit lady Ormsby, suivant point par point les instructions de sir Ulick. Cette jeune fille de la petite bourgeoisie avait reçu une bonne éducation, mais elle devait avoir un peu de sang bohémien dans les veines... N'avez-vous pas remarqué comme Diana est brune ?

— Oui, répondit le jeune homme, dont le regard s'adoucit en pensant à celle qu'il aimait si tendrement.

— La jeune femme semblait avoir pardonné à Gerrard sa conduite passée.

Et avec une moue, Crystal ajouta :

— Les femmes aiment ceux qui savent mentir habilement, du moins tant qu'elles sont persuadées que le mensonge peut leur servir...

— Je déteste le mensonge, quel qu'il soit, interrompit Cyprian sèchement, même mon mensonge blanc concernant ma soi-disant situation d'employé de bureau... Le premier venu en reconnaîtrait l'impossibilité, mais Diana est si profondément honnête qu'elle ne voit le mal nulle part.

— En tout cas, elle n'a pas hérité cela de ses parents...

— Continuez, ne me cachez rien...

Et Cyprian se pencha vers son hôtesse pour écouter plus attentivement.

II

— Cette seconde partie de la vie de Mrs. Gerrard est assez obscure.

Lady Ormsby contemplait, tout en parlant, ses petits pieds finement chaussés.

— Gerrard, comme je viens de vous le

dire, faisait partie de l'Intelligence Service, et avait ainsi toutes les facilités de savoir ce que d'autres désiraient apprendre.

— Vous ne voulez pas dire qu'il a trahi? interrompit Cyprian brusquement.

— Non, si vous appelez traître celui qui vend les secrets de son pays à l'ennemi, du moins Diana l'assure. Elle adorait son père.

— Je le sais.

— Mais il a raconté certaines choses à sa femme, comme tant d'hommes le font ; la religion catholique est pleine de sagesse, en interdisant le mariage à ses prêtres... Donc Gerrard ayant trop parlé, sa femme découvrit un beau jour que les paroles imprudentes de son mari pourraient lui rapporter une jolie somme... Elle gagna ainsi plusieurs centaines de livres dont il profita. Après cela, Cyprian...

Et lady Ormsby appuyait sur le bras du jeune homme ses mains fines et soignées où brillaient des bagues de prix.

— Il a été traduit en conseil de guerre... Diana croit qu'il a été acquitté et qu'il est mort peu après. Elle accuse sa mère d'être la grande responsable de cette triste histoire, et est persuadée que maintenant, celle-ci prise de remords, s'est retirée dans un couvent anglican. Il est préférable que notre petite amie continue à ignorer la vérité...

— Elle ne m'a jamais dit un mot de tout cela...

— Tant mieux. Ayez donc l'air de croire ce qu'elle vous racontera, et excusez là, en pensant que c'est pour défendre des êtres qui lui sont chers... Si même elle témoignait le désir de vous entretenir de ses parents, avouez-lui que vous êtes déjà au courant de tout.

— Cela me parait, en effet, le meilleur des plans.

— Comme je viens de vous l'expliquer, les Gerrard avaient vécu d'expédients, reprit lady Ormsby, et l'ancien officier, étant alors à Paris, se trouva mêlé à des affaires extrêmement louches. Il faisait partie d'une bande de voleurs internationaux, qui, dans un hôtel à la mode, offraient aux jeunes officiers en congé de les guider dans leurs distractions... Ils les présentaient à des femmes douteuses, et les abandonnaient entre leurs mains. Le lendemain matin, la malheureuse victime que l'on avait endormie, se réveillait dans une chambre inconnue, dépouillée de son argent et de tout objet de valeur... Ces faits furent, naturellement, dévoilés devant le conseil de guerre, je le sais par sir Ulick, qui a assisté à l'audience. Les preuves de la culpabilité étaient si évidentes qu'il ne pouvait bénéficier du doute.

Cyprian regardait devant lui.

« Ma pauvre petite Di ! » pensait-il. Quelles douloureuses et dégradantes révélations il entendait sur ce père, dont elle parlait avec adoration !...

Lady Ormsby poursuivit :

— Après le verdict, il fut cassé de son grade ; finalement, le mari et la femme s'établirent à Paris, peu après l'armistice. Mrs. Gerrard confia Diana à miss Peters qui était tendrement attachée à l'enfant, et qui ne lui a jamais dévoilé la triste vérité... Peut-être la vieille institutrice n'est-elle pas aussi renseignée que moi, qui tiens tous ces détails de sir Ulick.

— Vous ne craignez pas qu'il en parle? demanda Cyprian anxieux.

— Jamais, mon cher Cyprian, vous pouvez compter sur son entière discrétion.

Cyprian se trouvait déjà suffisamment éclairé sur les parents de sa fiancée, mais lady Ormsby semblait ne vouloir lui faire grâce de rien. Elle continua à lui décrire la vie mouvementée et peu édifiante de Mrs. Gerrard, dont la beauté servait d'appât aux jeunes gens que son mari lui amenait pour les dévaliser, après les avoir drogués... Il y avait, cependant, quelque chose de bon en elle, car un beau jour, devant une nouvelle turpitude de son mari, elle le tua d'une balle de revolver. Immédiatement arrêtée, elle ne chercha pas à se disculper ; mais, quand le passé de Gerrard fût étalé devant le jury par son avocat, les circonstances atténuantes furent admises, et elle ne fut condamnée qu'aux travaux forcés...

— C'est affreux, n'est-ce pas, Cyprian?... murmura la jeune veuve, heureusement Diana ne sait rien de tout cela... Rappelez-vous qu'elle est persuadée que sa mère s'est volontairement enfermée dans un couvent, et promettez-moi de ne jamais lui révéler ce que je viens de vous raconter.

— Je vous le jure, promit Cyprian, en prenant la main de Crystal.

— Rappelez-vous aussi, que Diana est très différente de sa mère... Elle en a la beauté et le charme, mais Dieu merci, elle n'a hérité d'aucune de ses faiblesses et elle est aussi réservée que sa mère l'était peu... Faites-lui donc confiance, quoiqu'il arrive. Si jamais vous aviez le moindre soupçon, je ne m'en consolerais pas, en pensant qu'il pourrait être la conséquence des révélations que je viens de vous faire. Rien de ce que je vous ai dit aujourd'hui, ne doit vous autoriser à douter de Diana.

— Pourquoi voulez-vous que ce passé l'atteigne ?... répondit-il, surpris, pas un instant je n'ai douté de Di, je ne l'épouserais pas, si je n'avais en elle une confiance absolue... Cette lamentable aventure est de l'histoire ancienne, et je n'y attache pas d'importance, ne la prenez donc pas, vous-même, si à cœur... Comment Crystal, mon amie, vous pleurez...

— Promettez-moi, encore une fois, de ne jamais lui en parler, répétait-elle. Notre conversation d'aujourd'hui doit rester secrète...

— Si cela peut vous tranquilliser, je m'y engage bien volontiers, assura-t-il en l'aidant à se lever.

Riant et pleurant, tout à la fois, elle rentra dans la maison...

III

A la fin de l'après-midi, tandis qu'elle se reposait dans sa chambre, Crystal téléphona à sir Ulick, pour lui faire part de sa conversation avec Cyprian.

— Je lui ai narré tout au long, la dramatique histoire que nous avions inventée ensemble... Or, figurez-vous, que tout en parlant, j'ai fait une découverte... Cyprian et Diana s'étaient déjà rencontrés... mais lui ne se doute pas que sa belle inconnue d'un soir et sa fiancée, ne sont qu'une seule et même personne... Elle l'a habilement trompé et se trouve maintenant dans une situation inextricable. Comment va-t-elle s'en tirer, je me le demande.

— Nous le verrons bien, répondit la voix moqueuse de sir Ulick, au bout du fil.

— Après avoir dîné avec sir Rupert, quelques heures avant la mort du vieux philanthrope, elle l'a quitté mystérieusement, reprit lady Ormsby, mais elle ne s'est pas rendue directement chez miss Peters ; elle s'est réfugiée pendant l'orage dans une maison en construction de Hampstead Head, et c'est là que Cyprian l'a surprise. Malgré la nuit, le clair de lune lui a permis de se rendre compte de sa beauté et il a reçu le coup de foudre. Cela complique singulièrement les choses...

— Voyons, racontez-moi toute cette aventure en détail, c'est passionnant, et cela coïncide précisément avec une remarque que j'ai faite...

CHAPITRE XV

UN MARIAGE ARRANGÉ

I

Diana passa la journée avec miss Peters : assise sur un coussin devant le feu, elle avait annoncé son mariage à sa vieille gouvernante.

Celle-ci en fut transportée de joie. Pour elle, le mariage était synonyme de bonheur, et de plus, son élève chérie faisait un véritable mariage d'amour... C'était dans son vestibule que son fiancé l'avait rencontrée pour la première fois et il lui semblait maintenant que sa petite maison avait quelque chose de romanesque. Cyprian Stenhurst devait être très épris, car il n'avait cessé de parler de Diana pendant la visite qu'il lui avait faite... et lui avait paru devoir être un délicieux mari ; il n'avait plus aucun parent, un jeune homme de situation modeste, disait Diana, mais si séduisant !...

Une pensée traversa soudain l'esprit de Mrs. Peters :

— Et votre mère ? Diana, demanda-t-elle.

La jeune fille se redressa.

— Mais vous savez bien que je suis devenue Diana Gerrard, pourquoi exhumerais-je le passé? Pourquoi gâcher ainsi mon bonheur?... Si j'avouais la vérité à Cyprian, il en serait troublé et voudrait tout savoir... Il m'aime telle que je suis, et je ne pourrais pas lui confesser mon mensonge. Soyez sûre que j'ai bien tout pesé, ma bonne Jenny... Vous qui avez bien connu ma mère, dites-moi ce que vous en savez.

Miss Peters inclina la tête.

— Lady Palliser, commença-t-elle, menait la vie qui lui convenait. Elle était d'une grande beauté, et c'est là, mon enfant, le plus dangereux de tous les dons.

Miss Peters aimait à sortir ainsi de vieux clichés.

— Un jour ou l'autre, je dirai tout à Cyprian, reprit Diana, en se dégageant des bras de la vieille demoiselle. Je sais que c'est lâche d'agir ainsi, mais, pour l'instant, je n'ai pas le courage de parler, cela m'est impossible...

Et elle appuya, en sanglotant sa tête sur les genoux de son amie.

— Je veux avoir dans la vie un peu de bonheur que rien ne puisse assombrir... Je veux avoir... au moins...

Elle releva la tête :

... Un an... un an de parfait bonheur, dans une vie tranquille et modeste ; nous habiterons une de ces maisons qui poussent comme des champignons, et nous n'aurons pas de domestiques ; j'élèverai des poulets, je cultiverai des fleurs et je serai heureuse, Jenny, tellement heureuse... et si pauvre qu'il me faudra faire attention à la moindre dépense.... Vous me donnerez une machine à coudre comme cadeau de mariage, et je ferai moi-même mes robes... Nous serons plus heureux que si nous étions des ducs...

Elle riait dans sa joie.

— C'est vous, Jenny, qui me conduirez à l'autel, puisque vous êtes ma seule parente, acheva-t-elle, en secouant gaiement miss Peters. Je ne sais pas encore où nous nous marierons, en tout cas, dans un coin tranquille. Nous tâcherons de trouver une maison à Golders Green, ce sera un amour de petite maison, à laquelle le plus beau palais ne pourra être comparé...

— Diana... interrompit d'un ton sérieux miss Peters, il vous faut avouer à votre fiancé votre véritable personnalité, sinon, un jour ou l'autre; quelqu'un s'en chargera.

— Personne ne connaît mon secret, pas même vous, ma bonne Jenny, répondit-elle ; du reste, je n'ai à lui avouer qu'une seule chose que je n'ai jamais dite et que je ne dirai jamais à personne...

Diana, toute pâle, fit une pause ; puis, relevant la tête avec défi :

— Je ne suis pas venue pour parler de cela, et je ferai taire mes scrupules. Quand on a pris une décision, il faut aller jusqu'au bout, sans se demander si elle est bonne ou mauvaise.

— Que pense lady Ormsby de votre projet de mariage?

Diana, les mains jointes sur ses genoux, fixait les braises qui achevaient de se consumer dans le foyer.

— Jenny, répondit-elle, les femmes sont parfois singulières : Crystal a toujours été pour moi l'amie la plus parfaite et la plus généreuse que l'on puisse rencontrer, et cependant...

— Pourquoi cette restriction, mon enfant? Serait-elle jalouse de vous?... Non?... peut-être son infirmité la fait-elle parfois vous regarder avec envie!

— Il ne s'agit pas de cela... J'ai souvent l'impression bizarre et inexplicable qu'elle m'étudie et me surveille...

Diana s'arrêta de nouveau.

— ... Comme si elle me détestait.

— Comme si elle vous détestait! Voyons, ce n'est pas possible! s'exclama miss Peters.

— C'est ainsi. Je souffre de sa générosité envers moi, je sens qu'elle veut me réduire à sa merci par les cadeaux dont elle me comble... Déjà, je ne m'appartiens plus et, si cela continue, bientôt, je n'aurai plus le droit de parler...

— Et Mr. Stenhurst?

— Il l'adore, tout simplement ; d'ailleurs, vous ne pouvez pas vous figurer ce qu'elle a été pour nous dans cette circonstance... invitant constamment Cyprian à Dial House, facilitant nos rencontres, allant, sans cesse, au-devant de nos désirs... Oh! Jenny, Jenny, s'écria-t-elle passionnément, pourquoi agit-elle de la sorte? pourquoi a-t-elle l'air de pousser ainsi à la roue?...

— Mais elle ne fait rien qui puisse vous chagriner ?

— Je sais, je sais, répéta Diana en se levant, je suis folle, et je n'aurais jamais dû vous parler comme je l'ai fait... Oubliez tout cela, Jenny chérie.

II

En rentrant ce soir-là à Dial House, Diana ne passa pas par le vestibule, mais pénétra directement dans le salon de musique par la porte-fenêtre.

Elle avait reconnu le jeu de Crystal et elle venait de soulever le rideau, quand elle aperçut Cyprian assis tout contre lady Ormsby ; il soutenait les coussins de brocart ancien sur lesquels s'appuyait la jeune femme, et paraissait ainsi l'entourer de son bras. Ce geste, cette attitude d'intimité frappèrent la jeune fille d'une douleur qui lui fit comprendre combien elle aimait profondément son fiancé.

Toute sa méfiance envers Crystal en fut accrue. Elle restait là, angoissée et tremblante... Allait-elle perdre par un mauvais tour du destin tout ce qui était maintenant sa raison de vivre ?... elle se rappelait la lutte qu'elle avait engagée pour gagner cet amour... car Cyprian avait réellement aimé « sa dame de la nuit » et, souvent, Diana avait eu envie de lui crier :

— Cyprian, je suis celle que vous avez rencontrée un soir de tempête...

Mais cela aurait entraîné trop d'autres aveux, et quand il lui avait juré en l'embrassant, qu'il l'aimait mille fois plus que sa belle inconnue, elle n'avait plus douté que leur grand bonheur venait de la confusion qu'il avait faite, le soir où, dans le jardin aux parfums innombrables, il l'avait retrouvée...

La jeune fille essayait de reprendre son calme... Quels pouvaient être les sentiments de lady Ormsby à l'égard de Cyprian ?... Si par hasard Crystal, que sa douloureuse infirmité écartait de toute vie amoureuse et normale, aimait quelqu'un, ce devait être sir Ulick, le beau, le séduisant et riche sir Ulick, car Cyprian, sans un sou vaillant, ne tirait pas à conséquence.

Elle l'avait invité à Dial House pour faire plaisir à son vieil ami. Cependant, Diana souffrait de l'intimité dans laquelle elle venait de les surprendre. Sans doute, son visage reflétait-il ses secrètes pensées, car Cyprian s'approcha d'elle et lui posa doucement la main sur l'épaule :

— Di, fit-il, elle est fixée...

— Quoi ? demanda-t-elle d'une voix qui tremblait malgré elle.

— Mais, la date de notre mariage.

Lady Ormsby, encore assise au piano, se retourna. Ses yeux brillaient, et deux taches rouges coloraient ses joues.

Clouée sur son siège par son infirmité, elle tendit ses bras nus vers Diana.

— Oui, tout est décidé, Di, s'écria-t-elle avec animation. Même la date... notre vieux vicaire est venu déjeuner ce matin, et tout est réglé pour la cérémonie, n'est-ce pas effarant ?...

Et rejetant la tête en arrière, elle se mit à rire, mais son rire sonnait faux.

III

Le lendemain, Diana se rendit à contre-cœur chez le vicaire, afin de lui donner les renseignements indispensables pour la célébration du mariage, d'où dépendrait désormais son bonheur.

Elle avait délibérément dissimulé la vérité à l'homme qu'elle allait épouser, et elle était étonnée de se sentir assez sûre d'elle-même pour ne pas dévoiler son secret. Cyprian l'accompagna au presbytère. Comme dans un rêve et sans le moindre trouble, elle répondit aux questions du vieux pasteur. Avant une semaine, elle serait Mrs. Cyprian Stenhurst, et la joie d'appartenir à l'homme qu'elle adorait, lui ferait tout oublier.

Dans l'élégante robe grise que lui avait offert Cyprian et sous son petit feutre de même teinte, d'où s'échappait une boucle de cheveux noirs, elle était exquise.

Tout en regardant les gravures de Gustave

Doré qui ornaient la pièce, Diana se disait que jamais elle n'oublierait cette heure... Cyprian lui avait donné une modeste petite bague en argent, ornée d'une turquoise. En la passant à son doigt, ne lui avait-il pas dit que c'était la pierre de l'amour ?... Elle la contemplait avec émotion, tandis que Mr. Southall leur faisait le petit discours d'usage.

— Le mariage, disait-il, est un lien indissoluble selon les lois de Dieu, et malgré ce que peuvent en penser les mondains, ce n'est pas une fugitive partie de plaisir, mais un contrat solennel, par lequel le mari et la femme se promettent amour et protection jusqu'à la mort...

« Vous êtes tous deux bien jeunes, ajouta-t-il en les regardant avec bienveillance derrière ses grosses lunettes, et je suis persuadé que vous n'avez rien de caché l'un pour l'autre, mais je vous le répète, si vous désirez que votre mariage soit heureux et béni de Dieu, qu'il n'y ait jamais le moindre secret entre vous.

Cyprian murmura quelques paroles incohérentes, il trouvait que la visite avait assez duré; et la dernière question du vicaire lui rappela désagréablement la triste histoire que lui avait contée Crystal Ormsby. Sans regarder sa fiancée, il lui serra le bras tendrement, mais elle repoussa la main amoureuse, et redressa son visage empourpré en fixant avec défi le vieux Mr Southall, comme s'il essayait de lui dérober un trésor.

— Je n'ai rien à cacher, déclara-t-elle d'une voix vibrante...

« Aujourd'hui peut-être », pensa Mr. Southall, tandis qu'il les regardait franchir la grille du petit jardin, au bout duquel on apercevait la vieille église à demi dissimulée derrière les tilleuls tout dorés par l'automne à sa fin ; mais la température était si clémente que l'on entendait chanter les oiseaux comme au printemps.

— Je pense constamment à cette petite maison de Golders Green, murmura Diana joyeusement, vous devriez m'y mener.

— Je regrette de ne pas pouvoir vous faire plaisir. Je veux vous en réserver la surprise, puisque nous ne pouvons pas nous offrir de voyage de noces... répliqua-t-il en étreignant la petite main de Diana.

CHAPITRE XVI

LE MARIAGE

I

L'*hôtel du Lièvre Royal* où Cyprian passa sa dernière nuit de garçon, était une petite auberge aux balcons de bois, confortablement installée, et d'où l'on avait une jolie vue sur la plaine. Cyprian y avait séjourné souvent depuis sa première visite à Spenders Green.

Bien qu'il eût tenu secret son projet de mariage, tout le pays l'avait deviné, et cet événement défrayait les conversations du village, où il était très aimé. Sa gaieté, son amabilité, lui avaient gagné tous les cœurs déjà conquis par le charme de Diana.

Arrivé la veille au soir à l'auberge, il y avait dîné avec son vieil ami et garçon d'honneur Rowley Bannister.

La lune à son plein, brillait dans un ciel splendide. Après le repas, Bannister alluma une cigarette et sortit pour la fumer, tout en flânant. Il rentra bientôt dans la petite salle à manger.

— Shipps, s'écria-t-il, je viens de voir une exquise apparition : Juliette au balcon...

Cyprian, l'esprit rempli de Diana, ne prêta que peu d'attention à l'enthousiasme de son ami et se mit à rire.

— Allez-vous grimper à l'échelle de corde et lui déclarer votre amour au clair de lune ?... Dans ce cas, je vous avertis que les murs sont minces, et que tout le monde vous entendra !...

— Ne craignez rien, répondit Rowley d'un air conquérant, je serai prudent, mais, mon vieux, cette dame se trompait de direction, je viens de la voir qui entrait chez vous.

— Dans ma chambre ?... Cyprian, étonné, regardait son ami.

— Elle ne trouvera pas grand chose à emporter...

Il glissa son doigt dans la poche de son gilet et en retira une alliance.

— Ceci est le seul objet de valeur que je possède... Mais qui vous fait croire qu'elle allait chez moi ?...

Il bâilla.

— Ne trouvez-vous pas qu'il est temps d'aller se coucher ?

— J'aimerais revoir Juliette, fit Bannister.

— Eh bien, alors, sortons, répondit Cyprian, résigné et satisfait, en même temps d'avoir une raison de marcher pour calmer son agitation.

Sous le ciel étoilé et lumineux, les deux amis se dirigèrent, tout en causant, vers la rivière argentée par la lune. Il était fort tard quand ils rentrèrent à l'hôtel.

A peine fut-il couché que Cyprian s'endormit sans penser à regarder sur la table, sinon son attention aurait été attirée par une enveloppe à son adresse.

Le lendemain matin, en s'habillant, il vit la lettre et l'ouvrit. Quelle ne fut pas sa stupeur en constatant qu'elle contenait une somme d'une livre treize shillings et six pences.

Sur la feuille de papier qui enveloppait l'argent, une main féminine avait soigneusement écrit :

« Si je vous dois des intérêts, cherchez-moi et je vous les règlerai... »

Quelle nouvelle et bizarre aventure ! Sa « Dame de la Nuit » choisissait cette journée entre toutes, pour réapparaître après ces longues semaines de silence, pendant lesquelles il n'avait cessé de la chercher...

Il s'assit, bouleversé, et se rappela soudain l'histoire de Bannister et de Juliette... C'était donc elle qui avait pénétré dans sa chambre tandis qu'il était en bas ne se doutant de rien... Elle devait être encore dans l'auberge, sous le même toit que lui, cette pensée le troublait...

Il adorait Diana, qui, dans une heure, allait être sa femme... elle était tout pour lui... mais quelques mois auparavant, il avait aimé un rêve, une apparition fugitive qui avait encore le don de l'émouvoir.

Ding, dong, ding, dong, ding, dong, courons,
Mon mariage sonne.

C'était Rowley qui entrait en chantant gaiement, une coupe de champagne à la main.

— Mais je ne veux pas boire tout cela ! s'écria Cyprian.

— Alors, je vais vider cette coupe à votre santé.

Stenhurst, devant le miroir, nouait attentivement sa cravate :

— Avez-vous vu Juliette ? interrogea-t-il, d'une voix qu'il s'efforçait de rendre naturelle.

— Non, elle doit dormir, puisqu'elle n'a pas encore demandé son déjeuner, mais je sais maintenant qui elle est, c'est déjà quelque chose.

— Comment s'appelle-t-elle ?

Rowley se mit à rire.

— Ce n'est pas de jeu, Shipps, c'est moi qui l'ai découverte hier soir et qui l'ai proclamée reine de beauté et d'amour... Je pense que vous n'allez pas essayer de la séduire ?... Quand vous serez marié et parti pour votre voyage de noces, je reviendrai ici, nous verrons si je peux me présenter.

— Ne faites pas l'idiot, Rowley, observa Cyprian avec une irritation qui surprit son ami. Qui est-elle ?

— Vous n'êtes pas de bonne humeur, ce matin, mon vieux, remarqua Bannister en plaisantant. Vos nerfs me semblent à fleur de peau... Eh bien, puisque vous voulez tout savoir, elle s'appelle Diana Palliser... Là, vous voyez que vous n'êtes pas le seul à avoir conquis une Diana !... Il y en a une autre : lady Juliette, qui a pénétré dans votre appartement... elle est délicieuse, avec des cheveux d'or pâle, des yeux bleus et un teint merveilleux...

— Diana Palliser... répétait lentement Cyprian, ses initiales doivent être alors un D et un P ?

— Bravo !... je vous décerne le prix Nobel pour l'intelligence, dit Rowley en riant de nouveau.

II

Quand Cyprian quitta l'auberge du *Lièvre Blanc* pour se rendre à l'église, il faisait un clair soleil et les arbres, dans leur parure d'automne, éclairaient le paysage de leurs feuilles dorées. Instinctivement, il leva la tête vers les volets clos de la fenêtre voisine de la sienne.

Il s'en voulait de penser à cette jeune fille le matin de son mariage, c'était ridicule, pour ne pas dire plus...

Qu'était-elle pour lui?... Elle lui était apparue, par hasard, un soir, et avait disparu dans la nuit tout aussi mystérieusement. Très probablement ne la reverrait-il jamais, puisqu'elle n'était, puisqu'elle ne pouvait être pour lui... Il avait déchiré le billet qu'elle avait eu l'audace de lui écrire, mais par quel cruel destin s'était-elle trouvée sur sa route, le jour où une vie nouvelle et pleine de promesses allait commencer pour lui.

Di, sa bien-aimée Di s'attendait à mener désormais une existence de privations! Elle était, en effet, persuadée que son mari allait l'emmener dans une petite maison de banlieue, où elle se réjouissait de vivre, tandis que lui-même rayonnait de bonheur en pensant à la surprise qu'il lui réservait, quand arrivés à l'entrée de Linden House, il lui dirait :

— Diana, ma chérie, voici votre demeure.

Cette perspective le séduisait toujours autant, mais il avait l'impression qu'un visage oublié lui était de nouveau apparu un instant, puis s'était effacé en lui laissant comme un regret indéfinissable... Quelle stupide idée pour un heureux fiancé que de s'arrêter à une telle pensée! Dans sa colère, il étouffa un juron.

Si, au moins, elle avait paru à son balcon, il aurait pu la regarder un instant... si seulement... mais non, il valait mieux ne pas la voir.

Quelques secondes plus tard, Rowley le rejoignit et ils prirent tous deux le chemin de l'église. Il était entendu que Di et lady Ormsby s'y rendraient en voiture. Diana devait porter une robe de voyage beige clair garni de fourrure de même teinte, cadeau de lady Ormsby.

— Quelle impression a-t-on en allant se marier? questionna Bannister.

— Je n'en sais rien, fit Cyprian, qui avait bien envie de se retourner pour jeter un dernier regard à l'auberge.

Mais il réprima ce désir et ne sut donc jamais que, derrière les rideaux, la jeune fille qui avait occupé malgré lui ses pensées le regardait disparaître.

Celle-ci sortit quelques instants plus tard. Elle portait une élégante toilette, garnie de fourrure sombre. De même que sa robe, son petit chapeau était noir et rien ne venait égayer cet ensemble, sauf la tache vive d'une orchidée écarlate épinglée à sa fourrure.

III

Diana se regardait avec satisfaction dans la haute glace de sa chambre.

« Quelle folie, pensait-elle, que cette toilette d'une élégance raffinée pour une femme destinée à mener une existence modeste. »

Cyprian avait été ferme dans son refus de ne pas lui laisser visiter leur futur logis.

— Vous le verrez toujours assez tôt! avait-il dit.

Quelquefois, il lui montrait une maison qui ressemblait, soi-disant, à celle qui les attendait; la leur avait un petit jardin et sur la grille d'entrée se lisait le nom de la villa : « Le Nid ».

— Donnez-moi quelque chose d'utile, Crystal, je vous en prie, demandait souvent Diana, qui se sentait gênée de la générosité de la jeune femme, nous serons si pauvres que je n'aurai jamais l'occasion de porter de pareilles toilettes.

— Cyprian aime les femmes élégantes, répondait lady Ormsby.

Cette matinée était la dernière de sa vie de jeune fille, elle épousait Cyprian sous un nom, inventé par Jenny Peters; celle-ci s'était même rendue furtivement chez un avoué pour savoir si, dans ces conditions, un mariage était valable... Soudain, Diana ressentit une vive angoisse, en se posant la même question.

Peut-être valait-il mieux avoir le courage de tout avouer à Cyprian avant de prononcer le oui qui les unirait pour la vie?... Mais cet aveu tardif lui parut impossible et elle tomba à genoux devant son lit, la tête dans ses mains.

Non, décidément, elle ne devait pas se

laisser aller ainsi, il lui fallait être forte. S'étant relevée, elle s'approcha de la fenêtre : la vue du paysage lui rendit tout son calme... un jour ou l'autre, elle lui dirait tout.

La fatalité l'avait entraînée vers un mariage qu'elle imaginait devoir être divinement heureux, avec l'homme qu'elle adorait, un véritable mariage d'amour, rien que d'amour, puisqu'ils n'auraient pour vivre que leur travail ; dans le calme qui l'entourait, cette pensée la remplissait de joie.

Désormais son fiancé était tout pour elle, et il lui était impossible de concevoir la vie sans lui... si par hasard tout à l'heure, il répondait « non » au pasteur qui devait les unir, que deviendrait-elle ?...

— Di, descendez vite, nous serons en retard, et Cyprian sera furieux, dit lady Ormsby sous la fenêtre. Nous vous attendons, miss Peters et moi.

— J'arrive, ne vous impatientez pas, Crystal.

Diana jeta un coup d'œil à sa chambre, avant de sortir, et descendit en courant l'escalier, jusqu'à la grande auto de voyage de lady Ormsby où celle-ci l'attendait, enfouie dans de blanches fourrures.

— Vous êtes adorable, s'écria Crystal en contemplant la jeune fille, dont elle caressa la main. N'êtes-vous pas un peu effrayée ?

— Je n'ai jamais peur de rien, répondit Diana, lentement.

Au moment où l'auto s'arrêtait devant l'église, une jeune femme élégamment habillée de noir y entrait par la porte latérale.

— Quelle jolie fille ! remarqua Crystal, en se penchant pour mieux la voir, je me demande qui cela peut être ?...

CHAPITRE XVII

HOME

I

Diana se tenait toute tremblante au pied de **l'autel** à côté de Cyprian. D'une voix monotone, le vieux Mr. Southold lisait les paroles liturgiques du mariage, comme il l'avait déjà fait tant de fois.

— Cyprian Stenhurst, voulez-vous prendre pour femme Diana Gerrard ?

La voix claire et déterminée de son fiancé prononçant le oui décisif, redonna à Diana toute sa lucidité.

Ils faisaient maintenant le pas définitif qui les unissait, d'un lien que rien ne pourrait briser ? Ils joignirent leurs mains, et Diana sentit la ferme et chaude étreinte de Cyprian... Elle ne pouvait rencontrer les yeux de son mari qui fixaient les candélabres, dont le cuivre brillait derrière le surplis blanc de l'officiant.

Crystal était restée près de la porte, afin de pouvoir sortir plus facilement de l'église, une fois le service terminé et aussi pour avoir une vue d'ensemble de l'autel et des jeunes mariés ; elle pouvait également observer dans un des bas côtés, la jeune fille en robe noire qui la regarda à son tour, en souriant, au moment où le cortège suivait le pasteur à la sacristie.

Tandis que miss Peters allait embrasser Diana, lady Ormsby jeta un regard furtif sur sa petite glace de poche, et passa sur ses lèvres son bâton de rouge.

Après son mari, Diana apposait maintenant sa signature sur le vieux registre poussiéreux que lui tendait Mrs. Southold. Elle avait redouté plus que tout, cet instant, craignant de perdre son sang-froid, et dans son émotion, de tracer son véritable nom, mais elle prit sans trembler la plume des mains du vieux pasteur, et signa hardiment : Diana Gerrard.

— Dieu merci, c'est la dernière fois que vous serez obligée d'écrire ce nom ! dit Cyprian en lui posant la main sur l'épaule.

Et sans tenir compte de la présence de Mrs. Southold, de Rowley Bannister et de Diana, il l'embrassa passionnément ; puis il serra la main de son garçon d'honneur et celle du pasteur.

Maintenant qu'ils étaient mariés, il avait l'impression qu'une porte s'était refermée sur leur passé à tous deux.

Il pensait à ce que lui avait dit Crystal à propos du secret de Diana : elle avait parfaitement le droit de n'en pas parler, même à lui.

« Quelle joie, se disait-il, d'entendre de nouveau la voix redevenue naturelle de Mr. Southold et le bon rire de Rowley, de rentrer dans la vie normale, de n'avoir plus à redouter ces émotions brisantes ! »

— Allons, venez Diana, ma chérie...

Cyprian débordait de bonheur.

Quelle matinée il venait de passer ! et quelle chose extraordinaire que cette pensée obsédante qui l'avait poursuivi, au sujet de la jolie inconnue de l'auberge.

Ils sortirent de la sacristie et descendirent la grande nef. L'église était vide... pas complètement pourtant... Dans l'ombre d'un pilier, Cyprian aperçut, en effet, une femme immobile qu'éclairait un rayon de soleil tombant d'un vitrail, leurs yeux se rencontrèrent au moment où il passait non loin d'elle.

De nouveau, une angoisse étrange l'envahit ; il n'y avait plus de doute possible, c'était Diana Palliser dont il détenait encore le sac en daim bleu... elle se détourna brusquement et dans ce geste laissa tomber à ses pieds une orchidée écarlate.

Comme un homme sous l'empire d'une hallucination, il se baissa pour la ramasser et sans un mot rejoignit sa femme qui embrassait miss Peters sur le porche de l'Eglise. Toutes deux se retournèrent pour le regarder, comme il apparaissait sous la porte ogivale.

Arrivée près de l'auto, Diana aperçut l'orchidée et recula épouvantée :

— Je vous en prie, Cyprian, dit-elle, jetez cette fleur, je ne peux en supporter l'odeur.

II

Sous une avalanche de confettis, Cyprian et la jeune femme quittèrent Dial House.

Dans l'auto qui les emmenait vers leur nouvelle demeure, Diana, la tête sur l'épaule de son mari, était enfin complètement heureuse. Elle ne ressentait plus cette angoisse qui ne l'avait jamais quittée, jusqu'au moment où le mariage avait été consacré ; elle essayait aussi d'oublier la fleur d'orchidée et le douloureux souvenir qu'elle évoquait.

Cyprian, plongé dans ses réflexions, restait silencieux. Elle se redressa et se pencha par la portière, pour regarder une dernière fois Spenders Green, avec ses grandes prairies, ses mélèzes sombres, ses saules pleureurs aux branches gracieusement penchées, dont les étroites feuilles paraissaient des fils d'or, plus loin, l'auberge du village dont l'enseigne se balançait au gré du vent, enfin les boutiques dont elle connaissait par cœur les vitrines, toujours pareilles. Elle avait fini par s'attacher au vieux village, et si Dial House ne lui avait jamais paru être sa véritable maison, les prairies de Green, son terrain de criquet, ses grands bois, lui étaient chers, il lui semblait quitter de vieux amis, qu'elle aimait tendrement.

Elle était encore en train de faire ses adieux à son ancienne vie, lorsque l'auto atteignit la grande route. Soudain, en apercevant le chemin dans lequel la voiture s'engageait, elle parut sortir de son rêve et ce fut d'un ton animé qu'elle s'adressa à Cyprian :

— Réveillez-vous, Cyprian.

Et dans sa joie, elle battit des mains.

— Dites-moi si notre maison ressemble à celles-ci ?... Je vous ai parlé de notre ancienne propriété, — elle contemplait tendrement sa bague, — nous vivions à la campagne dans un grand château ; jamais, avant de m'installer chez Jenny, je n'avais habité une petite maison. Chère Jenny ! comme elle était heureuse ce matin !... dans sa joie, elle s'était parée de ses plus beaux atours...

Cyprian se pencha et baisa les petites mains de sa femme.

— Nous lui demanderons de venir passer quelque temps avec nous. Ce sera notre première invitée.

— Cyprian ! le plus adorable des fous... comment voulez-vous que nous la recevions ?... Nos quatre pièces ne nous le permettront pas !

— C'est vrai, j'avais perdu de vue ce détail, fit-il en riant. Du reste, j'oublie un tas de choses importantes.

— Je suis sûre que vous avez aussi oublié de commander le dîner ?

— Non, j'y ai pensé... Voulez-vous une cigarette ?

— Vous m'avez dit, qu'au début, nous aurions quelqu'un pour faire le ménage et préparer le repas, — elle alluma la cigarette qu'il lui tendait — mais vous ne m'avez jamais avoué exactement ce que nous aurions pour vivre, ajouta-t-elle sérieusement. Crystal a été si généreuse, que j'ai mis une jolie petite somme de côté.

— Elle est unique au monde, s'écria le jeune homme enthousiaste, réfléchissez à ce qu'elle a été pour nous, une véritable providence ! C'est une sainte...

Diana contemplait attentivement la pointe de son soulier.

— Vous avez raison, acquiesça-t-elle, je lui suis infiniment reconnaissante. Mais parlez-moi un peu de notre future habitation. Comment est-elle ?

— Comme toutes les autres, elle n'a rien de particulier.

— Est-elle du style Tudor, Queen Anne, Georgian ? Serait-ce, par hasard, une adorable demeure comme était la nôtre ?... Elle se pelotonnait en riant, contre l'épaule du jeune homme — et quand on y a pénétré, que trouve-t-on à l'intérieur ?

— Vous entrez, tout d'abord, dans le vestibule... •

Il regardait par la portière la lueur qui planait au loin sur Londres.

— Tiens, continua-t-il, je me demande si le chauffeur va prendre par Isle Worth ou par l'autre route.

— C'est singulier, poursuivit Diana tout à son idée, jamais vous ne m'avez donné l'impression d'être gêné...

— C'est vrai ?... tant mieux, car c'est déprimant de paraître pauvre.

— Vous ne m'avez toujours pas dit ce que nous aurions pour vivre, il faudra pourtant que je le sache, pour ne pas faire de dettes... Nous débutons mal, en arrivant ainsi dans une magnifique auto, tandis que nous aurions dû prendre le métro ou le train, avec un billet de troisième classe...

Elle regardait de nouveau le paysage par la portière. Mais déjà la ville commença avec ses rues remplies de trams et d'autobus.

Ils venaient de traverser Hammersmith, quand l'auto se trouva arrêtée à l'entrée du parc. Un cavalier fort élégant, montant un cheval bai, les dépassa sans les regarder. Cyprian jeta un regard anxieux sur sa femme :

— Tiens, c'est Lawson, fit-il, Sir Ulick Lawson...

Elle hésita un instant, comme si elle voulait parler, puis elle se ravisa :

— Passons-nous par le parc ? demanda-t-elle d'une voix changée.

Et elle ne reprit sa gaieté qu'en arrivant sur la route d'Hampstead.

— Golders Green est près d'Hendom, n'est-ce pas, Cyprian ? questionna-t-elle.

— Oui, en bas de la côte et quand nous serons là, tiens...

Les rues qu'ils traversaient lui semblaient familières ; une sorte d'inquiétude, qui était presque de l'effroi, la gagnait, en reconnaissant l'endroit où ils se trouvaient.

La voiture venait de tourner brusquement à gauche.

— Hendon doit être dans cette direction, s'exclama-t-elle.

— Bien deviné, Diana d'Ephèse.

Et il baisa de nouveau la main qu'il tenait.

— Alors, pourquoi allons-nous dans le sens opposé ?

— Parce que c'est le plus court chemin pour arriver chez nous.

De nouveau, elle regarda avec étonnement le paysage qui défilait devant ses yeux : elle reconnaissait le terrain vague qui s'étendait d'Heath au château de Jack Straw, et les grandes grilles d'un jardin clos de murs, dans lequel les verrières d'une vaste serre brillaient au soleil. Elle connaissait tout cela, et son cœur se serrait d'angoisse en y pensant.

Pourquoi devaient-ils passer là le jour même de leur mariage ? Elle sentait la main de Cyprian qui étreignait tendrement la sienne.

— Mais il prend l'avenue qui conduit à cette maison Cyprian ?... Il nous y emmène... cria-t-elle.

Il l'attira contre lui. Comme elle paraissait nerveuse, pauvre petite Di !...

— Di, Di, ma chérie... ne vous inquiétez pas, c'est notre home... c'est là que nous allons vivre...

CHAPITRE XVIII

HENDON HOUSE

I

Cyprian entra dans sa maison, en portant dans ses bras sa femme qui venait de s'évanouir... Ainsi Diana ne put-elle voir Mant ouvrir la porte, ni les nombreux serviteurs rangés respectueusement pour recevoir leur nouvelle maîtresse.

Elle ne vit pas, non plus, la chambre spacieuse, donnant sur le jardin dans laquelle Cyprian l'avait transportée après avoir appelé la gouvernante.

Diana reprit rapidement connaissance, mais le choc avait été si brutal qu'elle ne recouvra pas immédiatement toute sa lucidité ; elle reposait, les yeux fermés, hantée par ce mystère qui la terrifiait.

La sentant mieux, la femme de charge s'était retirée emmenant Cyprian.

— Il faut laisser Madame se reposer, avait-elle déclaré, elle est à bout de forces, la pauvre petite dame, c'est inutile d'appeler le médecin, qui ne fera que l'ennuyer... Dans quelques instants, elle sera tout à fait bien.

Une fois seule, Diana se dressa sur son séant, et regarda autour d'elle : cette pièce à l'ancienne mode, avec ses rideaux de Chintz et son clair tapis, lui plaisait ; elle en notait tous les détails... mais ses jambes se dérobèrent sous elle quand elle voulut se lever et elle fut obligée de s'appuyer à la colonne sculptée de son lit pour ne pas tomber... L'image que lui renvoyait la grande psyché l'effraya.

Comme tout cela lui paraissait étrange : cette grande maison, cette femme de charge qui l'avait soignée et qui parlait à Cyprian comme à un maître...

Qu'étaient devenus le petit logis et la vie simple qu'elle avait imaginée avec tant de joie ? elle sentait une profonde détresse l'envahir et ses larmes se mirent à couler... Cyprian n'était donc pas pauvre ?... Il l'avait trompée... Elle se rapprocha de la fenêtre, essayant de reprendre ses esprits, pour juger plus sainement la situation.

Une chose était certaine, elle était revenue à Hendon House ! Ceci n'était pas un simple cauchemar, mais une douloureuse réalité.

Elle se laissa tomber sur une chaise basse, la tête dans ses mains, il lui semblait qu'un trésor venait de lui être dérobé, non par un voleur vulgaire, mais par l'être qu'elle chérissait le plus au monde...

Qui pouvait bien être son mari ?...

Il n'avait jamais beaucoup parlé de lui et elle-même, ayant tant à cacher, n'avait jamais osé l'interroger. Sans doute, Cyprian avait-il dû lui cacher sa situation de fortune dans le but de lui faire une merveilleuse surprise le jour de leur mariage...

Mais pourquoi l'avait-il amenée à Hendon House ?... Elle frissonnait en se posant cette question, et, dans un geste de désespoir, elle tendait vers le ciel ses mains suppliantes.

Bientôt, elle se ressaisit, se gourmandant de s'être abandonnée au découragement. Pourquoi se laisser aller ainsi ?... N'était-elle pas la femme de Cyprian ?

Pensant que l'air la remettrait, elle s'apprêtait à ouvrir la fenêtre, quand elle aperçut sur la grande pelouse son mari qui causait avec le jardinier. Il paraissait étudier avec lui certaines modifications à l'aménagement du parc. Tête nue, les mains dans les poches, ses deux chiens à ses pieds, il donnait l'impression d'un homme parfaitement heureux.

Elle le suivait amoureusement des yeux. Au déclin de cette radieuse journée, le jardin se voilait d'une brume bleutée, tandis qu'au couchant des nuages flamboyants s'éteignaient peu à peu.

Diana, rêveuse, ne pouvait s'arracher à ce spectacle.

Il lui fallait pourtant se décider à quitter sa chambre... Désormais, elle devait vivre dans cette maison devenue sienne, et faire abstraction du passé. Peu à peu, son courage revenait ; elle ouvrit la porte et se trouva dans le corridor.

Elle entendait le tic tac régulier de l'horloge chinoise, le gazouillement des oiseaux et le murmure de la fontaine... Il était cinq heures et les domestiques devaient prendre le thé, Diana retenant son souffle, descendit l'escalier à peine éclairé par les grands vitraux du hall. Elle le traversa lentement et passa dans la bibliothèque ; elle se souvenait que sir Rupert la lui avait montrée, ainsi que l'escalier bas conduisant à la galerie, où la lumière, savamment distribuée, donnait toute leur valeur aux peintures réunies dans sa remarquable collection de primitifs allemands.

Cet endroit lui rappelait la soirée où elle avait été l'hôte du vieux philanthrope. Bien que la porte en fût entre-bâillée, elle hésitait à y pénétrer. Enfin, elle s'y décida et s'arrêta devant le canapé ; elle ne voyait rien, ni les tableaux, ni la pièce. Soudain, elle tomba à genoux, et, les mains jointes dans un geste de supplication, elle se mit à prier.

Au même instant, un bruit léger la fit sursauter, elle se leva et se dirigea rapidement vers la porte, qu'elle avait laissée entr'ouverte dans la crainte de se sentir enfermée dans cette vaste pièce. Il n'y avait personne, ni sur le palier, ni dans le corridor.

Elle sortit, et, ayant de nouveau traversé la bibliothèque, elle ouvrit la porte secrète donnant accès à la serre aux orchidées. Sous l'effet du parfum enivrant des fleurs exotiques, Diana se sentit défaillir et s'arrêta un instant au sommet des marches de marbre. Non loin d'elle, l'eau tombait goutte à goutte dans le bassin d'albâtre qui prenait dans la pénombre un aspect fantastique.

Elle ne s'était pas trompée. A plusieurs reprises, elle avait déjà cru entendre des bruits de pas. Maintenant, elle n'en pouvait plus douter : un malaise l'envahit, ces pas furtifs l'angoissaient, car, dès qu'elle s'arrêtait, le bruit cessait. Etait-ce le mort qui marchait ainsi derrière elle ?... Mais non... Son imagination l'égarait.

Appuyant ses mains contre les montants de la porte, lentement, très lentement, elle se retourna.

Au même moment, une applique s'éclaira ; un homme, au visage rasé, en veston noir et en pantalon à raies ferma les volets et tira les rideaux d'un air solennel. La jeune femme le voyait distinctement, mais n'osait bouger de crainte d'être remarquée et se mordait les lèvres pour ne pas crier. Mais l'homme ayant tourné un second commutateur, elle se trouva brusquement en pleine lumière, au sommet de l'escalier.

Mant se tenait devant elle, très digne, et parfaitement correct comme un valet de chambre admirablement stylé. Pourtant son regard ne correspondait pas au respect de son attitude. Le silence qui plana pendant quelques secondes parut éternel à Diana.

Tandis qu'elle s'efforçait de retrouver son sang-froid, le maître d'hôtel annonça flegmatiquement :

— Monsieur est encore dans le jardin, le thé est servi dans le salon, dois-je montrer le chemin à Madame ?

Diana le remercia et le suivit à travers le hall, à l'extrémité duquel s'ouvrait une porte à deux battants, donnant accès à une pièce vaste et claire, où la table à thé était préparée devant un feu qui flambait gaiement. Mant ne quittait pas des yeux sa nouvelle maîtresse, qui s'avançait vers la cheminée.

Elle était maintenant résolue à se montrer belle joueuse dans la partie qu'elle avait engagée.

II

Quelques minutes plus tard, Cyprian entrait dans le salon, ses deux chiens aboyant joyeusement derrière lui.

Sa femme parut aussi heureuse qu'il le souhaitait et le gronda simplement de ses cachotteries. Elle avait l'air enchantée de la maison qu'elle voulait visiter dans ses moindres détails avec son mari, quand ils auraient pris le thé.

Cyprian ne lui fit grâce de rien : ils parcoururent successivement la salle à manger de gala, celle plus petite et plus intime où ils prendraient leurs repas quotidiens, la grande serre, celle des orchidées, enfin la galerie de tableaux.

— Comment êtes-vous devenu propriétaire d'une pareille demeure ? questionna la jeune femme, au moment où ils rentraient dans la petite salle à manger.

— Un cousin éloigné, sir Rupert Hendon, m'en a fait l'héritier. Il n'avait ni femme, ni enfant, et c'est ainsi qu'il m'a tout légué.

— Même ce macabre maître d'hôtel qui nous a servis tout à l'heure?

— Oui, il était compris dans l'héritage, vous finirez par vous habituer à lui.

Diana haussa les épaules :

— Il est horriblement antipathique, déclara-t-elle.

— Il fait partie de la maison... dit Cyprian en prenant la main de sa femme, il faudra maintenant couvrir de bagues ces jolis doigts... j'en ai à ne savoir que faire dans un coffre à la banque, mais la plus belle, ornée de la fameuse émeraude des Lifton (dans l'ancien temps une Lifton avait épousé un Hendon) a disparu et personne ne sait ce qu'elle est devenue.

— Et lady Hefton? demanda Diana, en contemplant les braises incandescentes, la femme de sir Rupert, qui était-elle?

— Mieux vaut ne pas en parler, répondit Cyprian, en pelant une pêche pour sa femme; elle n'a pu s'habituer ni à la vie austère ni aux idées philanthropiques de son mari qu'elle a quitté depuis longtemps. Il y avait autrefois un portrait d'elle dans le salon, mais il a disparu; c'était une très jolie femme, aussi blonde que coquette.

— Ils n'ont pas eu d'enfants?

Cyprian hocha la tête :

— Non, du moins pas que je sache; elle est partie un beau jour, et personne ne sait si elle vit encore. Avant de mourir, sir Rupert a dicté ses dernières volontés : il me demandait trois choses : garder Mant à mon service, ne pas démolir la serre aux orchidées, enfin servir une rente à la jeune fille qui a dîné avec lui le soir de sa mort, si un jour, comme il le souhaitait, je parvenais à la retrouver.

Diana le fixa avec attention :

— L'avez-vous cherchée? interrogea-t-elle.

— Qui?

Il lui versait un verre de liqueur.

— Tenez Diana, buvez ceci, ça vous fera du bien.

— Vous ne répondez pas à ma question.

— Je l'ai non seulement cherchée, mais retrouvée.

Diana voulut parler, mais aucun son ne sortit de sa bouche.

— Je l'ai trouvée, poursuivit le jeune homme, dans la maison où, tout d'abord, j'avais rencontré...

Il s'arrêta brusquement, ne voulant pas prononcer le nom de Diana Palliser; Diana, sa chérie, sa délicieuse bohémienne, souffrirait peut-être d'entendre parler de cette jolie fille, et mieux valait éviter ce sujet brûlant...

— C'était la nuit de cette fameuse tempête...

— Mais vous m'avez dit... interrompit-elle vivement.

— Je ne vous ai jamais parlé de Pansy Stores, parce que j'aurais été obligé de vous dévoiler en même temps mon titre de seigneur de Linden Lawn. J'ai donc trouvé dans une chambre du premier étage de la maison vide, endormie par un narcotique, la jeune fille qui avait dîné le même soir avec sir Rupert. Elle m'a causé la plus grande frayeur de ma vie, car tout d'abord, je l'ai crue morte... J'ai immédiatement prévenu la police, mais quand je suis revenu avec l'agent, elle avait disparu mystérieusement. Depuis lors, j'ai fait l'impossible pour la retrouver, sans jamais y arriver... j'ai fini par découvrir sa mère à qui je sers une rente, mais Pansy Stores n'a plus donné signe de vie...

CHAPITRE XVIX

UN AN APRÈS

I

Diana, son nouveau-né, le petit Robert, dans ses bras, revoyait par la pensée l'année qui venait de s'écouler.

Bien que l'épée de Damoclès suspendue sur sa tête existât toujours, la crainte que la jeune femme avait ressentie à son arrivée à Hendon House, sans avoir entièrement disparu s'était atténuée, car rien ni dans les paroles, ni dans les actes de Mant, ne permettait de croire qu'il l'avait reconnue.

Quelques jours après leur mariage, Diana et Cyprian étaient partis pour la Suisse et y avaient séjourné plusieurs mois. Ils n'étaient rentrés à Linden Lawn qu'à la fin du printemps ; depuis lors, ils n'en avaient plus bougé.

Bien souvent, elle avait essayé de parler à son mari de la nuit de tempête, mais chaque fois, il détournait la conversation. Le soir de leur mariage, il lui avait dit une partie de la vérité : la jeune fille qu'il avait trouvée endormie dans la maison, avait disparu comme un fantôme.

Depuis cet aveu, les craintes de Diana s'étaient à peu près calmées, à la pensée que l'on ne découvrirait plus sa véritable identité. En dehors de Jenny personne ne savait que Mrs. Cyprian Stenhurst et Diana Palliser n'étaient qu'une seule et même personne, or, jamais Jenny ne trahirait son secret.

Diana lui avait assuré qu'elle ne demandait qu'une année de bonheur, mais maintenant que les douze mois étaient écoulés, tout en serrant tendrement son fils contre son cœur, elle se disait que ce serait aussi stupide qu'inutile de dévoiler la vérité... Il lui était si facile de continuer à garder le silence... Pourtant, elle éprouvait un singulier désir de reprendre sa personnalité. Mais ayant choisi délibérément sa voie, elle était désormais obligée de la suivre.

D'ailleurs, tout semblait la favoriser... Sir Ulick était absent, et quand il reviendrait dans le pays, elle serait prête à le recevoir. Jamais il ne pourrait la démasquer et cette certitude l'ancrait dans sa résolution.

— Oubliez, oubliez... semblait lui dire le tic tac de l'horloge du hall, quand elle se réveillait dans la nuit.

Au début, seul, son amour pour Cyprian avait soutenu sa volonté, aujourd'hui, elle devait défendre farouchement son petit Robert, contre tout ce qui pourrait menacer son bonheur futur.

Jenny Peters était venue pour le baptême, mais elle avait déjà fait à Linden Lawn de nombreux séjours, que Cyprian avait trouvé tout naturels, la considérant comme la grande tante de Diana.

Depuis que ses craintes diminuaient, la jeune femme devenait de jour en jour plus jolie ; son mari l'adorait et la naissance de son fils avait mis le comble à son bonheur.

Quelques jours après le baptême de l'enfant, Diana était assise dans le jardin sous le grand cyprès, et se préparait à prendre le thé avec Cyprian. A quelques pas d'elle, la nurse promenait le bébé. C'est dans ce décor idyllique que Rowley Bannister vint les surprendre, comme il le faisait souvent. Il semblait fort gai. Ayant salué Cyprian d'un cri joyeux, il courut vers son filleul, et ce ne fut qu'après avoir admiré l'enfant, qu'il vint présenter ses hommages à Diana, puis Cyprian s'étendit sur l'herbe aux pieds de sa femme, tandis que Rowley s'installait sur une chaise longue.

— Quelle paix ! s'écria-t-il en allumant une cigarette. Lady Ormsby m'a invité à Dial House pour le *week end*, en me disant que vous y seriez aussi.

Diana jeta un regard furtif du côté de son mari : elle ne lui avait jamais avoué ses véritables sentiments envers la jeune femme, à qui elle se sentait contrainte de témoigner une apparente amitié.

— Nous irons certainement, répondit joyeusement Cy.

— Vous rappelez-vous la jeune fille dont je suis tombé amoureux? poursuivit Bannister.

— Laquelle? demanda Diana, qui brodait un dessin russe au point de croix. De qui êtes-vous amoureux?

— De ma Diana — il clignait de l'œil — oui, ma chère Di, j'ai découvert aussi une Diana...

Cyprian rougit brusquement et se leva ; cette conversation lui était pénible, il siffla ses chiens et s'éloigna du petit groupe.

— Ne partez pas, *shipps*, lui cria Bannister.

Cyprian s'arrêta pour regarder son ami.

— N'est-ce pas une extraordinaire coïncidence? Je l'ai découverte le matin de votre mariage, et après l'avoir entièrement perdue de vue, figurez-vous que je viens de la retrouver aujourd'hui... elle habite tout près d'ici, je l'ai suivie jusqu'à sa porte.

De nouveau, le visage de Cyprian se couvrit d'une vive rougeur, il regarda Diana qui semblait écouter, sans beaucoup d'intérêt, le récit de Bannister.

— Je suis sûr de ne pas me tromper, reprit celui-ci, mais je n'ai pas eu le courage de lui parler... elle est plus jolie que jamais...

— Comment s'appelle-t-elle ? questionna Diana.

— Diana Palliser, répondit Rowley, avec un rire joyeux.

II

Pendant un instant, Diana ne vit plus qu'un brouillard devant ses yeux, il lui semblait que les arbres, son mari et Bannister vacillaient devant elle... Elle ne reprit ses esprits qu'en entendant Cyprian réclamer du brandy, et par un violent effort de volonté, elle parvint à surmonter le trouble qui l'envahissait.

— Ne vous inquiétez pas, Cyprian, dit-elle, je suppose que c'est ce soleil étincelant qui m'a éblouie.

Elle regagna la maison, et se réfugia dans sa chambre. Dès qu'elle fut seule, elle se sentit mieux et voulut essayer de se rappeler exactement les paroles de Bannister...

« Diana Palliser »... c'était impossible... qui pouvait être cette femme, et pour quelle raison portait-elle son nom ?...... Diana serrait les dents et se tordait les mains... elle ne devait pas s'abandonner au désespoir, sinon elle deviendrait folle, et il lui fallait, au contraire, envisager la situation avec tout son sang-froid.

Elle plongea son visage dans l'eau froide, et après avoir effacé la trace de ses larmes, elle redescendit dans le jardin.

Cyprian et Rowley Bannister, qui se promenaient en causant à voix basse, ne virent pas arriver la jeune femme. Elle traversa la véranda et se dirigea vers la serre en passant par le hall : Rowley avait dit que Diana Palliser habitait en face de Linden Lawn... elle regardait pensivement dans cette direction.

Pendant les semaines qui venaient de s'écouler, les peintres et tous les corps de métier avaient travaillé dans le petit cottage entouré d'un jardin, dessiné dans le style italien, avec des fleurs de toutes couleurs, dont l'effet n'était pas du meilleur goût. Ce devait être la maison qu'avait remarquée Rowley, quand il avait suivi la jeune fille.

De plus en plus nerveuse, Diana se dirigea vers la grille qui séparait Linden Lawn de la route. De l'autre côté, un peu plus bas, elle pouvait voir le portail en bois qui donnait accès au jardin, et sur lequel on lisait : « Casa Carissima ».

Diana sortit de la propriété, pour voir de plus près le petit cottage. C'était une sorte de bungalow au toit rouge, et dont les fenêtres s'ouvraient sur une terrasse couverte. Dans un coin ombragé, sur des chaises longues, s'amoncelaient des coussins de satin, multicolores.

Devant la porte de la maison, stationnait une petite auto d'une grande élégance. Tout respirait le luxe, Diana Palliser devait certainement être à son aise...

Entraînée par un désir irrésistible d'être mieux renseignée sur sa nouvelle voisine, Diana franchit le portail. Elle n'y avait aucun droit, mais elle était décidée, envers et contre tout, à faire connaissance avec la jeune fille qui portait son nom.

Comme elle s'engageait dans l'allée sablée, elle entendit le jappement d'un petit chien.

C'était de la folie de s'aventurer jusque-là, pensait Diana, il devait y avoir de par le monde, une douzaine de Diana Palliser, et une simple coïncidence avait dû amener son homonyme dans son voisinage... Elle sentait sa colère décroître. « Casa Carissima » était, sans aucun doute, la demeure d'une jeune actrice richement entretenue. Ce genre de femme devait plaire à Rowley...

Au moment où elle allait se retirer, elle entendit une voix féminine appeler :

— Max, Max, puis un coup de sifflet.

La curiosité de Diana fut de nouveau éveillée. Elle s'arrêta au moment où la jeune fille sortait de la maison, accompagnée d'un magnifique Barzoi.

L'animal sautait autour d'elle en agitant le panache blanc de sa queue, mais Diana ne semblait pas voir le lévrier. Dissimulée par un seringa en fleurs, elle regardait, les yeux dilatés par la stupeur, celle qui marchait dans sa direction, tête nue, ses cheveux blonds dorés par le soleil.

La jeune femme croyait rêver... Retenant son souffle, elle avança la tête pour mieux voir sa voisine. Etait-ce une hallucination? Elle se trouvait en face d'une exacte reproduction d'elle-même, ou du moins de ce qu'elle était avant d'avoir adopté le teint et la chevelure d'une brune gitane. La jeune fille tenait une balle au-dessus de sa tête pour amuser le lévrier, qui aboyait de joie ; elle avait, comme l'ancienne Diane, des cheveux d'un blond pâle, les mêmes grands yeux bleus, et sa silhouette svelte... Cette ressemblance parfaite était impressionnante.

Profondément troublée par cette apparition si inattendue, Diana rentra chez elle en courant. Comment expliquer que sa nouvelle voisine portât le même nom qu'elle? Comment pouvait-elle lui ressembler à ce point?...

Elle sentait le besoin de se confier à quelqu'un, or seule, Jenny Peters était capable de la comprendre ; il fallait donc qu'elle la vit le plus tôt possible.

Une demi-heure plus tard, Mrs. Stenhurst partait pour Londres en auto, après avoir déclaré à son mari qu'elle était obligée de se rendre auprès de sa tante. Cyprian qui paraissait préoccupé n'avait fait aucune objection.

Dans son angoisse, elle avait hâte de se jeter dans les bras de sa vieille amie, dont le cœur compréhensif compatirait sûrement, en entendant son récit.

Le chauffeur s'arrêta bientôt devant la petite maison de la rue Redmay. En descendant de voiture, l'attention de Diana fut attirée par un écriteau « à louer » qui se balançait au-dessus de la porte de miss Peters.

La maison, avec ses volets fermés, paraissait inhabitée, et personne ne répondit à son coup de sonnette.

Pourtant, il y avait trois jours de cela, quand Jenny était venue à Lenden Lawn pour le baptême, elle n'avait pas parlé de ses projets de voyage... Qu'était-il arrivé, pour que la vieille demoiselle eût disparu si mystérieusement ?

Diana regardait les fenêtres closes, sans pouvoir s'expliquer cette nouvelle énigme...

CHAPITRE XX

L'ÉTRANGE DISPARITION DE MISS PETERS

I

Miss Peters était radieuse.

Elle n'avait jamais vu de plus heureux couple que Cyprian et Diana ! Ils avaient tout : santé, jeunesse, fortune, et maintenant la naissance du fils était venue couronner leur bonheur.

Prenant facilement ses désirs pour des réalités, elle était persuadée qu'aucun nuage n'assombrissait leur foyer.

A la fin de sa première année de mariage, Diana lui avait paru un peu changée, mais Jenny attribuait à une fatigue nerveuse, l'inquiétude qui parfois traversait les yeux de sa jeune amie. Elle portait toujours ses cheveux noirs, preuve évidente, que malgré sa promesse, elle n'avait rien avoué à son mari, et cela peinait la brave femme.

« Elle lui avouera tout, maintenant, » pensait-elle en voyant Cyprian contempler son fils avec ravissement...

Lady Ormsby, en sa qualité de marraine, avait également assisté à la cérémonie, avec Bannister comme compère.

Le soir même, l'ancienne institutrice avait pris congé de ses hôtes. Mant, toujours extrêmement courtois pour la vieille fille, l'avait mise en auto, en enveloppant ses jambes dans une moelleuse couverture.

Rentrée dans la solitude de sa petite maison, miss Peters se sentant triste, s'était préparé une tasse de thé pour se réconforter ; elle avait maintenant une domestique, cédant en cela aux instances de Diana. En effet, Cyprian n'aurait pas admis que la tante de sa femme n'eût personne pour la servir, mais aujourd'hui, elle lui avait donné congé pour aller au cinéma. Souvent, d'ailleurs, miss Peters regrettait Mrs. Stores.

Tandis qu'elle achevait de boire son thé, dans la cuisine, elle entendit sonner.

« Grand Dieu, qui cela peut-il être, » se demanda-t-elle.

Quand elle eut ouvert la porte, son étonnement se changea en stupeur, en voyant l'élégant visiteur qui se tenait sur le seuil.

— C'est bien à miss Peters, que j'ai l'honneur de parler ? demanda-t-il.

— Oui, répondit-elle de plus en plus étonnée.

— Puis-je entrer ?...

Elle se recula pour le laisser passer.

— Je serais heureuse de savoir à qui j'ai...

— Je suis sir Ulick Lawson.

Miss Peters frissonna de la tête aux pieds : elle se sentait défaillir... Cet homme était celui que Diana craignait plus que tout au monde, celui qu'elle lui avait demandé d'éconduire, et cependant il était là dans le vestibule, tranquille et souriant.

— Je suis venu solliciter une grande faveur, miss Peters, dit-il en pénétrant dans le salon, d'ailleurs, je ne dois pas être un inconnu pour vous ?...

Elle ferma la porte, et s'assit sans répondre...

Diana ne lui avait jamais parlé de sir Ulick, sinon pour lui interdire de le recevoir, mais miss Peters était très influençable, et déjà elle était désarmée par la distinction et les manières de grand seigneur de son visiteur, elle se sentait toutefois assez forte pour ne pas trahir la jeune femme.

— En quoi puis-je vous être utile ? questionna-t-elle, hésitante.

— Utile ?... Pas à moi personnellement, mais... il cessa de sourire et continua gravement, à une de nos amies communes.

— Une amie commune ?... répéta-t-elle étonnée.

— Oui, lady Palliser.

Miss Peters respira : elle avait perdu de vue lady Palliser depuis si longtemps !

— Elle désire recevoir la visite de sa fille.

— C'est impossible, fit miss Peters en se levant brusquement. Elle ne s'est jamais conduite comme une véritable mère, et de toute façon je ne peux dire à personne où se trouve Diana, il est donc inutile d'insister.

— Vous connaissez, sans doute, le passé de lady Palliser, miss Peters ?

— Oui... certaines choses...

— Vous n'ignorez pas qu'elle était, et qu'elle est encore légalement lady Hendon ?

Miss Peters inclina la tête sans répondre, ne voulant pas discuter plus longtemps sur ce sujet.

— Vous savez que mon vieil ami sir Rupert, n'avait jamais voulu divorcer, dans l'espoir qu'un jour ou l'autre sa femme lui reviendrait... Je ne blâme personne, il fit un geste de la main, elle s'était mariée beaucoup trop jeune, et Wilfred Palliser était irrésistible... Mais nous ne sommes pas là pour juger notre prochain, même si nous le désirions, ce qui n'est pas le cas, n'est-ce pas miss Peters ?

— Devenue veuve, répliqua vivement la vieille demoiselle, elle s'est remariée, m'a-t-on dit, et est partie pour les Indes ?

— Vous avez été mal informée, poursuivit sir Ulick aimablement, lady Palliser, puisque nous l'appelons ainsi, n'était pas la femme légitime de sir Wilfred, elle n'est pas remariée, et habite maintenant en France, à Pontillac une petite ville du midi. Depuis quelque temps, elle est très malade et m'a supplié de venir en Angleterre chercher sa fille, qu'elle désire ardemment revoir.

— Sa vie est-elle en danger ?

— Dieu merci, elle n'est pas encore à l'article de la mort, répondit gravement sir Ulick, mais très sérieusement malade. Aussi vous ne pouvez pas me refuser de me donner l'adresse que je vous demande.

— Même dans ces circonstances, je suis obligée de me taire, répondit-elle en rougissant.

— Miss Peters, dit sir Ulick en se penchant vers elle, lady Palliser est seule, sans un parent, sans une amie, car elle a rompu toute relation avec le milieu auquel elle appartient... Etes-vous toujours décidée à lui refuser une dernière consolation en la privant des soins et de l'affection de sa fille ?

— Diana compte pour moi plus que lady Palliser... Vous me comprendrez sûrement, quand je vous en aurai dit la raison : les circonstances ont changé, elle est heureuse, et je ne veux pas que le moindre nuage vienne assombrir son bonheur.

Sans répondre, sir Ulick observait attentivement la vieille fille, qui ajouta :

— De quelle utilité serait Diana pour sa mère ? Du reste, elle a maintenant des devoirs personnels qui ne lui permettraient pas de la rejoindre.

— J'ai beaucoup connu lady Palliser, reprit sir Ulick, il y a longtemps de cela, quand elle était la femme de sir Hendon. Je l'avais complètement perdue de vue, lorsque je l'ai retrouvée, tout à fait par hasard, à Pontillac, où je faisais un séjour chez un ami qui m'avait parlé de cette Anglaise solitaire. C'est là qu'elle m'a raconté sa vie ; elle n'a rien eu de gai, je vous assure... Je ne suis pas entré dans les détails, naturellement, mais elle m'a parlé de vous comme d'une amie sûre et dévouée.

— J'en suis d'autant plus touchée, dit miss Peters en cherchant son mouchoir, qu'autrefois elle paraissait faire bien peu attention à moi, malgré l'intérêt que je portais à Diana ! A cette époque, elle n'était pas tendre pour sa fille, sir Ulick, et il est douloureux de penser que maintenant elle la réclame, plus douloureux que je ne puis le dire...

— Croyez-vous que Diana ne serait pas heureuse de revoir sa mère ?

— Je n'en sais rien ; en tout cas, je ne lui en parlerai pas, et j'en prends toute la responsabilité, répondit la vieille fille, en fixant son interlocuteur. Quand elle a été abandonnée par sa mère, elle en a été désespérée et est venue se réfugier auprès de moi. Depuis lors, grâce à Dieu, sa vie a changé, et je ne veux pas qu'on vienne la tourmenter.

Sir Ulick regardait miss Peters d'un air admiratif.

— C'est très bien de prendre ainsi le parti de votre ancienne élève, très bien... mais cela ne facilite pas ma mission d'ambassadeur !

— Dites à lady Palliser que Diana est heureuse, et doit rester en paix. Elle a déjà eu suffisamment de difficultés dans sa vie, et ce séjour après de sa mère ne lui amènerait que des ennuis, soyez-en sûr.

— Ils seraient, je crois, faciles à éviter, remarqua sir Ulick en se levant.

En cette chaude après-midi de juillet, la rue était déserte, et seuls les cris de la marchande ambulante offrant ses fraises, arrivaient jusque dans le petit salon ; la lumière pénétrait doucement à travers les persiennes baissées. Sir Ulick, debout devant la cheminée, contemplait, sans mot dire, les pots de marguerites blanches qui ornaient la fenêtre de miss Peters.

— Je ne sais pas comment j'oserai écrire cette décision à Lilias Hendon, déclara-t-il enfin, ce sera un coup terrible pour elle, et je ne crois pas qu'elle ait la force de le supporter. Il me semble pourtant que ma demande n'avait rien de désagréable... Diana est libre, et elle ne peut se rendre au désir de sa mère !... C'est donc qu'elle est amoureuse ?...

— Vous avez deviné, murmura miss Peters.

Sir Ulick se retourna brusquement :

— J'ai trouvé le moyen de tout concilier, s'écria-t-il en souriant de nouveau. Comme je vous l'ai déjà dit, lady Palliser m'a parlé de vous avec beaucoup d'affection et de confiance.

Miss Peters, inquiète, se rassit ; ses responsabilités lui pesaient.

— C'est bien aimable de sa part, répéta-t-elle.

— Vous êtes arrivée à me convaincre que Diana ne pouvait se rendre auprès de sa mère, mais alors pourquoi n'iriez-vous pas vous-même ?

— Moi ?... fit miss Peters, stupéfaite.

— Mais oui, pourquoi pas ?...

Il s'assit sur le petit canapé, auprès d'elle.

— Faites cet effort pour la malheureuse femme. Je devais ramener Diana, mais puisque c'est impossible, vous la remplacerez auprès de lady Palliser. Vous ne seriez pas obligée d'y rester longtemps, pas plus d'une semaine ou deux...

Il tira son portefeuille de sa poche.

— Voyez, dit-il, j'ai déjà pris votre billet, et voici l'argent nécessaire pour votre voyage. Allons, décidez-vous, miss Peters ; en acceptant, vous résolvez le problème et vous évitez tout ennui à Diana...

II

Sir Ulick avait vaincu l'opposition de miss Peters, elle était désarmée, mais cet homme l'effrayait... Il semblait si fort, qu'elle était aussi incapable de lui résister qu'un fétu de paille à ne pas être entraîné par le courant d'un torrent impétueux.

Quand elle eut fait son sac, il la conduisit dans son auto jusqu'à la gare, où il la recommanda à un jeune employé galonné, qu'il nomma : Rousseau, après l'avoir installée dans une voiture de luxe, comme miss Peters n'en avait jamais vu...

Elle s'assit dans le fauteuil qui lui avait été réservé, en face d'une table couverte de fleurs et d'un panier rempli de fruits, tandis que sir Ulick, qui ne l'avait pas quittée un instant, restait devant la portière et donnait ses dernières instructions au jeune employé.

— Je ne peux pas croire que j'ai quitté la rue Redmay il y a à peine deux heures, disait miss Peters ahurie, vous êtes sûr que le chat sera bien soigné ?

— Tout à fait sûr, ne vous inquiétez pas à ce sujet, répondit-il en souriant, je n'ai rien oublié, et miss Palliser ne sera pas informée de votre départ auprès de sa mère, je vous le promets, assura sir Ulick en serrant amicalement la main de la vieille demoiselle. Rousseau a votre billet et votre passeport, et voyagera avec vous jusqu'à ce que vous soyez arrivée à destination.

Il attendit tête nue le départ du train. Bientôt celui-ci s'ébranla lentement, et ce fut seulement quand Londres eut disparu à sa vue, que miss Peters se rappela soudain qu'elle n'avait pas la moindre idée de l'endroit où se trouvait Pontillac.

CHAPITRE XXI

LA RENCONTRE

I

Quand Diana fut partie pour Londres, laissant son mari en compagnie de Bannister, Cyprian passa son bras sous celui de son ami, et l'entraîna dans le jardin.

— Rowley, commença-t-il timidement, je voudrais que vous ne parliez pas de miss Palliser devant ma femme.

— Je suis désolé, mon vieux, fit Bannister, navré, ai-je fait une gaffe ? J'ai été surpris de voir Diana partir si brusquement.

— Elle n'est pas encore très bien, vous savez, Rowley, mais je crois que vous n'y êtes pour rien, car, jusqu'à présent, elle n'avait jamais entendu prononcer le nom de Diana Palliser... Cependant, il y a là une coïncidence étrange ; j'ai, en effet, rencontré miss Palliser autrefois, bien avant de connaître ma femme. Je ne voudrais pas qu'elle le sache, et je n'ai pas l'intention de lui en parler.

Bannister s'inclina.

— Cela n'empêche pas, reprit-il après un silence, que j'ai un grand désir de voir votre mystérieuse jeune fille.

— Pour l'amour du ciel, laissez-la tranquille... je ne suis pas très imaginatif, mais j'ai comme un pressentiment... bah ! après tout, ne tenez pas compte de ce que je dis, Rowley, et agissez à votre guise... Du reste, si vous devez la revoir, vous la reverrez, quoique je puisse dire ou faire pour vous en empêcher.

Quelques instants plus tard, Rowley Bannister quittait Linden Lawn, et comme il s'apprêtait à descendre dans la direction de Londres, le destin mit sur sa route la personne même à laquelle il pensait. Elle s'avançait vers lui, les yeux baissés, mais un sourire provocant aux lèvres, et Rowley, le cœur battant, s'étant détourné pour la regarder, se mit à la suivre. Elle s'en allait, à petits pas, et ralentit encore sa marche devant Linden Lawn. Bannister vit alors une chose stupéfiante :

La jeune femme s'était tournée vers Stenhurst, qui n'avait pas encore quitté la grille, et lui tendait la main, comme si elle accueillait un vieil ami...

Déjà ils s'étaient rejoints, et leur attitude permettait de croire qu'ils n'en étaient pas à leur premier rendez-vous... Il les vit traverser la route, franchir le portail du petit jardin fleuri, et disparaître dans la direction de la maison.

— Diable ! ne put s'empêcher de dire à haute voix Bannister, tant sa stupéfaction était grande.

Quelques minutes auparavant, Cyprian lui avait assuré ne pas s'intéresser à cette jeune fille, et cependant il était resté près de la grille, comme s'il l'attendait. Il était clair que Shipps la connaissait parfaitement, et qu'il avait essayé d'en éloigner son ami, étant lui-même engagé dans un jeu plus sérieux, qu'une partie de criquet.

Il lui avait demandé de ne pas en parler en présence de Diana, et la rencontre dont il venait d'être témoin, expliquait l'étrange émotion de Cyprian, quand il avait appris que miss Palliser allait devenir sa voisine.

Bannister faisait des moulinets avec sa canne. Pouvait-il admettre que Stenhurst, un homme marié, oubliât aussi facilement ses devoirs envers sa femme et son enfant? Cela changeait singulièrement l'opinion qu'il avait de lui. Aussi, cédant à l'impulsion qui l'entraînait, il n'hésita plus.

Il n'avait pas eu encore le plaisir de faire connaissance avec miss Palliser, mais ce qu'il en savait maintenant l'enhardissait à se présenter chez elle. En général, ce genre de femmes ne redoute pas l'admiration non dissimulée d'un inconnu. En le rencontrant dans le sentier, ne l'avait-elle pas regardé d'une façon encourageante?...

Il se dirigea donc vers « Casa Carissima » et pénétra dans le jardin ; celui-ci était désert, la jeune fille devait être déjà rentrée.

Arrivée sur le perron, Bannister sonna, décidé à se présenter correctement auprès de la propriétaire de la maison. Une femme de chambre française, aux yeux noirs, lui ouvrit la porte.

— Miss Palliser est sortie, lui assura-t-elle.

— Vraiment! fit-il, rieur, tenez — et il lui tendait un billet qu'il venait de tirer de son portefeuille — tâchez de la trouver, je suis sûr que vous y arriverez, si vous cherchez bien.

Elle parut hésiter, mais prit le billet.

Ce geste ne lui laissa plus aucun doute sur la situation sociale de miss Palliser! Il attendait sur le perron en sifflotant. Que dirait Shipps, quand il le verrait entrer?...

Quelques instants après, la caméristo revenait. Elle avait eu la bonne fortune de trouver Mademoiselle, qui se promenait dans le jardin, expliqua-t-elle avec volubilité, en lui faisant traverser le hall.

Bannister, qui s'attendait à trouver Cyprian au salon, comptait bien lui reprocher son manque de franchise, mais Diana Palliser était seule dans la petite pièce.

Elle écouta, avec le plus grand calme, les explications embarrassées du jeune homme, et lui offrit le thé. Il s'assit auprès de son hôtesse en se demandant ce qu'avait bien pu devenir Cyprian....

— Nous avons un ami commun, commença-t-il, votre voisin : Cyprian Stenhurst. Je vous ai vus causer ensemble, et je suis revenu sur mes pas, espérant me faire présenter par lui... mais quand je suis arrivé à votre porte, vous aviez tous deux disparu. J'espère que vous ne m'en voudrez pas de m'être introduit ainsi?... Au fait, où est passé Stenhurst?

Miss Palliser le regarda froidement, et soudain, il fut frappé de sa ressemblance avec la femme de son ami.

— Il ne tenait pas à vous rencontrer chez moi, car hélas! un secret nous lie, dit-elle tristement, en se levant pour fermer la porte. J'espère bien que vous êtes venu ici en ami, master Bannister?

— Certainement, et je ferai n'importe quoi pour vous être agréable.

— Alors, vous ne nous trahirez pas. C'est une chose si grave, que je ne sais si je dois vous l'avouer...

« Quand ma femme de chambre est venue me prévenir que vous demandiez à me voir, Mr Stenhurst m'a dit qu'il serait préférable pour vous de ne rien savoir... mais je ne veux pas vous tromper, et vais tout vous confier, m'en remettant à votre discrétion... Très sincèrement, lorsque je suis venue m'installer ici, je ne savais pas que Cyprian était marié, et le coup a été dur... Qu'allons-nous faire? — elle se laissa tomber sur un divan et éclata en sanglots — il va falloir inventer toute une histoire... puisque je suis destinée à voir sa femme... Je ne voulais rien vous dire, mais je souffre trop pour me taire...

Bannister se rapprocha de la jeune fille et l'entoura de ses bras.

— Voyons, calmez-vous, dit-il, une seule

chose importe : êtes-vous encore amoureuse de Shipps ?

Elle leva la tête, et regardant Rowley à travers ses larmes :

— Je veux l'oublier, et j'y arriverai, murmura-t-elle d'une voix brisée.

— Alors, permettez-moi de vous y aider... fit-il en resserrant son étreinte.

II

En voyant arriver Cyprian sur la route, Diana avait reconnu en lui le jeune homme qui l'avait trouvée dans la maison vide et lui avait demandé de l'accompagner chez elle.

Le jeune homme hésita tout d'abord, mais fasciné par son charme troublant, il la suivit dans le jardin de « Casa Carissima ».

— Quand vous m'avez découverte, commença-t-elle sans préambule, j'étais terrorisée et obligée de taire mon nom. Maintenant je n'ai plus aucune raison de vous le cacher, je m'appelle Diana Palliser.

— Je le sais, répondit-il d'une voix troublée.

— J'avais alors de gros ennuis reprit-elle en regardant pensivement la bordure de gazon et, me trouvais sans un sou et sans situation... Peut-être me mépriserez-vous quand vous saurez la suite...

Elle s'était assise près de lui, sous un berceau de roses. Cyprian, de crainte de la gêner, n'osait la regarder, et se disait que si charmante que fût la réalité, elle ne ressemblait en rien à son rêve. Il se rappelait une autre voix, au timbre clair et doux, comme celle de Di...

— J'avais dîné avec sir Rupert, reprit-elle.

— Comment ?... s'exclama-t-il, étonné.

— Oui. Un motif très grave m'avait amenée chez lui... ne me demandez pas lequel...

— Je ne vous poserai jamais aucune question qui puisse vous peiner ou même vous déplaire. Je me contenterai de vous apprendre une chose que vous ignorez, sans doute : non seulement je vous ai trouvée dans la maison vide, mais pendant de longs mois je vous ai cherchée. Vous êtes, en effet, la jeune fille que mon cousin m'a recommandée avant de mourir.

Elle restait silencieuse, les yeux baissés.

— Voyons, poursuivit Cyprian brusquement. Tâchons d'y voir clair. Au premier étage de la maison en construction se trouvait une femme endormie par un narcotique... le saviez-vous ?

— Ne me parlez pas de cela, dit-elle frissonnante en se voilant les yeux dans un geste de terreur, j'en ai été hantée pendant des semaines.

— Pourquoi ne m'en avoir rien dit quand nous sommes sortis de la maison ?... Je l'ai découverte en même temps que votre sac, et tandis que je prévenais la police, elle disparaissait... Depuis lors il m'a été impossible de la retrouver... Dieu sait pourtant que je n'ai rien négligé pour pouvoir y arriver. J'ai même eu la visite de sa mère, Mrs. Stores, une bien brave femme. Mais elle non plus n'a plus entendu parler de sa fille, et la considère comme morte.

Miss Palliser frissonna de nouveau, comme si ce sujet lui était insupportable.

— Mant, reprit Stenhurst, m'a décrit minutieusement la personne qui a dîné avec mon cousin, le soir de sa mort ; son signalement correspondait exactement à celui de l'inconnue dont nous avons tous deux constaté la présence, dans la chambre du premier étage de la petite maison, et comme dernier indice, à côté d'elle se trouvait une fleur d'orchidée pourpre toute fanée. Il n'y a donc plus de doute possible, c'est bien Pansy Stores qui a dîné avec mon cousin Rupert.

— Mr. Stenhurst... Miss Palliser posait une main potelée sur le bras du jeune homme, ceci n'est pas une preuve, car l'orchidée m'appartenait, elle était épinglée à mon manteau et a dû tomber au moment où j'ai découvert la jeune fille. J'ai eu une telle peur, que je ne peux y penser sans trembler. Je venais d'avoir une très vive discussion avec sir Rupert, et mes nerfs étaient si tendus... qu'en vous entendant entrer dans la maison vide, j'ai perdu la tête et n'ai plus pensé qu'à m'enfuir, et à me cacher.

— Mant, le maître d'hôtel de mon cousin doit se souvenir de vous, interrompit

Cyprian, cela vous dérangerait-t-il que je vous l'envoie ? Il vaut mieux que cette question d'identité soit définitivement réglée. Or, il me semble que le témoignage de mon domestique serait probant. Le seul ennui, c'est que sir Rupert n'a rien spécifié au sujet de la somme que je dois vous remettre.

Elle se redressa :

— Je ne demande rien, et je n'attends rien, dit-elle froidement. L'affaire qui m'avait amenée chez sir Rupert, m'est tout à fait personnelle et je n'ai aucun désir d'en parler, pas même à vous... J'étais venue à Londres pour voir votre cousin, j'ai dîné avec lui et nous nous sommes disputés. C'est tout ce que je peux vous dire... Puisque le maître d'hôtel de sir Rupert est encore à votre service, faites-le venir pour m'identifier, si cela peut vous faire plaisir. A propos, comment s'appelait la jeune fille qui dormait au premier étage ?

— Pansy Stores.

— Sa mère a abusé de votre crédulité, car le fameux soir, j'étais seule étrangère à Hendon House.

Cyprian, qui ne savait pas à quoi s'en tenir au sujet de la véritable propriétaire du manteau de fourrure, s'apprêtait à aborder cette question, quand la femme de chambre annonça que Mr. Bannister était au salon, demandant Mademoiselle.

— Je m'en vais, dit Cyprian en se levant, nous nous reverrons, il le faut... je vous enverrai Mant, sous le prétexte de vous apporter un livre, il est inutile qu'il sache le véritable but de sa mission.

Elle approuva cette proposition un peu sèchement, et Cyprian se hâta de rentrer à Linden Lawn. A l'instant où il arrivait à hauteur de la maison, l'auto de sa femme s'arrêtait devant le perron. Il courut vers Diana.

— Di... s'écria-t-il en constatant sa pâleur, qu'avez-vous ?

— Je suis horriblement inquiète de Jenny Peters, répondit-elle en lui saisissant le bras, il a dû lui arriver un malheur.

— Comment ?... racontez-moi cela, dit-il en l'entraînant dans la bibliothèque.

— Sa petite maison de la rue Redmay est à louer, et Jenny n'y habite plus. C'est à n'y rien comprendre, Cyprian. Où peut-elle être ?... Pourvu qu'elle ne soit pas morte...

CHAPITRE XXII

EN PLEIN MYSTÈRE

I

Diana raconta à son mari, qu'après avoir sonné vainement à la porte de la rue Redmay, elle s'était rendue à l'agence de location, dont le nom était inscrit sur la pancarte suspendue à la grille de miss Peters, mais on n'avait pu lui fournir aucun renseignement précis.

Woodrow et Hough qui connaissaient toutes les petites maisons de cette rue, ignoraient l'adresse de miss Peters. Pour l'obtenir, il fallait s'adresser à la banque Wellington. Un jeune homme en veston bleu et coiffé d'un melon, avait apporté à l'agence les clefs de la vieille demoiselle, en donnant une description détaillée de la maison, que l'on avait notée sur le registre des locations.

Comme il était trop tard pour se rendre à la Banque, et qu'on ne savait où trouver le mandataire de miss Peters, Diana après avoir visité le n° 13 de la rue Redmay avec un employé de l'agence, avait renoncé à poursuivre ses recherches, et était rentrée à Linden Lawn.

— En parcourant la maison de la cave au grenier, vous avez pu constater que Jenny n'avait pas été abandonnée chez elle après avoir été assassinée... C'est déjà quelque chose, mais, évidemment, tout cela paraît singulier. Espérons que bientôt nous découvrirons ce qui s'est passé... Dès demain, j'irai à la Banque, et je saurai si l'on a des nouvelles de miss Peters. Peut-être même recevrez-vous, au premier courrier, une lettre qui vous expliquera tout.

— Non, je suis sûre qu'il lui est arrivé malheur... je le sens...

Cyprian avait eu, tout d'abord, l'intention de parler à sa femme de sa rencontre avec miss Palliser, mais elle était si bouleversée qu'il remit à plus tard le récit de son entrevue avec leur jeune voisine. Durant toute la soirée Diana parut préoccupée et cependant, ce fut elle qui la première mit la conversation sur la jeune fille.

— J'ai aperçu la personne qui habite « Casa Carissima » et j'ai été furieuse de constater qu'elle me ressemblait...

— Furieuse ?... Pourquoi ? Ce n'est pas sa faute, ma chérie.

— Vous l'avez donc vue ?

Ils étaient assis dans la serre aux orchidées. Sur une table basse, devant Di, Mant avait déposé le café. Les blanches épaules de la jeune femme se détachaient sur un massif d'orchidées écarlates.

— Oui, répondit-il, en allumant une cigarette.

Le visage de Diana se contracta, mais elle resta silencieuse.

— Je l'ai rencontrée, juste après votre départ, continua-t-il.

— Vous n'avez pas perdu de temps..., répliqua-t-elle sèchement.

Cyprian la regarda, atterré.

— Di, ma chérie, j'espère que cela ne vous fait pas de peine ? dit-il en lui caressant tendrement le bras. Je venais d'accompagner Rowley jusqu'à la grille, et je le regardais partir, lorsque je vis miss Palliser s'approcher ; je l'ai reconnue immédiatement.

— Vous l'avez reconnue ?

— C'est ce que je voulais vous raconter, quand vous êtes rentrée de Londres, mais vous étiez si abattue, que je comptais remettre mon récit à demain.

Diana ne répondit rien : Cyprian sentait en elle, une violente colère qu'il ne pouvait s'expliquer.

— Je l'avais déjà rencontrée auparavant, ajouta-t-il lentement.

— Où ?... questionna-t-elle.

— La nuit de la mort de mon cousin Rupert, dans la villa sur le Heath. Ne vous rappelez-vous pas le récit que je vous ai fait de cette aventure ?

— Je m'en souviens, fit-elle d'une voix lointaine, vous a-t-elle reconnu ?

— Immédiatement ; du reste, je l'avais revue, le jour de notre mariage.

— Le jour de notre mariage ! répéta-t-elle comme un écho.

— Oui, mais je ne lui avais pas parlé. Aujourd'hui, elle s'est approchée de moi, au moment où je me trouvais près de la grille.

— Ainsi, vous avez causé avec elle ? s'écria Di courroucée.

— Mais, chérie... reprit-il, je vous assure que... surtout n'allez pas vous imaginer...

— Je n'imagine rien du tout. Je désire simplement savoir la vérité...

Elle s'efforçait de parler naturellement, mais elle se sentait glacée jusqu'au cœur.

— Eh bien voilà, nous nous sommes reconnus...

Il se leva et s'appuya à la petite fontaine d'albâtre où les poissons rouges brillaient dans l'eau transparente.

— Elle m'a demandé de l'accompagner.

— Où ?... A la « Casa Carissima » ?

— Oui...

Les mains profondément enfoncées dans ses poches, il ne regardait pas sa femme.

— Elle désirait me dire ce qui s'était passé exactement la nuit de la tempête ; et de mon côté il était nécessaire que je sois renseigné.

Un long silence suivit les derniers mots de Cyprian. Diana, l'esprit tendu, restait immobile, comme si elle craignait même de respirer.

— Nous avons parlé de notre rencontre, reprit enfin Cyprian, je lui ai dit que j'étais retourné dans la maison vide pour chercher son sac, et comment j'y avais trouvé la jeune fille endormie par un narcotique.

— Mais vous ne m'aviez jamais raconté cela, Cyprian ?

Il se retourna brusquement et regarda sa femme d'un air étonné. A quoi pouvait-elle penser ?

— Peut-être, en effet, ai-je omis ce détail ma chérie, répliqua-t-il, cela n'avait rien d'intéressant pour vous.

— Évidemment.

— Elle m'a affirmé qu'elle était venue voir sir Rupert pour des raisons de famille, et qu'après le dîner ils s'étaient horriblement disputés. Je n'ai pu en obtenir de plus amples renseignements, tant son émotion était grande, en rappelant ces souvenirs.

— Continuez, dit Diana d'une voix dure.

— Je m'étais toujours figuré, que la jeune fille qui était venue à Hendon House ce soir-là, était Pansy Stores.

Il se promenait de long en large sur la mosaïque précieuse de la serre, en réfléchissant.

— Je suis presque sûr, maintenant, de m'être trompé ; j'ai envoyé Mant porter un livre à miss Palliser, ne pouvant trouver de meilleur témoin que lui puisqu'il avait, comme chaque jour, servi le dîner de sir Rupert, et qu'il se rappelait admirablement le visage de la jeune inconnue recueillie par son maître. Dans peu d'instants, nous saurons la vérité.

Diana s'avança vers son mari :

— Qui est cette femme ? demanda-t-elle.

— Je vous l'ai déjà dit...

Pour la première fois de sa vie, Cyprian se sentait impatienté par Diana.

— Personne ne sait ce qu'est devenue Pansy Stores, et sans doute, nous n'en saurons nous-mêmes jamais rien... Je ne supprimerai pas, pour autant, la rente que je sers à sa mère ; ceci est, du reste, sans importance... la véritable difficulté dans tout cela, ma chérie, c'est Diana Palliser, car elle est, sans aucun doute, la jeune fille que sir Rupert m'a recommandée dans ses dernières volontés...

— Mais, pour quelle raison se trouvait-elle devant la grille aujourd'hui ? s'écria Diana douloureusement.

— Un hasard, tout simplement, mon amour, comme notre rencontre dans la villa en construction...

Il se demandait comment il avait pu se croire amoureux de Diana Palliser...

— Un hasard, ou plutôt la Providence... En tout cas, cela facilite ma tâche, puisque je dois m'en occuper, elle habite à notre porte, et notre devoir...

— Elle ne mettra jamais les pieds ici... déclara Diana farouchement. Comment pouvez-vous vérifier l'authenticité de son histoire ? Quelle preuve avez-vous de sa sincérité ?

— Pourquoi ne pas la croire ?... Quel avantage aurait-elle à mentir ?...

Diana le regarda dans les yeux :

— Cyprian, demanda-t-elle, vous rappelez-vous cette nuit de juin où vous m'avez rencontrée dans le jardin de Dial House.

— Ma bien-aimée, comment pourrais-je l'oublier.

— Vous souvenez-vous que vous m'aviez prise pour elle ?

Un lueur subite traversa l'esprit de Cyprian.

— Di, seriez-vous jalouse de cette femme ?

— Non, je suis jalouse de ce qu'elle prétend être. Celle pour qui vous m'avez prise la première fois que vous m'avez embrassée, vit maintenant près de vous, près de nous...

Elle fermait les yeux en se blottissant contre l'épaule de son mari.

— Cyprian ! pour moi, pour le petit Robert, voulez-vous me promettre de ne jamais la revoir, de ne plus lui parler... Promettez-le-moi, je vous aime tant, et je souffre tellement... disait-elle en sanglotant ; nous étions si heureux !... et en quelques heures, tout a changé : la disparition mystérieuse de Jenny m'affole, et voilà maintenant cette horrible femme qui se fait appeler Diana Palliser...

— Voyons, Diana, calmez-vous... il ne peut y avoir d'erreur sur son nom... du reste, son sac, que j'ai retrouvé dans la maison vide, est marqué aux initiales D. P.

— Je suis sûre que sa présence ici n'est pas due au hasard...

Elle regardait devant elle les yeux lourds de chagrin.

— Diana, vous êtes épuisée de fatigue, fit Cyprian anxieusement, et vous, d'habitude si équilibrée, vous êtes persuadée que la disparition de Jenny a un rapport avec l'arrivée de Diana Palliser, dont votre tante n'a certainement jamais entendu parler de sa vie et dont on prépare l'installation depuis plus de deux mois... Voyons, Di, ce n'est pas raisonnable.

— Il ne s'agit pas de cela...

Elle s'appuya à la table et enfouit son visage dans ses mains.

— Vous ne pouvez pas comprendre... je suis fatiguée, ne faites pas attention à ce que je dis.

Il lui caressa doucement les cheveux sans répondre. Elle paraissait si lasse, la pauvre petite ! demain elle serait mieux, et verrait plus sainement les choses. Mais un fait subsistait : il était obligé d'aider Diana Palliser, et l'attitude de sa femme ne pouvait en rien changer sa décision à cet égard.

Soudain Diana releva la tête :

— Que demande-t-elle?

— Elle désire uniquement que ses dissentiments avec sir Rupert restent secrets, c'est tout, mais mon devoir m'oblige à me conformer aux dernières volontés de mon cousin.

— Etes-vous bien sûr de sa sincérité?

— Tout à fait sûr : Diana Pallisser est venue ici le soir de la tempête, elle a retrouvé Pansy Stores dans la maison vide, où elles s'étaient toutes deux réfugiées. C'est alors que je suis arrivé et que je me suis trouvé en face d'elle, il n'y a plus de doute possible, puisque je l'ai reconnue... Je sais maintenant qu'elle venait d'avoir une terrible scène avec sir Rupert. Elle ne m'a rien demandé, sauf de la laisser tranquille... Je ne vois donc pas ce qui peut vous donner le désir de vous en débarrasser ; nous devons, au contraire, être bons pour elle...

Diana s'arracha des bras de son mari.

— Elle ne viendra jamais ici, répéta-t-elle farouchement, je ne veux pas la voir, ne me demandez pas cela, Cyprian. Si vous l'exigiez...

A cet instant, la porte du petit escalier s'ouvrit devant Mant ; il s'approcha de son maître avec sa déférence habituelle, tout en jetant un regard rapide sur Diana, qui se détourna vivement.

— Sir Ulick vient de téléphoner, pour savoir si cela dérangerait Monsieur de le recevoir dans la soirée. Il dîne chez lord Englefield, et attend la réponse.

— Que dois-je dire, Diana?

— Ce que vous voudrez.

— Mant, demanda Cyprian, au moment où le maître d'hôtel allait se retirer, avez-vous porté à « Casa Carissima » le livre que je vous avais donné?...

— Oui, monsieur.

Le domestique se tenait au sommet des marches, comme un toréador prêt à descendre dans l'arène.

— Vous avez vu la maîtresse de maison? L'avez-vous reconnue?

Mant hésita un instant, son regard venait de croiser celui de Diana, glacial comme la lame d'une épée.

— Oui, monsieur, répondit-il enfin, j'ai parfaitement reconnu la jeune fille qui a dîné avec sir Rupert, le soir de sa mort.

CHAPITRE XXIII

L'ENNEMI CACHÉ

I

Diana se dirigea sans bruit vers la nursery, qu'une veilleuse éclairait faiblement. Son cœur était sur le point d'éclater, et elle ne savait ce qu'elle faisait.

Ses craintes se réveillaient, plus fortes que jamais, et elle sentait la folie la gagner... Cette fantastique répétition de sa propre histoire, délibérément falsifiée, ce vol de son nom, de sa personnalité, se dressaient devant elle comme un cauchemar... Tout ce que son mari lui avait répété, lui semblait une ironie affreuse, une mauvaise plaisanterie. Elle tomba à genoux auprès du berceau de Robert, et éclata en sanglots.

Il y avait un défaut à sa cuirasse, un point faible dans sa défense... Pourquoi n'avait-elle pas avoué à Cyprian la terrible et honteuse vérité?... Elle avait laissé passer l'heure, et, terrifiée, se voyait prise au piège. Agenouillée auprès du petit lit blanc, elle suppliait Dieu de lui envoyer la force et le courage nécessaires... Il lui semblait que chaque coup qui la frappait, aurait une répercussion sur son fils, qui était, avec Cyprian, toute sa raison de vivre.

Mais non, elle ne devait pas se laisser aller ainsi, il lui fallait, au contraire, essayer de réagir, de comprendre la raison de cette hostilité secrète.

Rejetant en arrière la frange qui lui couvrait le front, elle prit sa tête entre ses mains, et réfléchit :

Sa mère ne l'avait jamais aimée, tandis que son père, frivole et charmant, l'avait entourée d'affection ; aussi à dater de la mort de Wilfred Palliser s'était-elle sentie complètement abandonnée. Tel avait été le début de sa vie.

Dans sa détresse, la nuit de tempête, se dressait comme un sombre souvenir entre son passé et l'existence qu'elle avait connue depuis lors. Parmi les gens qu'elle avait rencontrés, qui pouvait être son implacable ennemi ?... Peut-être était-ce l'aventurière qui prétendait s'appeler Diana Palliser ?

Pansy Stores avait disparu mystérieusement, pour reparaître quelques mois plus tard, élégamment habillée, environnée de luxe, et transformée au point d'en être méconnaissable. Malgré sa culture et ses manières affinées, elle n'en restait pas moins celle que Diana avait trouvée endormie dans la maison en construction, sur le Heath.

La jeune femme se pencha pour regarder son fils, qui reposait tranquillement.

Tout cela était fantastique et troublant... elle cherchait vainement à voir clair. Etait-ce Pansy Stores qui sortait de l'ombre, s'enveloppait de mystère pour l'accuser ? S'il en était ainsi, l'énigme n'en devenait que plus obscure, car, sans doute, la jeune fille n'agissait pas seule. Mais qui donc pouvait la diriger ?...

Peut-être lady Ormsby ?... Crystal s'était toujours montrée pleine d'attentions à son égard, la comblant de cadeaux, et facilitant même son mariage avec Cyprian... Pourtant, dans son for intérieur et guidée par son propre instinct, Diana sentait que Crystal n'était pas une véritable amie.

Elle essayait de penser avec calme à la jolie veuve. Celle-ci, qui avait espacé ses relations depuis la naissance de Robert, avait écrit la veille une de ces lettres amusantes dont elle avait le secret, pour demander au jeune ménage de retarder de quelques jours la visite qu'il devait lui faire à Dial House, elle-même étant obligée de s'absenter pour une semaine ou deux... mais Diana avait beau chercher, elle ne trouvait rien de précis à lui reprocher.

Dans son cerveau fatigué, la même pensée revenait, obsédante... Sa faute initiale était de ne pas avoir avoué immédiatement, à Cyprian : « C'est moi que vous avez rencontrée dans la maison solitaire du plateau de Heath. »

Elle avait cru bien faire, en cachant sa personnalité... son calcul, hélas ! était faux.

Mais quel était le motif secret de ces attaques ?...

Pour quelle raison cette femme, récemment installée à « Casa Carissima », avait-elle menti à Cyprian, et pourquoi essayait-elle de se faire passer pour Diana Palliser ?...

Diana se redressa brusquement et poussa un cri. Elle croyait deviner... C'était Mant, qui avait rapporté à son mari les dernières paroles de sir Rupert, au sujet de la personne que celui-ci devait aider financièrement... Enfin ! elle commençait à comprendre... Mant !!... Mant savait !... Il l'avait dévisagée quand elle était entrée à Hendon House, le jour de son mariage, et il avait reconnu en elle la jeune fille qui avait dîné avec sir Rupert le soir de sa mort. Ce premier point était acquis ; mais comment le maître d'hôtel pouvait-il savoir qu'elle et Cyprian s'étaient rencontrés dans la maison vide ?... De nouveau, tout s'obscurcissait.

A bout de force, elle s'effondra sur le parquet. Combien de temps devrait-elle encore se débattre dans ces ténèbres ?...

Mant avait menti en prétendant avoir reconnu la locataire de « Casa Carissima ». Tous deux se connaissaient déjà, et cette femme n'était autre que Pansy Stores... Mant et elle, jouaient un jeu dangereux...

Il s'agissait donc d'un coup soigneusement préparé, d'un véritable chantage, dont le maître d'hôtel était l'instigateur, car Cyprian n'avait jamais caché son intention de donner à la jeune fille, dont il avait perdu la trace, une somme de dix mille livres.

Ayant pris pour argent comptant les aveux de la soi-disant Diana Palliser, et grâce au témoignage de Mant, il n'avait aucun doute sur l'identité de leur nouvelle voisine, et allait lui verser la somme dont il se croyait débiteur envers elle.

Maintenant, convaincue du mensonge des deux complices, il lui faudrait avouer qu'elle était la véritable Diana Palliser et jurer, sous la foi du serment, qu'elle avait dîné à Hendon House avec sir Rupert le soir de la tempête... Mais qui la croirait, puisque Mant, l'unique témoin, faisait partie du complot ?

La situation lui paraissait sans issue. Seule Jenny pouvait, en effet, certifier que son ancienne élève était bien Diana Palliser... mais Jenny venait de disparaître mystérieusement.

La jeune femme se sentait saisie d'une angoisse mortelle et restait anéantie. Comment Cyprian avait-il pu ajouter foi au récit de la fausse Diana, et retrouver en elle sa « Dame de la nuit »...

Une jalousie passionnée l'envahissait, en pensant à la blonde sirène qui représentait pour son mari le charme d'un ancien amour...

Diana venait enfin de trouver la clef du mystère.

II

Pansy Stores, avec toute l'hypocrisie d'une habile aventurière, avait refusé l'aide financière de Cyprian. Cela changeait la face des choses... Diana réfléchissait, sans pouvoir définir le mobile de cette décision.

A n'en pas douter, ce refus lui avait été dicté par Mant, car celui-ci savait que Mrs. Stenhurst était dans l'impossibilité de se défendre. Elle avait tout d'abord espéré que les deux complices la laisseraient en paix, après avoir soutiré à Cyprian la somme qu'ils en attendaient, et elle était disposée à considérer Mant comme l'instigateur de cette intrigue diabolique qui exigeait la complicité de la seule femme susceptible de l'aider utilement. Mais la disparition de Jenny — si ce fait avait un rapport quelconque avec le complot — indiquait que, derrière le maître d'hôtel, se cachait un autre scélérat.

— Mon Dieu, soupirait-elle, en se cramponnant aux barreaux du petit berceau, que faire?... que faire?...

Enfin, elle se maîtrisa et tâcha d'envisager froidement la situation.

Jenny ne l'avait pas prévenue de son départ inopiné... mais quand Diana était allée rue Redmay, elle s'était rendu compte que sa vieille amie était partie de sa propre volonté, car elle avait emporté sa valise et laissé un mot pour le laitier, demandant à celui-ci de cesser son service jusqu'à nouvel ordre... Diana avait reconnu l'écriture démodée de l'institutrice.

Elle se leva et, se penchant sur le berceau, embrassa son fils avec précaution, afin de ne pas le réveiller. Peut-être, dans son désarroi, avait-elle attaché trop d'importance au brusque départ de Jenny?...

Pourtant, quelle étrange coïncidence : l'ancienne institutrice avait disparu sans laisser d'adresse... Or, elle seule pouvait certifier que Diana Palliser avait de son plein gré changé de nom, pour s'appeler Diana Gerrard et, de blonde, s'était transformée en brune gitano.

Comme elle aurait été heureuse d'amener Jenny devant Cyprian ! Celle-ci lui aurait dit : « Ecoutez cette histoire, la vraie. »

Mais que faire sans Jenny, sinon de déclarer à son mari : « Je vous ai menti dès le premier jour, parce que je voulais oublier qui j'étais réellement. »

Il valait mieux attendre le retour de sa vieille amie avant de parler.

Diana s'assit devant sa table de toilette, et se recoiffa. Il fallait qu'elle descendît recevoir sir Ulick, et qu'elle eût le courage de se montrer l'aimable hôtesse qu'elle était habituellement, en jouant bravement son rôle devant Mant, ce misérable qui voulait détruire son bonheur. Elle se rappelait sa lettre à sir Ulick ; jamais il ne lui avait répondu, et il ne devait pas se douter qu'elle en fût l'auteur. La crainte qu'elle avait éprouvée naguère en le voyant avait disparu, mais son antipathie subsistait. Elle descendit lentement le grand escalier, tout en surveillant le passage qui conduisait du hall à la serre ; Cyprian et sir Ulick y étaient-ils encore?...

Dans son émotion, elle entendait battre son cœur...

Valait-il mieux laisser Cyprian payer ce maître chanteur et n'avoir plus rien à faire avec lui?... Pour quelqu'un qui avait la fortune de son mari, dix mille livres n'étaient rien, mais ne serait-ce pas lâche de sa part? Elle joignait les mains désespérément... Cet aigrefin devait être démasqué et condamné. Quand Jenny reviendrait, elle lui ferait facilement partager sa conviction et agirait de concert avec elle.

Malgré la peur et le dégoût que lui inspirait le maître d'hôtel, Diana ne pouvait se défendre d'une certaine admiration pour son habileté. Qui d'autre pouvait être son implacable ennemi?...

Elle était encore plongée dans ces réflexions, quand la porte de la serre s'ouvrit devant sir Ulick, qui s'avançait en riant, une fleur d'orchidée à la main. Elle se dissimula derrière le rideau.

— Ainsi donc, votre femme déteste ces charmantes fleurs ? disait-il ; c'est une obsession singulière dont vous devriez l'en guérir, mon cher Cyprian.

— J'ai eu le malheur de lui raconter que j'avais trouvé une orchidée semblable, sur le sol de cette maudite chambre, pendant l'orage, et, depuis lors, elle ne peut plus les sentir...

— C'est bizarre que Pansy Stores et votre délicieuse femme aient toutes deux la même antipathie pour les orchidées pourpres.

Tout en parlant, sir Ulick observait Cyprian avec un sourire étrange...

CHAPITRE XXIV

OU IL EST DE NOUVEAU QUESTION DU MANTEAU DE FOURRURE

I

Le lendemain matin, Cyprian se rendait à Londres avec l'espoir de découvrir la trace de miss Peters et d'être fixé au sujet de son départ mystérieux. Diana, sans nouvelles de sa vieille amie, était dans une telle inquiétude, qu'elle n'avait pu fermer l'œil de la nuit.

Chez Woodrow et Hough, il n'apprit rien de plus que ce que sa femme savait déjà, et on semblait trouver ce départ tout naturel : un jeune homme avait apporté à l'agence la clef de miss Peters ; celle-ci, trop pressée pour venir elle-même jusqu'au bureau de location, avait demandé à un voisin, chez qui elle achetait ses journaux, de bien vouloir lui rendre ce service... L'employé ne pouvait fournir aucun autre renseignement ; il indiqua, toutefois, l'adresse de la banque. Après l'avoir remercié, Cyprian se dirigea vers la place Sloane.

Le temps était merveilleux, et Stenhurst se sentait heureux. Il pensait à Di... Depuis la naissance de Robert, elle était restée si fragile, qu'un changement d'air s'imposait. La mer et le soleil lui rendraient ses fraîches couleurs.

Aussi était-il décidé à l'emmener avec l'enfant dans une maison qu'il possédait au bord de la Manche, à Scarborough. Subitement, il songea à Diana Palliser. Di ne semblait pas bien disposée pour elle. Ce matin encore, elle avait pris une attitude hostile quand il avait parlé de la jeune fille, et il l'avait plaisantée à ce sujet :

— Ma chérie, avait-il dit, vous parlez de cette pauvre fille comme si c'était une intrigante ; pourtant, sir Rupert m'a laissé une fortune suffisante pour que, selon son désir, je lui vienne en aide. Peu importe que vous l'aimiez ou non, cela ne change rien à l'affaire... Elle aura les dix mille livres que je lui dois, sinon je verrais mon cousin sortir de sa tombe pour me rappeler ma dette... Nous ne pouvons risquer cela !... Plaisanterie à part, c'est un point d'honneur pour moi, vous devez le comprendre.

A contre-cœur, et d'un air offensé, Diana avait acquiescé, sans même l'embrasser quand il était parti. C'était la première fois qu'elle lui témoignait de la jalousie. Certes, le départ de miss Peters était pour le moins singulier, mais Diana en était bouleversée plus que de raison. Pour l'être à ce point, il fallait qu'elle eût les nerfs bien fatigués.

Tout en réfléchissant ainsi, il était arrivé devant la banque. Il y entra et demanda à parler au directeur. Quand il sortit, dix minutes plus tard, il paraissait déconcerté.

Ce qu'il venait d'apprendre changeait entièrement sa manière de voir. La référence de la banque était une blague... Miss Peters y était complètement inconnue et n'y avait jamais possédé de compte courant.

Cyprian pressentait un chagrin dans son foyer.

Diana serait navrée lorsqu'il lui apprendrait que sa vieille tante avait volontairement caché le lieu de sa retraite...

Il essaya de surmonter ce moment de découragement et résolut d'aller voir sans plus tarder son homme d'affaires, afin de régler définitivement la question du legs de dix mille livres à Diana Palliser. Auparavant, il était nécessaire qu'il eût une entrevue avec elle, pour savoir le nom de son banquier et pour lui faire part de ses intentions.

Sa tâche aurait été très facilitée, s'il avait pu demander à la jeune fille de venir déjeuner à Linden Lawn ; mais, dans l'état d'esprit actuel de Diana, la chose ne paraissait pas possible... Sa femme, pour une raison futile, — simple question de ressemblance et de similitude de nom, — était très montée contre leur nouvelle voisine.

Il y avait bien cette vieille histoire de sa rencontre avec Diana Palliser dans la maison vide, mais, après avoir revu « la dame de la nuit », l'envoûtement qu'il avait tout d'abord ressenti avait entièrement disparu, tant la réalité était loin du rêve... S'il se rappelait encore avec émotion son apparition au clair de lune dans cette nuit déjà lointaine, aujourd'hui elle n'avait plus le pouvoir de faire battre son cœur, si jolie fût-elle.

Ils n'en devaient pas moins traiter ensemble cette affaire de legs, et puisqu'il ne pouvait la recevoir à Linden Lawn, il serait obligé de s'arranger pour la voir ailleurs.

Il lui téléphona donc de son club pour l'inviter à déjeuner avec lui le jour même, ayant, disait-il, une communication très importante à lui faire. Ainsi Di n'en saurait rien et ne pourrait en souffrir...

Miss Palliser accepta avec enthousiasme. Une heure plus tard, elle débarquait au club.

II

Cyprian eut plus de peine à s'entendre avec Diana qu'il ne l'avait prévu. Il comptait bien que cette entrevue se terminerait chez le notaire et que tout serait dit, mais la propriétaire de « Casa Carissima » ne paraissait pas le moins du monde pressée de toucher la somme promise. Bien loin d'être l'aventurière que croyait sa femme, miss Palliser répugnait à toucher cette somme, prétextant que'lle n'avait besoin de rien et qu'elle l'accepterait seulement dans le cas où ses droits légaux seraient établis par le testament de sir Rupert.

— Vous savez bien que ce désir de mon cousin n'a jamais été exprimé que verbalement... Pourquoi ne voulez-vous pas accepter cet argent, qui vous appartient aussi sûrement que si sir Rupert l'avait spécifié par écrit ?

Elle se contenta de hocher la tête négativement.

— Je vous avoue, insista Cyprian, que votre refus m'est très pénible.

— Je le vois, dit-elle d'une voix douce.

Soudain, le jeune homme pensa que, si Diana persistait ainsi dans son refus, c'est que, sans doute, elle trouvait la somme insuffisante. Cependant, il avait l'impression qu'elle était assez importante pour satisfaire pleinement le désir exprimé par le vieux philanthrope, désir qu'il ne connaissait, d'ailleurs, que par le rapport de Mant... Il rougit jusqu'aux oreilles, comme un timide écolier.

— Ecoutez, commença-t-il brusquement, cette affaire me tourmente, laissez-moi au moins vous verser ces dix mille livres, que je considère comme une dette de conscience. Promettez-moi, en même temps, de me prévenir si vous veniez à apprendre que cette somme est inférieure à ce que sir Rupert aurait voulu faire pour vous, ou si, à un moment donné, vous vous trouviez gênée. Ne vous froissez pas de ma proposition, et soyez persuadée que je serais trop heureux d'avoir l'occasion de vous rendre ce service.

— J'espère que votre maître d'hôtel vous a rassuré sur mon identité ? demanda-t-elle, sans répondre à la question du jeune homme, tandis que la petite main qui tenait la tasse de café tremblait.

— Complètement. Du reste, je n'avais pas besoin de ce témoignage pour vous croire. Pourtant, il reste un point obscur : vous portiez un manteau de fourrure quand nous nous sommes rencontrés ; or, Mant m'a assuré que vous n'en aviez point, lors de votre visite à Hendon House ; il m'a simplement montré un chapeau en feutre rouge ; il a même ajouté que la jeune fille invitée ce soir-là par sir Rupert paraissait très abattue.

Avant de répondre, miss Palliser déposa sa tasse de café et prit une cigarette dans un étui en or orné de pierreries.

— Cela s'explique, répondit-elle tranquillement.

— Comment ?...

— J'étais restée seule dans la galerie, pendant que sir Rupert allait chercher dans son coffre-fort la fameuse émeraude des Lifton, dont il avait besoin, j'ignore pour quel motif ; d'ailleurs, peu importe. Tandis que je l'attendais, j'ai entendu, dans le hall, une femme qui causait avec quelqu'un. « James », disait-elle...

— Mais c'est le nom de Mant.

— Je la sentais si désespérée, que cela me faisait de la peine — miss Palliser paraissait encore tout émue en rappelant ce souvenir. Si je vous parle de cette femme, c'est pour vous expliquer que le feutre rouge lui appartenait peut-être. Mant a dû vous dire que ce chapeau était le mien, afin de détourner les soupçons...

— C'est possible, fit Cyprian d'un air rêveur, mais je ne vois pas pourquoi il me l'aurait montré...

— Je n'en sais rien moi-même.

— Il y a aussi un autre point que je voudrais préciser, reprit le jeune homme. Vous venez de faire allusion aux émeraudes de Lifton. Quand sir Rupert vous les a montrées, le collier était-il intact ?

— Oui, répondit-elle froidement.

— Et vous êtes sûre qu'il y avait, dans la maison, une femme inconnue dont Mant ne veut pas parler ?

— Pourquoi me demandez-vous cela ?

— Parce que, cette même nuit, l'émeraude du milieu, évaluée à plus de dix mille livres, a disparu.

Miss Palliser poussa un cri de stupeur...

— Comment ! cette merveilleuse pierre, appelée « le lac vert », a été volée ?... Votre femme a dû en être désespérée ?

— Elle n'y a attaché aucune importance, répondit Cyprian en fronçant les sourcils. Pour en revenir à nos moutons, je vous serais reconnaissant de me donner l'adresse de votre homme d'affaires, peut-être arriverai-je à m'arranger avec lui mieux qu'avec vous.

— Je ne voudrais pas que vous ayez une mauvaise opinion de moi, mister Stenhurst, ni que vous puissiez penser que je trouve votre offre insuffisante. Il est certain que dix mille livres représentent une jolie somme. Je serai donc heureuse d'accepter ce don, mais à condition que vous ne m'accusiez pas d'avoir intrigué pour l'obtenir.

— Jamais je ne penserai de vous une chose semblable.

— Votre femme non plus ?

— Ma femme non plus, quand je lui aurai expliqué ce qu'il en est, répondit-il en rougissant. Elle n'est pas très bien portante en ce moment, ses nerfs sont à fleur de peau, et je suis navré d'avoir une mauvaise nouvelle à lui annoncer. Sa tante, miss Peters, a disparu sans laisser de trace.

— Sa tante ?

— Oui, une vieille demoiselle qui vivait rue Redmay. Diana est très inquiète à son sujet, et j'avoue que je commence à la comprendre.

— Alors, n'ajoutez pas à son ennui en lui parlant de moi ; dites-lui que nous nous sommes rencontrés aujourd'hui pour une question d'affaires, voilà tout. Quand j'aurai envie de causer avec vous, je pense que je pourrai aller tout simplement sonner à la porte de Linden Lawn ?...

Cyprian secoua la tête négativement.

— Je crains que non. Comme je vous l'ai dit, ma femme est très nerveuse en ce moment...

— Je comprends, répondit miss Palliser en tapotant fébrilement sur la table.

— Mister Cyprian Stenhurst ! Mister Cyprian Stenhurst !... appelait un petit chasseur à travers la pièce.

Cyprian lui fit signe d'approcher.

— Mr. Rowley Bannister vous demande, monsieur ; faut-il l'amener ici ?...

— Certainement, répondit Cyprian, ravi de voir arriver son meilleur ami, qu'il accueillit les mains tendues.

— Je vais malheureusement être obligé de vous quitter dans cinq minutes, Rowley, dit-il. Vous connaissez déjà miss Palliser, n'est-ce pas ?

A son grand étonnement, le jeune homme resta silencieux. Cyprian remarqua également que son invitée évitait de regarder Bannister.

— Je m'excuse de vous lâcher ainsi, fit-il en se levant pour prendre congé ; je vous confie miss Palliser.

Tandis qu'il se dirigeait vers la sortie, les yeux de Bannister le suivaient d'un air furieux...

CHAPITRE XXV

LE RENDEZ-VOUS

I

La semaine suivante, par une radieuse soirée d'été, Cyprian alla retrouver Diana Palliser vers la petite maison où ils s'étaient déjà rencontrés. Aucun arrangement n'avait été encore conclu au sujet de la somme qu'il voulait lui remettre, et bien que n'ayant aucun désir de revoir la jeune fille, il tenait à régler, sans plus tarder, cette affaire qui traînait depuis de longs mois.

Il en était, personnellement, très contrarié et s'en préoccupait pour sa femme, qu'il ne voulait pas tourmenter. Il se reprochait de ne pas lui en avoir parlé, mais elle était déjà si nerveuse et si triste d'être sans nouvelles de Jenny, qu'il n'avait pas osé s'en ouvrir à elle. Cette absence et ce silence qui se prolongeaient commençaient d'ailleurs à devenir tout à fait inquiétants, et Diana refusait de partir avec Robert, en laissant Cyprian à Linden Lawn, comme il l'avait suggéré.

En arrivant à la grille, il se croisa avec Rowley, mais il était déjà en retard et ne put lui demander la raison de l'attitude hostile qu'il montrait depuis quelque temps. Il le pria simplement d'aller tenir compagnie à Diana, qui se trouvait seule à la maison, ajoutant que lui-même ne tarderait pas à les rejoindre.

Tandis qu'il se hâtait vers son rendez-vous, Cyprian revoyait, par la pensée, la nuit de la tempête. Comme le Heath était différent aujourd'hui!... Maintenant, la petite villa était habitée, et, en la regardant, il pensait à Pansy Stores et au manteau de fourrure.

Bien que cela n'eût plus grande importance, il aurait néanmoins voulu savoir à quoi s'en tenir sur ce point resté obscur. Décidément, la vie était bien compliquée et même ses rendez-vous avec Diana Palliser risquaient de faire jaser si jamais on le rencontrait avec elle.

Il la vit bientôt arriver, vêtue d'une robe mauve ; elle était vraiment fort jolie ; mais, en la regardant, Cyprian ne put s'empêcher de penser qu'elle ressemblait bien peu à sa « dame de la nuit ».

Pendant qu'ils cheminaient côte à côte, dans l'étroit sentier, Diana Palliser lui raconta que son homme d'affaires ne l'autorisait pas à accepter les dix mille livres.

— Quelle raison donne-t-il pour expliquer ce refus? interrogea-t-il, navré. Je n'arriverai donc jamais à régler cette dette?

— Ne pouvez-vous pas obtenir de votre femme qu'elle vienne me voir? (Elle s'était arrêtée et lui avait pris le bras, sans répondre à la question qu'il venait de lui poser.) Je vous le demande, cela me ferait un tel plaisir. Pourquoi se montre-t-elle si sévère à mon égard?

— Dieu seul le sait, répondit tristement Cyprian, mais je n'y peux rien.

— Rowley m'a dit que vous alliez donner un bal? J'ai grande envie d'y aller, et je ne vois pas la raison pour laquelle j'en serais exclue?

Cyprian lui prit amicalement la main.

— Ne vous inquiétez pas, je m'arrangerai pour que vous soyez invitée.

Revenant sur leurs pas, ils passaient maintenant devant la villa que Cyprian regardait d'un air songeur.

— Je ne peux pas voir cette maison sans songer à Pansy Stores... J'oubliais de vous dire que j'ai demandé à Mant une explication au sujet de la discussion dont vous m'avez parlé. Il prétend n'en rien savoir.

— Oh! je vous en prie, ne me rappelez pas cette affreuse nuit, s'écria-t-elle, impatientée, je ne veux plus y penser.

Le ton de la jeune fille surprit Cyprian.

— C'est étrange, plus je vous vois, plus je vous trouve différente de ce que vous étiez la première fois que je vous ai rencontrée, dit-il soudain.

— Cela n'a rien d'étonnant, c'était l'hiver et il faisait sombre.

— Allons, il est tard et il faut que je rentre... Tiens, dit-il, en voyant apparaître une lourde silhouette au bout du sentier, mais c'est Mrs. Stores... j'ai à lui parler... Mistress Stores, appela-t-il gaiement de sa voix juvénile, mistress Stores...

La vieille femme, qui s'avançait lentement, les yeux baissés, s'arrêta brusquement et, dans sa stupeur, laissa tomber son parapluie.

— Je m'en vais, lança Diana Palliser, en faisant demi-tour, au revoir...

Et elle disparut en courant.

Cyprian souleva son chapeau et la suivit des yeux, tandis qu'elle s'en allait dans la direction de la villa.

De quoi avait-elle pu être effrayée pour s'enfuir de la sorte?... Se tournant alors vers Mrs. Stores, il s'avança vers elle.

II

— Vous me reconnaissez, n'est-ce pas? dit-il en l'abordant.

— Très bien, répondit la vieille femme, qui avait peine à respirer. Oserai-je vous demander qui était avec vous?

— Miss Palliser.

— Tiens, miss Palliser... répéta-t-elle lentement; j'espère bien que vous êtes en bonne santé, monsieur?

— Avez-vous eu enfin des nouvelles de votre fille?

— Aucune, répondit Mrs. Stores, le visage renfrogné; les enfants ne sont pas ce qu'ils étaient de mon temps. C'est une ingrate.

— Peut-être ne faut-il pas l'accuser à la légère, dit Cyprian avec bonté; j'aimerais savoir si vous avez revu miss Peters depuis la dernière fois que nous nous sommes rencontrés.

Mrs. Stores déclara avec fatuité que, vivant de ses rentes, elle n'avait plus les mêmes raisons qu'autrefois de voir miss Peters, mais que celle-ci, après avoir eu l'amabilité de lui rendre visite plusieurs fois, n'avait plus reparu depuis quelque temps. La vieille femme en semblait humiliée.

— Je suis venue me promener de ce côté, ajouta-t-elle; cette maison m'attire comme un aimant, mais je crains, hélas! que nous ne sachions jamais la vérité...

— Pauvre mistress Stores... C'est dommage que miss Palliser soit partie, je venais de la rencontrer à l'endroit même où j'ai trouvé votre fille, le soir de la tempête; nous parlions justement d'elle, c'est une curieuse coïncidence...

Mrs. Stores resta silencieuse.

— Est-ce vrai que vous avez épousé miss Gerrard, reprit-elle enfin.

— Mais oui, répondit Cyprian, en souriant.

— Je pense bien souvent à elle, dit la vieille femme, l'air radouci; j'aurais tant de plaisir à la revoir, cela me rappellerait le vieux temps. Croyez-vous que Mrs. Stenhurst me recevrait?

— Certainement... (Il hésitait pourtant, comme si cette requête le gênait.) Venez donc quand il vous plaira. Je vous demanderai simplement de ne pas parler à ma femme de ma rencontre avec miss Palliser. Il vaut mieux qu'elle n'en sache rien, bien que ce rendez-vous ne cache aucun mystère.

Il y avait une étrange expression de désapprobation dans le visage immobile et les yeux pâles de l'ancienne femme de ménage, quand elle répondit au jeune homme:

— Je sais garder le silence, monsieur, ce ne sera pas la première fois... Miss Peters me témoignait une grande confiance en me laissant sa clef; du reste, je l'ai encore.

— Je m'en souviens, en effet, vous m'avez raconté cela en me parlant du manteau de fourrure de votre fille.

— Avez-vous pu savoir par miss Gerrard ce qu'il en était? Elle devrait être à même de vous expliquer d'où il lui venait.

— Je n'y ai jamais pensé, répondit Cyprian froidement. (L'attitude de Mrs. Stores lui déplaisait.) Il faut que je vous quitte, venez quand vous voudrez, ma femme sera enchantée de vous voir. Elle est si tourmentée du départ mystérieux de miss Peters que, si jamais vous apprenez quelque chose, je vous serais reconnaissant de bien vouloir m'en aviser immédiatement.

— Vous m'avez dit, questionna Mrs. Stores d'un air inquiet, que la personne que vous venez de quitter s'appelait miss...

— Palliser...

— Très bien, dit-elle.

Et comme elle n'ajoutait rien, Cyprian la quitta.

Bien qu'il n'eût rien à se reprocher dans sa conduite envers Diana Palliser, il se sentait un peu penaud. En rentrant chez lui, il trouva Di, assise au salon avec Rowley Bannister, qui prit congé dès l'arrivée de son ami ; Diana accueillit froidement son mari et ne parut s'animer qu'en entendant le récit de la rencontre de Cyprian avec Mrs. Stores ; elle lui demanda anxieusement si, plus heureuse qu'elle, la femme de ménage savait ce qu'était devenue miss Peters.

— Elle n'est pas mieux renseignée que vous, répondit Cyprian en se versant une tasse de thé ; du reste, elle se souvient très bien de vous avoir vue, et se propose de venir ici. Vous pourrez donc l'interroger tout à votre aise.

— C'était la femme de ménage de Jenny, peut-être a-t-elle besoin d'argent ?

Cyprian ne répondit rien... Il avait l'intention de continuer à servir la rente qu'il faisait à Mrs. Stores et préférait laisser de côté ce sujet épineux.

— A propos, Di... reprit-il, en caressant la tête de Black, son chien favori, Mrs. Stores assure que vous aviez un manteau de fourrure grise quand vous êtes venue chez miss Peters ?

— Pourquoi n'aurais-je pas eu un manteau de fourrure grise ? répondit-elle en rougissant. On a dû me le voler dans le vestibule de ma tante.

— C'est possible, approuva-t-il, — Diana était devenue si nerveuse qu'il ne savait comment l'aborder, — Mrs. Stores est persuadée que ce manteau appartenait à sa fille Pansy...

— A Pansy Stores ?...

— Oui, elle avait fait une reprise dans la doublure et, paraît-il, il en existait une semblable dans votre manteau... Comment était-il en votre possession, Di ?... Je suppose que vous l'aviez acheté d'occasion ?

Diana rougit et pâlit tour à tour.

— Je préfère ne pas parler de cela pour le moment, répondit-elle d'une voix sourde, je vous promets de tout vous dire... plus tard... pas aujourd'hui...

CHAPITRE XXVI

MANT

I

A peine Cyprian et Mrs. Stores furent-ils hors de vue, que Pansy se mit à courir, ne voulant sous aucun prétexte se trouver en face de sa mère, qu'elle n'avait pas revue depuis un an.

La partie qu'elle jouait était passionnante, et déjà elle commençait à se montrer une brillante partenaire. Sir Ulick la félicitait souvent, mais le grand coup, disait-il, restait encore à gagner.

Depuis qu'elle avait été admise au club du Baccarat, son éducation avait coûté fort cher. Tout d'abord, elle avait été envoyée à Paris et confiée aux soins d'une actrice en renom, qui devait lui apprendre les bonnes manières ; le résultat était tel, que l'ancienne Pansy était méconnaissable. D'ailleurs, sir Ulick ne faisait jamais les choses à moitié, il avait travaillé lentement, mais sûrement, pour mettre tous les atouts dans son jeu et exécuter son plan diabolique.

Frivole et sans cœur, Pansy était une véritable cire molle entre les mains d'un mauvais génie, auquel elle obéissait docilement.

Il lui suffisait d'être riche et bien habillée, de passer toutes ses soirées au théâtre ou au bal, où sa beauté et son élégance lui attiraient de nombreux hommages... Un seul point noir se dressait au milieu de cette vie de rêve... Mant...

Autrefois, — il lui semblait que c'était dans une autre vie, — Pansy avait aimé le maître d'hôtel et aurait tout donné pour l'épouser... Maintenant, la balance penchait d'un autre côté : elle regardait avec mépris son ancien admirateur. La seule idée de le revoir, de le sentir près d'elle la rendait malade... Elle jouait comme une automate son rôle dans la pièce montée par sir Ulick, n'ayant plus qu'une ambition : devenir la femme de Rowley Bannister...

Elle serait arrivée à oublier qu'elle avait été Pansy Stores, si Mant n'avait été là, Mant, pour l'amour duquel elle avait tenté de se tuer et pour qui sa présence dans la maison d'Heath avait eu des conséquences si inattendues.

Elle avait été furieuse en voyant Cyprian parler à sa mère. Si celle-ci l'avait trahie, qu'adviendrait-il ?... Cyprian n'aurait plus, désormais, aucune raison de servir une rente à la femme de ménage de miss Peters, mais sans doute Mrs. Stores avait-elle compris qu'il valait mieux se taire, afin de conserver ce revenu.

Pansy rentra juste à temps pour changer de robe, car elle devait dîner et passer la soirée au club avec Rowley Bannister. Ayant oublié ses sombres pensées, elle attendait, toute joyeuse, le jeune homme et, lorsque sa femme de chambre vint lui annoncer que Mr. Mant désirait lui parler, elle rougit de colère... Qu'avait-il à lui dire ?...

— Faites-le attendre dans le fumoir, Tonch, et surtout ne nous dérangez pas.

Mant se prélassait dans un fauteuil. Quand la jeune fille entra, il n'esquissa même pas le geste de se lever.

— Peste ! fit-il, quelle toilette pour rester chez vous !...

— Je dîne dehors, déclara-t-elle avec un mouvement de révolte ; que désirez-vous ?

— Venez près de moi, Pansy ; autrefois, vous m'embrassiez...

— C'est le passé, il est mort et enterré.

— C'est possible, mais j'ai encore de l'espoir... Tout cela — il jetait un coup d'œil rapide autour de l'élégante pièce — ne peut durer et s'évanouira en fumée dès que sir Ulick aura tiré de vous ce qui lui est nécessaire pour exécuter ses plans. Il paraît que vous mangez Stenhurst en tartines... Quel imbécile !...

— Je suppose que vous n'êtes pas venu ici pour me raconter ces sornettes ?... dit-elle en enfilant un bracelet. Ayez-vous une commission à me faire ?

— Ne puis-je pas venir rendre visite à une ancienne amie sans être accusé d'être un gêneur ?... lança-t-il avec irritation. C'est mon jour de sortie et j'avais pensé que nous pourrions aller ensemble au cinéma ou au dancing.

— Je vous ai déjà dit que je dînais en ville.

— Voyons, Pansy, réfléchissez... le complot est fameusement organisé, je crois que c'est le plus remarquable des temps modernes, mais il y a des limites à tout. Aux yeux de sir Ulick, il y a deux acteurs : vous et moi, James Harold Mant... Si je mangeais le morceau, que deviendriez-vous ? je me le demande... Vous n'ignorez pas que le chantage peut mener en prison.

— Je ne fais qu'obéir aux ordres donnés, répondit-elle distraitement ; si je suis condamnée, vous le serez aussi, tout comme sir Ulick.

Pansy Stores n'était pas inquiète, elle avait une entière confiance dans l'habileté diabolique de Lawson, car jamais le grand chef du Baccarat Club n'avait été découvert.

— Vous toucherez un demi-million de Stenhurst... fit-il rudement, quelle sera ma part ?

— Demandez-le à sir Ulick, jamais je n'ai d'argent entre les mains.

— Cela ne peut continuer ainsi. (Il la regardait d'un air sombre.) Bannister est riche, ne pouvez-vous pas obtenir de lui quelques subsides ?... J'ai perdu aux courses dernièrement.

— Je ne le peux pas (elle frappa du pied) et je ne le veux pas.

Mant se leva et, les mains dans les poches, se rapprocha de la jeune fille. Son visage, dépouillé du masque d'impassibilité professionnelle, laissait transparaître sa vilaine âme.

— Supposons un instant que je mette votre mère au courant de la situation.

— Je m'arrangerais avec elle.

— Et avec Mrs. Stenhurst, croyez-vous que cela serait aussi facile ?... Elle ne vous aime pas.

— Elle n'osera pas parler. (Pansy jeta un rapide coup d'œil sur le maître d'hôtel.) Je me demande comment vous n'avez pas essayé de la faire chanter... C'est cependant dans vos habitudes de menacer les femmes.

— Je garde une poire pour la soif, répondit-il ironiquement, un bon chasseur ne tue pas tout son gibier le même jour.

Pansy regarda la pendule.

— Si c'est tout ce que vous avez à me

dire, vous pouvez vous en aller, fit-elle sèchement.

— Je n'ai pas fini (il lui prit le bras), vous ne vous débarrasserez pas si facilement de moi..., je vous aime toujours, Pansy, et je vous épouserai, soyez-en sûre... Ne faites donc pas l'idiote, vous et moi nous avons barre sur Lawson, il n'est pas si tranquille qu'il veut bien le dire. Si l'orchestre commence à jouer, il entendra une singulière musique... (Il serrait violemment le bras de Pansy, qui se débattait.) Si vous me mettez à la porte, je ruinerai votre vie, sans aucun scrupule, hurlait-il dans sa rage, je préfère risquer la prison, plutôt que de vous perdre...

Et, paralysant sa résistance, il l'embrassa passionnément.

— L'an dernier, reprit-il, vous ne pensiez pas comme aujourd'hui, puisque vous m'aimiez au point d'avoir failli vous donner la mort par amour pour moi ?...

— Lâchez-moi, criait-elle, la tête rejetée en arrière, en le regardant férocement. Je vous hais.

— Diana... appelait une voix dans le hall, Diana, êtes-vous prête ? Je vous attends depuis longtemps.

S'arrachant aux bras de Mant, Pansy, pour avoir le temps de reprendre ses esprits, se mit à arranger ses cheveux devant la glace, mais déjà la porte s'ouvrait et Bannister fit irruption dans la pièce. Il fixait Mant, qui se tenait près de la table, immobile et les yeux baissés, puis son regard se porta sur Pansy, qui semblait en proie à une violente émotion.

— Qu'y a-t-il ? demanda Rowley impétueusement. Sortez, Mant, ou je vous fais passer par la fenêtre...

II

Tandis qu'ils roulaient vers Londres, Rowley demanda brusquement à la jeune fille qu'il aimait :

— Stenhurst est venu vous voir, puis il vous a envoyé son maître d'hôtel ?... Ne le niez pas, Diana, c'est inutile ; je ne suis pas un imbécile. Pourquoi acceptez-vous cela ?

— Je ne peux vous le dire, Rowley, répondit-elle, prête à pleurer, c'est une douloureuse histoire.

— Aimez-vous Cyprian ?...

— Non, non...

Elle se tordait les mains.

— Alors, il vous poursuit contre votre gré ?

— J'espère ne jamais le revoir...

— Quand je pense à sa femme et à la façon ignoble dont il se conduit, je suis obligé de me retenir pour ne pas le battre, rugit Bannister sauvagement. Voyons, Diana, il faut vous décider à sauter le pas et à m'épouser... Nous ne pouvons continuer ainsi.

— Pas maintenant... murmura-t-elle.

— Pourquoi ? Ne puis-je savoir ce qui vous tourmente ? demanda-t-il avec tristesse.

— Je suis vendue à Satan... s'écria-t-elle, les yeux hagards.

Bannister lui jeta un regard effrayé...

III

Di et Cyprian dînèrent seuls ce soir-là. La semaine suivante, ils devaient donner un bal à Linden Lawn, et Cyprian se rappelait sa promesse à Diana Palliser et comptait la tenir, bien qu'il fût un peu gêné d'en parler à sa femme.

— Je crois qu'il faudrait inviter miss Palliser à notre soirée de jeudi, dit-il, quand, après le dessert, les domestiques se furent retirés.

— Je m'y refuse absolument. Si vous vous intéressez encore à elle, vous êtes libre de la rencontrer où vous voudrez, mais elle ne mettra pas les pieds ici.

— Même si je vous le demande comme une faveur spéciale ?... Je vous jure, Di chérie, qu'elle ne m'intéresse en aucune manière. Je l'ai vue aujourd'hui, et j'en suis encore à me demander comment j'avais pu trouver qu'elle vous ressemblait...

Pensivement, il ajouta :

— Elle ne vous arrive pas à la cheville... J'avoue que je ne l'avais jamais vue qu'au clair de lune, et cet éclairage est singulièrement flatteur...

Une lueur joyeuse éclaira les yeux de Diana, mais elle ne céda pas.

— Malgré tout, Cyprian, je ne veux pas l'inviter à notre bal, d'autant plus que Rowley paraît déjà très épris d'elle. Nous ne devons pas l'encourager, il finirait par l'épouser...

— Quel mal y aurait-il à cela ?... Di, je vous assure, c'est une jeune fille comme il faut... Je ne connais pas sa famille, mais sa mère vit avec elle à « Casa Carissima », sa situation est donc tout à fait respectable.

— Sa mère ?... Comment s'appelle-t-elle ?

— Mrs. Palliser, je suppose, répondit-il.

Au même instant, il se rappela le récit de Crystal dans le jardin de Dial House, un jour d'automne, et il baissa les yeux sur son assiette en pensant à Di, à sa chérie, dont la mère était en prison pour meurtre... Il s'expliquait pourquoi la pauvre petite paraissait si souvent triste et désespérée. Comment n'y avait-il pas songé ?...

— Elle vous a raconté cela ?

— Pour revenir à Rowley, reprit gaiement Cyprian, comment pourrions-nous l'empêcher de l'épouser s'il en a envie ? Elle est jolie et entreprenante... Je suis sûr qu'il n'y a aucun mystère dans sa vie, car elle est incapable de dissimuler quelque chose... Voyons, Di, soyez gentille, et envoyez-lui une carte d'invitation.

— Je ne le veux pas !... (Diana s'était levée, ne pouvant contenir sa colère.) Je n'ai rien à lui dire, déclara-t-elle, et si, par hasard, vous l'ameniez ici, je vous avertis que je ne la recevrais pas.

— Voyons, Di, vous savez parfaitement que je n'irai jamais contre votre volonté, dit-il en essayant de la calmer. Pourquoi êtes-vous si nerveuse ? Avez-vous quelques ennuis que vous me cachez ? Serait-ce cette vieille histoire de votre mère ?... Crystal me l'a racontée, et mon amour pour vous reste le même. Comment pourrait-il en être autrement, ma chérie ?... Allons, confiez-moi votre peine, nous étions si heureux, et maintenant tout est changé. Oh ! Di, pour l'amour du ciel, dites-moi ce que vous me cachez...

— Je ne sais pas ce que Crystal Ormsby a pu vous raconter, répondit-elle, en fixant son mari. Elle ne sait rien, ni de moi, ni de ma mère... Il est vrai que — sa voix tremblait — j'ai quelque chose à vous dire, mais je ne peux le faire avant le retour de Jenny... Jenny, qui a toujours été là quand j'ai eu besoin d'elle... Et dire que je ne sais ce qu'elle est devenue... acheva-t-elle dans un sanglot.

CHAPITRE XXVII

À LA RECHERCHE DE JENNY PETERS

I

L'étude Hilditch et Grove, les notaires bien connus, se trouvait dans une grande maison de l'ancien quartier juif. Toutes les affaires de sir Wilfred Palliser étaient entre leurs mains, et c'était à eux que Diana s'était adressée quand elle avait débarqué à Londres.

Ce fut encore à eux qu'elle eut recours dans sa détresse, pensant bien qu'ils se rappelleraient sa première visite et qu'ils seraient de bon conseil.

Philip Hilditch était un homme déjà vieux, aux cheveux gris, à l'air grave et aux manières affables. Sans doute, si Diana n'avait pas fait passer sa carte, jamais il ne l'aurait reconnue quand elle entra dans le petit salon réservé aux clients. Elle était cependant encore plus jolie qu'autrefois et lui aurait paru heureuse et florissante si, dans ses yeux bleus, n'avait flotté une inquiétude indéfinissable.

Elle s'assit à l'extrémité de la grande table-bureau et se tourna vers le notaire.

— Vous ne m'auriez pas reconnue, n'est-ce pas, mister Hilditch ? demanda-t-elle.

« Quelle étrange question ! », se disait celui-ci, tout en avouant à la jeune femme qu'en effet, au début, il avait hésité, mais que, maintenant, il retrouvait ses traits.

Elle eut un sourire fugitif en enlevant son chapeau.

— Voyez, je me suis teint les cheveux, dit-elle.

— Je le constate, répondit-il ; permettrez-vous à un vieux monsieur comme moi de dire qu'il préfère les blondes?... Quel dommage!

Elle remit son chapeau sans répondre, puis, après un silence, elle reprit :

— Je voudrais vous questionner au sujet de mon père. La dernière fois que je suis venue ici, vous m'avez dit que sa fortune avait disparu et qu'il ne me restait rien.

Mr. Hilditch ajusta ses lunettes avant de répondre.

— C'est malheureusement vrai ; je crains, en effet, qu'il ne vous reste rien, dit-il enfin à contre-cœur.

— Mister Hilditch, supplia Diana en rougissant, je veux savoir la vérité... Depuis que je ne vous ai vu, j'ai entendu dire que sir Wilfred Palliser n'était pas mon père, et j'en ai été bouleversée...

Le notaire paraissait affreusement gêné, la situation était délicate, et il plaignait sincèrement la jeune femme.

— En effet, reprit-il, sir Wilfred Palliser n'était pas votre père. Qui a eu la cruauté de vous le dire?

— Sir Rupert Hendon.

Hilditch s'appuya au dossier de sa chaise, il ne pouvait dissimuler son étonnement.

— Je suppose qu'il vous a appris, en même temps, que votre mère était toujours légalement sa femme?

— Oui, répondit Diana, les yeux baissés, ce fut pour moi un choc terrible, j'aimais tant papa!... J'étais encore bien jeune quand il mourut, et je n'ai jamais pu me consoler de sa mort, car tout mon bonheur d'enfant venait de lui.

— Je pense que vous êtes ici pour apprendre toute la vérité? dit gentiment Hilditch. Vous ne devez pas oublier que Lilias Gerrard n'avait que dix-sept ans au moment de son mariage avec sir Rupert, — les jeunes filles, à cette époque, se mariaient très tôt, — tandis que son mari approchait de la cinquantaine. L'aventure était hasardeuse.

— Alors?...

— Elle tomba amoureuse de sir Wilfred, qui était riche, jeune et séduisant. Deux ans ne s'étaient pas écoulés que votre mère, profitant d'un voyage de sir Rupert en Amérique, allait rejoindre l'homme qu'elle aimait. Son mariage avait été arrangé par ses parents : sir Rupert était un excellent parti, et, par ailleurs, un homme remarquable, un grand philanthrope et un esprit de haute valeur, mais trop âgé pour le charmant papillon qu'était votre mère. C'est pourquoi j'ai toujours pris le parti de lady Hendon... Elle a été, paraît-il, très heureuse avec Palliser, qui n'a jamais cessé de l'entourer de tendresse et d'affection. Mais légalement, je vous le répète, votre mère est toujours lady Hendon. A sa mort, sir Rupert a laissé toute sa fortune à un cousin éloigné, à part quelques legs charitables. Il s'intéressait particulièrement aux jeunes filles pauvres et avait fondé un home pour les recueillir. Sa maison d'Hendon House ne désemplissait pas de quémandeuses de tous genres et de toutes conditions, qu'il aidait généreusement.

— Alors, c'est donc bien vrai? je suis sa fille?

Hilditch croisa ses jambes :

— Vous êtes née un an avant la fuite de lady Hendon, elle est partie avec vous en faisant croire à son mari que vous étiez morte, et certainement sir Rupert n'a jamais pensé que vous puissiez être sa fille. A la requête de sir Wilfred, j'ai conservé toute une correspondance relative à cette histoire d'amour et de haine, ainsi que les copies de ses propres lettres, qui ne laissent aucun doute sur la vérité. Sir Wilfred vous aimait tendrement ; il vous emmena, ainsi que votre mère, à l'étranger, où vous avez vécu cachés, tous trois, pendant plusieurs années. Ce ne fut qu'après la mort de sir Wilfred — vous deviez avoir sept ans à cette époque — que votre mère se décida à rentrer en Angleterre, et autant que je me souviens, vous confia à une institutrice.

— Jenny Peters.

— C'est possible, je ne me rappelle pas son nom.

— Continuez...

— Sir Wilfred, qui était un insouciant, s'était embarqué dans une affaire hasardeuse, sur les conseils de sir Ulick Lawson, son meilleur ami... En peu de temps, sa fortune entière y passa.

— Je comprends... murmura Diana, le regard lointain.

Elle se rendait compte que le notaire, dans sa bonté, s'efforçait d'atténuer la gravité de ses révélations.

— Depuis la dernière fois que vous m'avez vue, reprit-elle après un moment de silence, je me suis mariée.

— C'est une bonne nouvelle, répondit Hilditch, tout heureux de ne pas avoir à s'étendre davantage sur un pénible sujet. Qui avez-vous épousé ?

— Cyprian Stenhurst, le cousin de sir Rupert.

— Grand Dieu !... s'écria le notaire, stupéfait, j'en suis ravi, ma chère enfant, c'est un mariage splendide et...

— Master Hilditch, interrompit Diana, mon mari ignore ma véritable identité. Je dois vous dire qu'en arrivant à Londres, j'avais pris le nom de Diana Gerrard et m'étais installée chez Jenny Peters, mon ancienne institutrice. J'ai rencontré Cyprian chez lady Ormsby, où j'étais entrée comme secrétaire, et, pour une raison stupide que j'ai toujours regrettée depuis, je lui ai caché la vérité ; maintenant, je ne peux la lui avouer, et c'est pour moi un véritable cauchemar.

Hilditch se pencha et appuya ses coudes sur son buvard.

— Qu'est-ce qui vous en empêche ? demanda-t-il.

— Ne me le demandez pas, répondit-elle d'une voix brisée, tout ce que vous venez de me raconter concernant sir Rupert ne fait qu'aggraver ma situation ! Dieu sait si elle était déjà assez triste... mais maintenant... Attendez, laissez-moi réfléchir, j'ai encore quelque chose de très important à vous dire.

Mr. Hilditch l'arrêta :

— Votre mari se doute-t-il que vous êtes sa parente éloignée ?

— Il n'en sait rien. Quand j'ai commencé à l'aimer, je croyais qu'il était un modeste employé de bureau, et je ne pouvais faire aucun rapprochement entre le nom de Stenhurst et celui de Hendon. Depuis lors, je n'ai que trop bien compris qu'en me taisant, j'avais fait fausse route.

— Désirez-vous vraiment qu'il apprenne la vérité ?

— Je veux la lui dire moi-même, c'est mon plus vif désir ; mais je dois attendre le retour de miss Peters, mon ancienne institutrice, que Cyprian croit être ma tante... Elle a quitté sa maison sans m'avertir ; je ne sais où elle est et j'en suis horriblement inquiète.

— Vous serait-il agréable que nous fassions une enquête à ce sujet ?

— Non... — elle hocha la tête. Je dois simplement vous prévenir qu'une jeune fille a pris mon ancien nom : Diana Palliser, et se fait passer pour moi. Elle est venue vivre dans un cottage à côté de Lindon Lawn et a fait croire à mon mari qu'elle avait droit à un legs. Par un dernier message de sir Rupert, Cyprian avait connu les intentions de son cousin à l'égard de la personne avec laquelle il avait dîné le soir de sa mort. Très désireux d'accomplir les dernières volontés de son parent, il a cru facilement ce qu'elle lui disait. C'est une véritable intrigante...

— Chère mistress Stenhurst, calmez-vous... Vous avez le remède entre les mains : il suffit de tout avouer à Mr. Stenhurst. Vous arriverez aisément à le convaincre de votre sincérité et du mensonge de la personne dont vous me parlez.

A son grand étonnement, sa cliente le regarda sans répondre, d'un air désespéré. A la fin, ayant retrouvé son calme, elle se leva pour prendre congé.

— Master Hilditch, dit-elle, si jamais j'avais besoin d'un certificat attestant que je suis bien Diana Palliser, pourrais-je compter sur votre témoignage ?

— Très certainement, affirma-t-il, en lui serrant amicalement la main, peut-être serai-je obligé de déclarer que vous étiez, en effet, connue sous le nom de Diana Palliser, mais que vous vous appelez en réalité Hendon... Croyez-moi, mon enfant, vous feriez mieux de tout raconter à votre mari.

— Alors, Diana Palliser n'a jamais existé ? dit-elle d'une voix brisée. Au revoir, master Hilditch, et merci, vous avez été très bon...

III

L'agence Craven et Shenk, dont les bureaux se trouvaient au-dessous de l'étude, traitait des affaires de toute nature.

En sortant de chez le notaire, Diana, entendant des voix dans l'escalier, s'arrêta un instant sur le palier, et, comme elle ne désirait pas être vue, elle se dissimula dans un corridor.

— Les voix : celles d'un homme et d'une femme, lui parvenaient sans qu'elle pût comprendre ce qui se disait ; elle attendait pour sortir de sa cachette qu'ils eussent passé.

A son grand étonnement, elle vit apparaître justement la personne à qui elle pensait : son sosie... Mais celle qu'elle craignait et détestait tout à la fois n'était pas seule ! Elégamment vêtu d'un complet gris, l'air joyeux de quelqu'un qui espère réussir une bonne affaire, sir Ulick Lawson montait derrière elle.

Diana retint sa respiration, tandis que Lawson s'arrêtait devant la porte de l'étude pour lire le nom inscrit sur la plaque.

— Eh bien ! demanda-t-il froidement, êtes-vous décidée, oui ou non ?

— Je ne peux pas, murmura-t-elle en reculant ; en tout cas, pas aujourd'hui, je n'y suis pas préparée.

— Il n'y a pas péril en la demeure, répondit-il d'un ton méprisant, nous reviendrons un autre jour, voilà tout.

Il redescendit l'escalier derrière la jeune fille, qui donnait l'impression d'un épagneul bien dressé et terrorisé par un maître inflexible.

Diana sortit du corridor et descendit à son tour. Ce qu'elle venait d'entendre jetait une lueur nouvelle sur le mystère qui l'entourait. Elle avait pensé jusqu'alors que seul Mant, aidé de la fausse Diana Palliser, avait tramé le complot dirigé contre elle.

La jeune locataire de Casa Carissima avait certainement menti à Cyprian, mais Diana venait de découvrir que sir Ulick était son plus dangereux ennemi.

CHAPITRE XXVIII

LA MAISON DE LA PEUR

I

Le plaisir qu'avait tout d'abord ressenti miss Peters en voyant se dérouler devant ses yeux des paysages nouveaux, fit bientôt place à l'inquiétude : elle avait agi sans réfléchir...

Elle se rendait compte que sir Ulick l'avait presque enlevée de force et l'avait confiée à Rousseau. Ce nom lui rappelait un morceau de musique... Les enfants à qui elle enseignait le piano avaient joué bien souvent de leurs petits doigts raides le *Rêve de Rousseau.*

Ce souvenir lui donnait un peu de confiance en ce Rousseau inconnu qui lui servait de mentor, mais elle n'en était pas moins un peu troublée.

Quelques minutes avant d'arriver à Folkestone, celui-ci entra dans le compartiment de la vieille demoiselle pour l'avertir qu'ils devaient descendre au prochain arrêt. Comme il ne savait que quelques mots d'anglais, elle ne put donc en obtenir aucune explication. Il s'empara de sa valise et, quand le train s'arrêta, il lui ordonna de descendre.

Sur le quai de la station, miss Peters se trouva seule avec son gardien. Le train s'éloignait déjà, et bientôt il ne fut plus qu'un point noir à l'horizon.

— Nous prenons le bateau ? interrogea-t-elle.

— Non, l'auto.

Miss Peters ne discuta pas ; peu habituée à voyager, elle se confiait à Rousseau, sûrement mieux renseigné qu'elle et, traversant la voie derrière lui, elle le vit remettre les billets à l'employé Tout cela était bien étrange, mais pas un instant elle ne mit en doute la parfaite honnêteté de celui qui l'accompagnait. Comme il l'en avait prévenue, une auto les attendait devant la gare. Rousseau ouvrit la portière et aida miss Peters, de plus en plus étonnée, à y monter.

La vieille voiture, très usagée, était conduite par un chauffeur dont le collet de tweed l'impressionna désagréablement ; elle commençait à se sentir tout à fait inquiète.

Rousseau ne semblait pas devoir l'accompagner plus loin, elle l'entendit donner un ordre bref :

— Allez !

Et la voiture s'ébranla en ferraillant.

— Mais je dois aller en France ! s'écria miss Peters en ouvrant la vitre.

Le conducteur continuait sa route, semblant ignorer les appels de plus en plus désespérés de la pauvre fille ; il marchait à vive allure et ne ralentit même pas dans la traversée d'un petit village.

Voyant l'inutilité de ses efforts, elle retomba sur son siège, tremblant comme un oiseau effrayé que l'on vient de capturer et de mettre en cage. Une terreur sans nom l'envahissait... Par un effort de sa volonté, elle essaya de se remémorer les événements de la journée et sa conversation avec sir Ulick. Celui-ci avait eu le tort de mettre sa confiance en Rousseau, mais pas un instant elle ne l'accusa.

Quelle pouvait être la raison de ce mystérieux enlèvement ?...

Elle regardait le ciel qui s'obscurcissait lentement. L'auto roulait toujours dans la campagne solitaire, mais il lui sembla qu'ils revenaient sur leurs pas et se dirigeaient vers Londres. Où la conduisait-on ?...

De nouveau, elle frappa à la vitre, le chauffeur se retourna un instant, mais se contenta de la regarder insolemment.

La nuit venait... elle ne pouvait plus avoir de doute, elle était tombée entre les mains de misérables qui voulaient sa mort.

Elle essayait, en vain, d'en comprendre la raison.

Elle ne se connaissait aucun ennemi... elle devait être la victime d'une erreur... Sir Ulick, après l'avoir accompagnée à la gare, dans une auto de grand luxe, l'avait installée dans un compartiment réservé ; Rousseau avait dû la prendre pour une milliardaire voyageant seule et sans défense ! Cela expliquait tout...

Elle se blottit en frissonnant dans un coin de l'auto. Ils roulaient depuis plus de deux heures. Déjà fatiguée par les réjouissances qui avaient suivi le baptême, elle ferma les yeux et se mit à prier.

L'auto continuait sa randonnée dans la nuit. De temps en temps, les lumières d'un petit village l'éclairaient fugitivement, puis c'était de nouveau l'obscurité.

Depuis longtemps, elle n'avait plus idée de l'endroit où ils se trouvaient, sa peur la paralysait... Elle pensait à sa petite maison tranquille de la rue Redmay et, à ce souvenir, des larmes coulaient sur ses joues.

Il était fort tard quand ils arrivèrent au but de cet étrange et sinistre voyage. L'auto venait de quitter la grande route, pour s'engager dans une allée sablée ; elle s'arrêta enfin sous un porche massif. Miss Peters n'aperçut que deux fenêtres éclairées, ses membres ankylosés lui faisaient mal, et quand elle voulut descendre de voiture, elle chancela.

— Voyons, madame, lui dit le chauffeur en la soutenant. remettez-vous.

Au même instant, une infirmière ouvrit la porte. Cette apparition soudaine donna quelque espoir à Jenny ; peut-être pourrait-elle enfin obtenir une explication... Après tout, il était possible qu'elle se fût trompée. Peut-être Pointillac ne se trouvait-il pas en France. Mais alors... non, ce n'était pas possible.

— C'est vous, miss Peters ? interrogea une voix qui lui parut amicale ; comme vous arrivez tard !...

— Oui, c'est moi, répondit-elle poliment, mais je crains qu'on ait fait erreur à mon sujet.

— C'est possible, cela se produit souvent, répondit la nurse en la faisant entrer dans le vestibule.

— Lady Palliser est-elle ici ? questionna Jenny anxieusement.

— Oui, madame... Montez ces bagages au n° 6, ordonna l'infirmière en s'adressant au portier.

— J'espère qu'elle n'est pas gravement malade ?

— Oh ! elle n'a rien de sérieux... Avez-vous pris le thé ?

— Non, je n'ai rien mangé depuis que j'ai quitté Londres, répondit-elle, prête à éclater en sanglots.

Miss Peters se demandait dans quel endroit elle était tombée et ce que pouvait bien être cette femme autoritaire.

Un peu tranquillisée de savoir que lady Palliser se trouvait dans la clinique, elle repoussa les sombres pressentiments qui la hantaient.

II

Malgre son optimisme habituel, elle ne tarda pas à se rendre compte qu'on l'avait enfermée, dans une maison de santé.

Les cris étranges et les rires singuliers qui lui arrivaient à travers les cloisons des chambres voisines lui étaient insupportables, et l'effroi qu'elle avait ressenti dans l'auto n'était rien à côté de la terreur qu'elle éprouvait actuellement.

Les quelques objets qu'elle avait apportés dans sa valise avaient été déballés et déposés sur la table, mais sa malle était encore fermée et son sac à main contenant son argent avait disparu. Un gong résonna... Après avoir enfilé sa robe de dentelle noire, elle descendait l'escalier, lorsqu'elle rencontra, à mi-étage, une femme de chambre qui montait.

— C'est bien vous miss Peters? demanda-t-elle. Dans ce cas, vous devez dîner dans une chambre particulière, du reste quelqu'un doit venir vous y voir.

— Qui cela peut-il être?... Le savez-vous?

— Non, je l'ignore, la discrétion est de règle dans cette maison...

Tout en parlant, elle regardait miss Peters, et quelque chose dans le petit visage pathétique de la vieille fille dut l'émouvoir, car elle lui sourit gentiment.

— C'est mieux qu'autrefois, ajouta-t-elle en voyant sa détresse évidente; ne vous effrayez pas, peut-être ne vous gardera-t-on pas longtemps.

— Dites-moi seulement si vraiment lady Palliser est ici? C'est une maison de santé, n'est-ce pas?...

— Si l'on veut... répondit la jeune fille, de qui parlez-vous?... de lady?...

— Palliser. J'ai quitté Londres pour venir la retrouver, elle m'avait fait appeler.

— Je n'ai jamais entendu ce nom.

— Vous en êtes sûre?

— Tout à fait sûre, c'est moi qui distribue les lettres et je connais le nom de tous les pensionnaires.

— Elle n'est donc pas ici... alors, pourquoi... pourquoi...

Cette conversation fut interrompue par l'entrée de l'infirmière major.

— C'est vous, Fortress, voulez-vous montrer à miss Peters le chemin de la petite salle à manger.

Le cœur glacé, la vieille demoiselle suivit Fortress dans une pièce qui semblait être un bureau. Une table était dressée avec un seul couvert; non loin, se trouvait une machine à écrire recouverte d'une housse.

« Il faudra, pensait-elle, que je quitte au plus tôt cette maison. Je ne m'habituerai jamais aux cris qu'on y entend. »

Elle essaya cependant de goûter aux plats qu'on lui présentait. Ils étaient beaucoup plus appétissants que ceux dont elle faisait son ordinaire, et, pourtant, elle avait peine à avaler, tant était forte son émotion, en pensant à sa tranquille petite chambre de la rue Redmay.

Qu'allait-il lui arriver? Comment aurait-elle l'explication de son étrange aventure?... Elle s'efforçait de n'y pas songer, de crainte de perdre son sang-froid.

Ayant terminé son repas, elle s'assit devant le feu et, tout en buvant son café, elle contemplait pensivement les braises. Oui, il lui fallait parler sans tarder à l'infirmière et lui dire qu'elle voulait rentrer à Londres. Elle retrouverait facilement sir Ulick et lui raconterait la façon extraordinaire dont s'était terminé son voyage. La confiance qu'elle avait en lui restait inébranlable; et elle était persuadée qu'il saurait faire avouer à Rousseau la raison pour laquelle il lui avait joué ce mauvais tour.

Soudain, elle frissonna. Les pensionnaires qui sortaient de la salle à manger commune faisaient grand tapage.

Jenny se boucha les oreilles... Bientôt, le silence régna de nouveau. Peut-être l'avait-on oubliée, car personne n'apparaissait.

Son esprit se reporta vers Diana. Bien que peu accoutumée à l'emploi du téléphone, miss Peters décida qu'elle appellerait sa jeune amie le lendemain matin à la première heure. Cyprian viendrait la chercher et l'emmènerait de gré ou de force. En y réfléchissant, elle se félicitait de ne pas être en France, où sa situation aurait été infiniment plus inquiétante.

Il importait, avant tout, de garder son calme et sa dignité, car c'était un vieux principe chez elle; une femme comme il faut ne fait pas de scènes et doit se montrer courageuse, même en montant à l'échafaud.

Elle en était là de ses pensées, quand la porte s'ouvrit brusquement devant l'infirmière major.

— Vous allez être contente, dit celle-ci, voici votre amie.

Jenny se retourna pour voir qui pouvait être cette amie mystérieuse.

Une jeune femme d'une grande beauté, appuyée sur une canne, se tenait dans l'embrasure de la porte.

— Miss Peters, disait-elle, ma chère miss Peters, vous ne me reconnaissez pas?... Je suis Crystal Ormsby.

CHAPITRE XXIX

LE LAC VERT

I

Durant son trajet de retour, Diana ne cessa de penser à l'étrange rencontre qu'elle venait de faire : sir Ulick, en compagnie de la soi-disant Diana Palliser.

Cela n'éclairait pas le mystérieux complot ourdi contre elle, mais, maintenant, il y avait tout lieu de croire que l'homme à qui elle avait écrit, comme étant le meilleur ami de son père, s'y trouvait intimement mêlé.

Cette découverte la confirmait de plus en plus dans l'idée que Jenny Peters avait été enlevée par ces scélérats, et, chose étrange, elle en était presque heureuse, car cela expliquait la disparition de son ancienne institutrice.

Elle essayait de se rappeler tous les détails de son court entretien avec la jeune fille qui était à Hendon House le soir fatal, et bien qu'elle lui ressemblât, elle ne pouvait arriver à croire que la soi-disant Diana Palliser était la femme dévoyée qu'elle avait vue chez sir Rupert...

Cyprian lui avait parlé de Pansy Stores et ne doutait pas de son identité, mais elle avait disparu, et on n'en avait plus jamais entendu parler... Le mystère s'obscurcissait de plus en plus.

Diana se sentait entre les mains d'une bande de criminels, aussi habiles que dangereux, à qui elle devait faire face, sans jamais laisser deviner un défaut à sa cuirasse.

Quand sir Ulick Lawson reviendrait à Linden Lawn, elle resterait impénétrable, afin qu'il ne puisse se sentir soupçonné... Mais elle n'arrivait pas à comprendre comment la fausse Diana connaissait l'histoire de Pansy Stores et du manteau de fourrure...

En rentrant chez elle, Mrs. Stenhurst trouva son mari dans la bibliothèque, en train de téléphoner.

— Prévenez-le, je vous prie, disait-il, que je n'irai pas chez lui ce soir, comme c'était convenu, mais que nous l'attendons pour dîner...

— A qui parliez-vous? demanda-t-elle, quand il eut raccroché le récepteur.

— A sir Ulick, répondit-il gaiement en la prenant par la taille. Son valet de chambre me transmettait une invitation de la part de son maître, mais j'ai préféré que Lawson — c'est un charmant compagnon, comme vous le savez — vienne dîner avec nous, j'espère que cela ne vous contrarie pas, ma chérie?

— Pas le moins du monde (elle appuyait sa joue fraîche contre celle de son mari) ; depuis longtemps, je désire faire sa connaissance.

Tandis que la jeune femme s'habillait pour le dîner, elle sentait battre son cœur... il lui faudrait s'asseoir à la même table que son plus mortel ennemi, mais ce serait une occasion de l'étudier de plus près et de découvrir peut-être à quoi tendait son plan diabolique. Son but n'était, peut-être, pas autre chose qu'un chantage organisé contre Cyprian par la voie de la fausse Diana Palliser, car elle ignorait que la somme offerte par son mari n'avait pas été acceptée. Elle continuait à se débattre dans les ténèbres, mais son courage était revenu, et elle était prête à lutter avec toute son habileté et sans défaillance.

Sir Ulick était déjà là quand elle descendit dans le salon. Il la salua avec sa courtoisie hautaine de grand seigneur.

La jeune femme l'accueillit gracieusement, et Cyprian, ravi, eut l'impression d'être revenu au temps heureux des débuts de leur mariage.

Comme alors, Di était gaie, rieuse et adorable, dans une robe jaune qui faisait ressortir ses cheveux noirs et son teint doré.

Sir Ulick la contemplait avec curiosité : elle possédait les deux seules choses que ce misogyne admirât chez une femme, le courage et la tenue. Elle allait souffrir cruellement par lui, mais il se rendait compte qu'elle lutterait jusqu'au bout et qu'il ne se trouverait pas en face d'un agneau comme Jenny Peters, ni d'une petite idiote comme Pansy Stores.

Sous les cheveux teints de Diana, il y avait un cerveau avec lequel il lui faudrait compter, et deux yeux dans lesquels luisait une volonté indomptable. Quelle chose bizarre qu'une femme de cette envergure eût si stupidement gâché sa vie !...

« Après tout, pensait-il, quelle est celle qui n'a pas de faiblesse ?... »

La salle à manger était charmante avec ses lumières voilées et sa haute fenêtre derrière laquelle les branches sombres du cyprès se détachaient comme une dentelle sur le ciel. Dans le calme de ce jour finissant, la grande paix du soir descendait sur la terre.

— Je pense souvent, dit sir Ulick, en regardant Cyprian, combien mon excellent ami sir Rupert serait heureux s'il pouvait voir le home délicieux qu'est devenue sa maison. L'avez-vous connu, mistress Stenhurst ?... interrogea-t-il.

Diana hocha la tête négativement.

— Je le regrette pour vous, car c'était un homme remarquable. Non, Mant, plus de vin (il remerciait aimablement le maître d'hôtel). Et quelle nature généreuse. Il ne cessait de donner.

— En tout cas, il a fait de moi un homme ridiculement riche, dit Cyprian en plaisantant, tout ce que je touche se change en or.

— Alors, ne me touchez pas, ni moi, ni Robert, je ne désire pas être transformée en billets de banque, s'écria Diana, qui riait à cette idée.

Sir Ulick se tourna vers son hôtesse :

— Je croyais, dit-il, que jamais les femmes n'avaient assez d'argent pour leurs fantaisies ou leurs bijoux ? Il est vrai que, étant un célibataire endurci, je suis mauvais juge. Mais je conserve mon opinion.

— Vous avez tort, répondit gaiement Cyprian, et vous connaissez mal la mentalité féminine. Ainsi, Di, qui me croyait sans un sou lorsqu'elle m'a épousé, a pleuré en arrivant ici... Elle rêvait d'une petite villa où nous aurions vécu avec trente shillings par semaine.

— L'exception confirme la règle ; je retire ce que j'ai dit, tout au moins pour Mrs. Stenhurst.

— Quant aux bijoux, vous avez sans doute appris que la plus belle émeraude de la collection des Lifton a été volée ?... Eh bien ! Diana n'y a attaché aucune importance.

— Admirable !... déclara sir Ulick, toujours souriant.

Mant, après avoir déposé sur la table un carafon de porto, s'était éclipsé sans bruit.

— Puisque nous parlons d'émeraudes, reprit Lawson, figurez-vous que l'autre jour j'en ai découvert une, dans un lot de pierreries de toute sorte, chez un brocanteur de Chiswick. Je ne l'ai pas fait expertiser, mais ce doit être du verre, car le marchand auquel je l'ai achetée était pauvrement vêtu et il m'a paru ravi d'empocher la somme que je lui offrais.

Tout en parlant, il dépliait un papier de soie contenant un petit objet, qu'il plaça dans la paume de sa main.

La pierre, ainsi présentée, paraissait admirable ; elle était transparente et claire, mais trop grosse pour être vraie. Sir Ulick la contempla un instant, puis ses regards se portèrent sur Cyprian, qui se penchait pour mieux voir.

— Grand Dieu ! s'écria celui-ci, stupéfait, c'est l'émeraude des Lifton...

Ces mots firent sursauter Diana, qui se rapprocha pour examiner la pierre à son tour.

— L'émeraude des Lifton ? Mon pauvre ami, vous êtes fou !... répondit sir Ulick, cette pierre est très probablement fausse. Croyez-moi, celui qui a dérobé la véritable émeraude a dû la vendre plus cher que je n'ai acheté celle-ci ; comme je vous l'ai dit, je l'ai eue pour une bouchée de pain. Je ne me suis même pas donné la peine de la faire examiner par Strag.

— Pourquoi l'avez-vous apportée ici ? interrogea Diana, en le regardant dans les yeux.

— Je me le demande... (Il but une gorgée de porto.) Une simple fantaisie ; elle était sur ma table et je l'ai prise presque machinalement.

— Mais je suis persuadé que c'est la fameuse émeraude connue sous le nom du « Lac Vert », assura Cyprian ; du reste, la description détaillée figure dans la liste des bijoux que je possède, et cela présente pour moi une importance plus grande que vous ne l'imaginez, car si cette pierre est réellement celle qui a été volée, je pourrai peut-être éclaircir une affaire qui m'intéresse tout particulièrement.

— Si vous le voulez, je vous la cède pour cinq guinées. Je vous avoue, du reste, que je la crois fausse.

— Mais si, par hasard, elle était vraie? Il y va de mon honneur... En effet, si je vous achète cinq livres ce qui en vaut dix mille, ce serait tout à fait malhonnête de ma part et vous seriez en droit de vous plaindre.

— Jamais de la vie, répondit sir Ulick, en faisant un geste indiquant combien il attachait peu de prix à la chose. D'ailleurs, ajouta-t-il, elle n'est pas authentifiée.

— Elle peut l'être.

— Cela vous intéresse-t-il, mistress Stenhurst? demanda sir Ulick.

— Oui, répondit-elle froidement.

— Alors, faites-moi le plaisir d'accepter cette pierre et que Cyprian garde ses cinq livres. Il me semble que c'est la meilleure solution, si toutefois votre enthousiaste mari ne se trompe pas, car je serais désolé de vous donner une vulgaire imitation.

Diana se sentit rougir sous le regard scrutateur de son hôte.

Quel pouvait être son but? Sans doute, n'agissait-il pas à la légère, car il devait préparer et mûrir longuement la moindre de ses décisions, et ce n'était pas sans motif qu'il avait apporté cette émeraude.

Elle s'efforçait de rire et de bavarder gaiement, afin de dissimuler sa peur qui ne faisait que croître, mais elle avait l'impression qu'elle n'arrivait pas à la cacher aux yeux perspicaces de sir Ulick.

— Attendez, fit brusquement Cyprian, après quelques instants de silence, tout en contemplant le bijou qu'il tenait dans sa main ; je vais aller la comparer avec celle décrite dans ma liste. J'en contrôlerai le poids, et demain je la ferai expertiser. De cette façon, nous serons renseignés ; qu'en dites-vous ?

— C'est parfait ! s'écria gaiement sir Ulick, j'aime votre façon d'agir, mon cher Cyprian, c'est celle d'un galant homme, mais je vous avoue que je préférerais, tout simplement, donner cette pierre à votre femme.

— Je n'en veux pas, répondit celle-ci à peine poliment, jamais je ne l'accepterai.

Cyprian se leva bientôt après, en serrant toujours l'émeraude dans sa main. Avant de sortir, il jeta un regard anxieux sur Diana. Comme elle paraissait nerveuse ! Il espérait que Lawson n'y prendrait pas garde. Celui-ci, tranquillement assis, souriait d'un air indifférent.

« Quel gentil garçon », pensa Cyprian, en se dirigeant vers la bibliothèque.

II

Quand Cyprian fut sorti, Diana resta silencieuse, car elle craignait que le son de sa voix ne trahît son angoisse.

Dehors, la nuit était venue, et une étoile scintillait dans le ciel... Sir Ulick fumait tranquillement son cigare sans mot dire, pensant que ce silence oppressant obligerait la jeune femme à parler.

— Quelle chaleur !, dit-elle enfin avec effort.

— Il fait très chaud ; pas autant, cependant, que le soir du fameux orage.

— Quel orage ?...

— Vous ne vous rappelez pas ?... le soir où sir Rupert — il fit une pause — est mort ?

— Il faisait de l'orage, cette nuit-là ? demanda-t-elle d'une voix sourde.

— Vous le savez aussi bien que moi.

— A propos, cette émeraude, — elle coupa quelques grains d'une grosse grappe de raisin, au sommet d'un compotier en porcelaine bleue et or, — je ne peux croire que ce soit le fameux « lac vert ».

— Je pensais bien que vous ne pouviez pas admettre l'authenticité de cette pierre, dit-il en secouant la cendre de son cigare.

— Que voulez-vous dire ?

— Que vous savez très bien à quoi vous en tenir.

— Sir Ulick, répliqua-t-elle, les yeux brillants de colère, je ne vous comprends pas.

— Vous me comprenez parfaitement, et vous êtes trop intelligente pour qu'il en soit autrement.

— Vous avez donc l'intention de m'insulter ?

— Je ne vous fais qu'un compliment mérité.

Elle repoussa sa chaise.

— Je n'aime pas ce genre de compliments. Voulez-vous dire à Cyprian, quand il reviendra, que je n'irai pas au salon ce soir ?

— Vous avez tort, voyons, asseyez-vous et ne partez pas... Avant que votre mari ne revienne nous dire que l'émeraude n'est pas celle qu'il croyait, je désire savoir ce que vous avez fait de votre manteau en fourrure grise, Pansy Stores ?...

CHAPITRE XXX

LA BROUILLE

I

Diana venait de quitter la pièce, quand Cyprian rentra avec la pierre précieuse. Il l'avait pesée et comparée avec celle décrite sur la liste des bijoux.

— Elle différait un peu de celle des Lifton, expliqua-t-il en la tendant à sir Ulick.

— Je suis persuadé, comme je vous l'ai déjà dit, que c'est un vulgaire morceau de verre, répondit celui-ci d'un air dégagé.

— Tiens ! où est Di ? demanda Cyprian, en remarquant l'absence de sa femme.

— Elle vient de sortir. Je crains, mon cher ami, de n'avoir pas su lui plaire.

— Quelle bêtise, Lawson ! Pourquoi lui déplairiez-vous ? balbutia Cyprian, se rappelant ce que lui avait raconté Crystal Ormsby. Lawson, reprit-il, il y a longtemps que je désire vous poser une question... Je crois que vous étiez en relation avec la mère de Diana, elle était née Gerrard, n'est-ce pas ?

— Non, répondit sir Ulick sans hésiter.

— En tout cas, vous avez sûrement connu son père et entendu parler du scandale militaire auquel il a été mêlé ?

— J'ai, en effet, connu Archie Gerrard, mais il n'a jamais été marié, il y a erreur. Sans doute, Crystal a-t-elle dû mal comprendre. Pardonnez-moi de vous quitter si vite, dit-il en se levant, mais j'ai un rendez-vous d'affaires à dix heures, et il me reste juste le temps de m'y rendre.

Quand sir Ulick eut disparu dans sa luxueuse limousine, Cyprian se rendit au salon, où il pensait trouver Diana. Ne voyant personne, il grimpa rapidement le large escalier, frappa à la porte de sa femme, et ouvrit sans attendre sa réponse.

Diana, agenouillée devant son lit, se retourna en entendant entrer son mari : dans ses yeux brillait une flamme désespérée, et deux taches d'un rouge vif coloraient ses joues.

Il comprit immédiatement qu'elle était en proie à une violente colère.

— Est-il parti ? interrogea-t-elle.

— Di, qu'avez-vous ?... s'écria Cyprian en s'avançant vers elle. Pourquoi êtes-vous dans cet état ?...

— Il m'a torturée, insultée. (Elle porta la main à son cou, comme si elle étouffait.) Pourquoi ? Pourquoi ?

— Di, fit-il en la prenant dans ses bras, il est impossible que sir Ulick ait voulu vous offenser ou vous faire volontairement de la peine.

— Je ne pourrai jamais lui pardonner ce qu'il m'a dit, répondit-elle d'une voix brisée.

— Qu'est-ce que vous ne pourrez pas lui pardonner, ma chérie ?... demanda Cyprian en lui caressant les cheveux. Aurait-il essayé de vous faire la cour ?...

— Me faire la cour ?... Bien loin de là... grand Dieu ! répondit-elle avec un sourire amer ; il m'a dit quelque chose de...

Cyprian attira une chaise basse, et, ayant obligé sa femme à s'asseoir, il s'agenouilla auprès d'elle.

— Chérie, dit-il tendrement, comment voulez-vous que je vous aide, si vous ne m'avouez pas tout ?

— Que vous m'aidiez?... dit-elle, regardant son mari avec des yeux hagards ; je n'en ai pas besoin, je veux simplement que vous disiez à sir Ulick de ne jamais remettre les pieds ici.

— Mais, mon amour, cela m'est impossible, si vous ne m'en donnez pas le motif... Ne le comprenez-vous pas? C'était un des plus vieux amis de sir Rupert, et c'est le mien maintenant. Je ne peux le mettre à la porte de chez moi sans lui en dire la raison...

— Vous le pouvez si vous le voulez... Il n'est pas nécessaire de lui fournir d'explication. Ne vous suffit-il pas de savoir qu'il m'a insultée.

— Assurément, mais j'ai le droit de savoir pourquoi et comment il vous a offensée.

Il abandonna la main de Diana et recula, déconcerté par l'attitude de sa femme. En cet instant, il avait l'impression de se trouver devant une inconnue qui lui dérobait son regard et dont il cherchait en vain à deviner les secrètes pensées.

— Je ne peux rien vous dire de plus pour le moment, déclara-t-elle avec une lassitude infinie. J'ai besoin d'y voir clair...

— Pourquoi tous ces mystères, Di?... (Il alluma une cigarette.) Non seulement nous sommes de tendres époux, mais aussi de grands amis, et nous devons travailler ensemble à écarter de vous les dangers dont vous vous croyez menacée. (Il se mit à rire.) Vous êtes si nerveuse ces temps-ci, petite Di, que je crains que votre imagination ne vous joue des tours.

— Je n'imagine rien, répondit-elle en relevant la tête. Voulez-vous, oui ou non, signifier à sir Ulick de ne jamais revenir ici?

Il se promenait nerveusement de long en large dans la pièce.

— Pas avant de connaître le motif de votre décision, dit-il en s'arrêtant devant elle.

Elle laissa retomber ses bras sur les coussins du fauteuil.

— Vous n'avez donc pas confiance en moi?... Vous ne voyez donc pas que j'ai une raison très sérieuse d'écarter sir Ulick, s'écria-t-elle désespérément.

— Chérie, pour l'amour du ciel, soyez raisonnable. (Il sentait l'impatience le gagner.) Vous savez parfaitement que j'ai confiance en vous, mais, à mon tour, je vous demande de vous confier à moi... Il est, en effet, naturel, si Lawson s'est mal conduit envers vous, que vous me donniez des précisions.

— C'est mon plus mortel ennemi. (Elle se leva en chancelant pour se rapprocher de son mari.) Dieu sait pourquoi? Croyez-moi, Cyprian, non seulement il n'est pas votre ami, mais il ne pense qu'à nous faire du mal... Il y a en lui quelque chose d'implacable et de diabolique qui me terrorise. Cyprian, Cyprian, je vous aime tant?... Pour moi, pour notre amour, pour notre petit Robert, je vous supplie de l'éloigner...

— Allons, ne pleurez pas ainsi, Di chérie, dit-il en l'attirant à lui, je ferai pour vous tout ce qui me sera raisonnablement possible.

— L'amour n'est jamais raisonnable... S'il s'agissait de vous, je ne reculerais pas devant une folie... je vous le jure... Vous tenez donc tellement à Lawson?... Cette amitié peut-elle entrer en ligne de compte quand mon bonheur et ma tranquillité sont en jeu?

— Il s'agit pour moi d'une simple question de justice. Je ne peux pas injurier un homme sur une vague accusation... Dites-moi des faits précis, Diana, c'est tout ce que j'exige. Pourquoi me les cacher?

Cyprian se rendit compte que cette demande bien naturelle non seulement gênait Diana, mais qu'elle la bouleversait au point de la faire défaillir.

— Vous êtes en colère contre moi, Cyprian ; alors, parlons d'autre chose. J'ai peut-être été stupide de vous dire cela, mais je n'ai pu m'en empêcher... Je le hais... (Elle se tordait les mains.) Oui, je le hais... répéta-t-elle, et je ne veux pas le revoir.

Cyprian l'attira sur le divan et s'assit à côté d'elle.

— Vous rappelez-vous que vous détestiez Mant?... fit-il, taquin? Vous vouliez même que je me débarrasse de lui.

— Je n'ai pas changé... (Le corps dressé dans une pose rigide, elle détournait la tête.) Il aurait bien mieux valu que vous l'eussiez renvoyé.

— Je vous ai dit pourquoi je ne le pouvais pas... Di, si vous continuez ainsi, la vie deviendra impossible... Depuis quelques jours, vous désapprouvez tout ce que je fais, notamment au sujet de Diana Palliser ; Dieu sait pourtant que je ne la soutiens pas, mais vous la détestez uniquement parce que, à un moment donné, j'ai eu le malheur de trouver qu'elle vous ressemblait.

— Diana Palliser ?... répéta-t-elle lentement, sans rien ajouter.

— Est-ce vrai ? interrogea-t-il.

Elle jouait avec le lourd gland d'or du coussin sur lequel elle était appuyée et ne répondit pas.

— Donc, pour vous plaire, il me faut renvoyer Mant, ne plus revoir Ulick et refuser à miss Palliser l'invitation qu'elle désire... (L'irritation de Cyprian croissait d'autant plus que les exigences de sa femme lui paraissaient déraisonnables.) Et vous me faites une scène ridicule... Je ne vous cache pas, Diana, que j'ai dû revoir cette jeune fille pour affaires, et que je n'ai jamais osé vous l'avouer de crainte de vous faire de la peine... (Brusquement, il la prit dans ses bras pour l'embrasser.) Vous voyez quelle petite folle vous êtes, de vous inquiéter ainsi à propos de rien ; je suis sûr qu'il en sera de même de vos griefs envers sir Ulick. Une fois calmée, vous reconnaîtrez qu'il n'y a pas de quoi fouetter un chat...

Elle restait indifférente à ses baisers ; enfin, elle se dégagea doucement.

— Je suis lasse, murmura-t-elle ; demain, nous reparlerons de tout cela... la nuit porte conseil, dit-on...

II

Toute la nuit, Diana pensa à la conversation qu'elle avait eue avec son mari.

La terreur de faire un faux pas la hantait. Comme une étourdie, elle avait déclaré trop tôt la guerre à ses ennemis et avait joué presque tous ses atouts... Mais comment arriverait-elle à dissimuler sa crainte toujours grandissante de sir Ulick ?...

Elle décida, cependant, de continuer son jeu comme elle l'avait commencé, jusqu'au moment où elle serait sûre de gagner la partie.

De sa voix glaciale, Lawson l'avait appelée Pansy Stores... Elle avait hésité quelques instants avant de comprendre...

De l'autre côté de la route, à « Casa Carissima », vivait la jeune fille qui tenait avec un tel succès le rôle de Diana Palisser, tandis qu'à Linden Lawn, elle-même était considérée par sir Ulick Lawson comme étant Pansy Stores...

Que signifiait cette odieuse mascarade ?...

Comment pourrait-elle se confier à Cyprian, sans tout lui raconter ? Ce serait une folie... Elle devait donc, plus que jamais, contrôler ses nerfs, car, surveillée comme elle l'était, chacune de ses paroles, chacun de ses actes prenaient une grande importance.

Avant de rien tenter, il lui fallait donc attendre le retour de Jenny ; or, personne ne savait où elle était.

Rien n'était venu expliquer son absence, pas un mot d'elle, rien... Diana avait supplié son mari de faire des démarches auprès de la police, mais, quand celui-ci s'était présenté au commissariat, le magistrat lui avait exprimé le désir de parler avec Diana, comme étant la plus proche parente de la vieille demoiselle, et la jeune femme, hantée par sa fausse situation, avait reculé, craignant d'avoir affaire à la justice. Son mensonge l'enserrait dans un filet dont elle ne pourrait se débarrasser qu'en avouant tout...

Un frisson la secoua : le jour où elle avait pris la résolution de changer de personnalité, elle avait fait la plus grosse erreur de sa vie... A cette époque, son mensonge lui avait paru une bien petite chose ; maintenant, elle se rendait compte qu'il est toujours méprisable de mentir.

Son amour pour Cyprian et pour son fils lui commandait de reprendre son calme et de ne pas tout gâter en agissant inconsidérément.

— Cyprian, déclara-t-elle, en voyant entrer son mari qui lui apportait le courrier, je suis mieux ce matin...

— Tant mieux, Di... Alors, ces vapeurs se sont envolées, ma chérie ?

— Complètement.

Elle était si jolie, dans son peignoir en satin rose et avec son petit bonnet de dentelle, qu'il déposa un baiser sur le délicieux visage.

— J'ai changé d'idée au sujet de miss Palliser, reprit-elle en regardant la main brune et robuste de son mari, qui tenait la sienne. Je lui enverrai une invitation.

— Vous ferez rudement plaisir à Rowley, qui a l'air tout à fait emballé !

— Vous croyez ?

— Et Lawson ?... Lui avez-vous pardonné ?...

Elle inclina la tête sans répondre.

— Vous êtes un amour, fit-il en lui prenant le menton, il vient justement de m'écrire qu'il aura quelque chose de très intéressant à me raconter, la première fois que nous nous rencontrerons.

CHAPITRE XXXI

LE BAL

I

Pansy Stores s'habillait pour le bal de Linden Lawn. Sa toilette sortait des mains d'une couturière en renom, et avait été confectionnée spécialement pour la jeune fille, d'après les indications de sir Ulick, car il importait que l'entrée de Pansy à Linden Lawn fît sensation ; rien ne devait être épargné pour obtenir ce résultat.

Ce soir-là, elle ressemblait à s'y méprendre à la véritable Diana Palliser. Aucun des nombreux invités ne pourrait douter de son identité.

Pansy, immobile devant la glace, se contemplait d'un air satisfait : une rivière de diamants lui encerclait le cou, et deux orchidées pourpres terminaient l'audacieux décolleté de l'élégante robe parisienne, de même teinte que les fleurs. Avec ses boucles d'or pâle, rejetées en arrière, comme Diana les portait autrefois, elle ne manquerait pas d'attirer tous les regards.

Malgré l'image radieuse que lui renvoyait son miroir, elle ne put s'empêcher de soupirer. Comme elle serait heureuse quand la tragédie dans laquelle elle jouait serait terminée ! Elle n'en connaissait pas le dénouement, car sir Ulick gardait farouchement ses secrets, se contentant de tirer les ficelles des marionnettes qu'il avait entre les mains, au gré de ses désirs, chacune d'elles ayant son rôle dans le dessein mystérieux auquel il travaillait.

Elle était furieuse en pensant à Mant... Il avait eu l'audace de venir lui rappeler leur ancienne liaison et de la menacer... Elle le détestait. Mais elle saurait lui échapper... Tant de femmes, se disait-elle, ont franchi l'étape... La Pairie est remplie d'actrices et de théâtreuses dont la plupart n'ont pas dû naître dans la pourpre, mais leur beauté a travaillé pour elles...

Pansy, assise devant sa coiffeuse, ses gants et son manteau du soir à côté d'elle, songeait à Rowley Bannister. Elle l'aimait et aurait voulu être pour lui la femme de rêve, l'héroïne qu'il s'imaginait... Pas un instant, il ne s'était douté de ses origines, et elle souffrait d'avoir à lui mentir. Au début, elle avait joui sans remords de son luxe nouveau et elle avait été heureuse d'avoir acquis l'élégance et la culture d'une femme du monde. Actuellement, elle oubliait tout cela, seul l'amour de Rowley comptait pour elle.

Sir Ulick avait compris que Pansy était plus qu'une habile comédienne : la façon dramatique dont elle avait agi, l'an dernier, dans la maison vide, lui prouvait qu'elle était une aventurière sans scrupule. Aujourd'hui, il la sentait capable de tout sacrifier à un amour passionné.

Tout en jetant un dernier coup d'œil à son miroir, elle réfléchissait à l'attitude de sir Ulick durant ces derniers mois : il l'avait payée plus que généreusement, pour lui faire accepter de personnifier la jeune fille à qui elle ressemblait.

— Ce sera très simple, disait-il, personne, sauf Jenny Peters, ne pouvant découvrir la supercherie. La véritable Diana Palliser, elle-même, ne parviendrait pas à sortir du filet dans lequel elle s'était volontairement emprisonnée. Par orgueil, aussi bien que par crainte, elle ne tenterait rien pour s'en évader... Il était donc facile d'écarter le seul danger possible en faisant disparaître miss

Peters. Quant à Mrs. Stores, croyant sa fille morte, elle n'était pas à craindre.

Sir Ulick terrorisait la jeune fille... A l'époque où Mant et elle étaient de grands amis, souvent le maître d'hôtel lui avait parlé de son chef comme étant l'être le plus implacable et le plus faux qu'il eût jamais rencontré. Pour arriver à son but, il était capable de sacrifier sans remords ses complices. Le grand chef du Baccarat Club n'avait aucun scrupule, il ignorait même certains sentiments d'honneur que gardent souvent les pires bandits.

— Si donc nous ne suivons pas aveuglément ses ordres, nous saurons ce qui nous attend, avait déclaré Mant, dont l'épouvante se lisait sur le visage bronzé. Je l'ai vu trahir un homme dont il se servait depuis des années. Traduit devant les tribunaux, celui-ci a fait citer sir Ulick comme témoin à décharge. Mais, bien que le chef ne courût aucun risque, il l'a chargé et l'a fait condamner. Voilà l'homme.

Pansy frissonna... Sir Ulick détruirait-il son rêve au pays des fées où Rowley et elle jouaient comme des enfants? Que ne pouvait-elle se libérer... ne fût-ce que pour une heure!... Si elle avait le courage de tout avouer à Rowley, peut-être continuerait-il à l'aimer, malgré tout... Ce ne serait plus un rêve irréalisable, mais le paradis sur terre. Elle n'osait y penser, et mieux valait cueillir les boutons de roses, tandis qu'elle le pouvait, danser, jouir de son luxe et vivre dans l'insouciance du lendemain.

Cependant, comme tout serait changé, comme tout deviendrait plus lumineux et plus beau, si elle pouvait ne plus mentir et tout avouer à Rowley, qui l'attendait dans le petit salon!...

Elle prit son manteau et se dirigea vers la petite pièce, mais quand, en entrant, elle vit les yeux de son ami brillants de bonheur, ses bonnes résolutions s'évanouirent et elle ne parla pas.

II

Le bal qu'elle s'était réjouie de donner était devenu un véritable cauchemar pour Diana; l'effroi latent qui ne la quittait pas grandissait de minute en minute.

Elle s'habillait, le cœur serré par l'angoisse... Sur sa robe d'un blanc de lait, elle portait le fameux collier des Lifton; à ses oreilles, pendaient deux émeraudes d'un vert translucide, et de lourds bracelets, en forme de menottes, encerclaient ses poignets fragiles. Elle était très pâle; en regardant ses cheveux noirs, il lui sembla qu'elle était dépouillée de sa plus grande beauté. Quand pourrait-elle redevenir elle-même?... Hélas! c'était impossible pour le moment; son changement de personnalité avait des répercussions infiniment plus graves que la couleur de ses cheveux... Malgré l'image délicieuse que lui renvoyait le miroir, si elle s'était écoutée, Diana aurait pleuré, car cette image n'était pas la sienne, mais une mauvaise reproduction.

Elle descendit et prit place aux côtés de Cyprian pour recevoir leurs invités. Avec un sourire stéréotypé, elle répétait les paroles de bienvenue...

Le jazz commença à jouer, et bientôt la salle de bal fut remplie de silhouettes multicolores glissant et se balançant sous les lumières artistiquement disposées qui se reflétaient dans le parquet brillant.

Diana restait à sa place d'honneur; elle serrait des centaines de mains, mains d'amis, mains indifférentes, mains chaudes et cordiales, mains glacées de timidité. Soudain, elle aperçut l'homme qu'elle craignait le plus au monde : sir Ulick Lawson...

Il s'avançait vers elle, dans son allure de grand seigneur, et semblait le point de mire de cette brillante assemblée. Fascinée comme par un oiseau de proie, Diana le regardait et sentait son courage l'abandonner.

En passant devant elle, il la salua avec une courtoisie affectée, puis il échangea quelques mots avec Cyprian. Diana se rappelait la lettre dans laquelle Lawson écrivait à son mari qu'il avait d'importantes révélations à lui faire. Quelles pouvaient-elles être? Elle se le demandait avec angoisse, quand la voix de Mant, annonçant l'entrée d'un nouvel invité, la fit tressaillir.

La jeune femme avait pris la résolution de dissimuler ses douloureuses pensées sous un sourire de commande!

Elle savait que le jour du retour de Jenny serait pour elle celui du triomphe, car, alors, ces scélérats seraient démasqués...

Jusque-là, elle devait patienter en silence.

Entendant Mant prononcer le nom de : « Miss Diana Palliser » et en voyant l'entrée triomphale de sa rivale, elle sentit son visage s'empourprer de colère.

Dans une élégante robe rouge, la fatale fleur écarlate à l'épaule, la jeune fille s'avançait vers elle.

Sa tenue, son allure, son expression étaient si parfaitement étudiées, que personne n'aurait pu se douter de sa modeste origine...

Sans se demander si c'était sage ou non, Diana tourna le dos à la nouvelle arrivante et disparut rapidement dans la foule, laissant à Cyprian le soin de la recevoir et de donner une explication polie à la malhonnêteté délibérée de sa femme...

III

Après avoir traversé la salle de bal, Diana se dirigea comme une aveugle vers la bibliothèque. Avec un sourire forcé et de vagues excuses, elle se fraya un chemin à travers les groupes qui s'y pressaient. Les grandes serres ne devaient être ouvertes au public qu'après le souper, et un ingénieux jeu de lumière devait alors ajouter une note nouvelle aux plaisirs de la soirée.

Pour l'instant, les rayons de la lune, traversant la véranda et tombant sur les hauts palmiers, produisaient dans la serre un effet de clair-obscur. Le bruit lointain de l'orchestre, jouant un air de valse, arrivait aux oreilles de Diana ; elle se laissa tomber sur le banc de marbre, à côté de la fontaine italienne, que surmontait une guirlande d'orchidées pourpres.

Un bruit de pas la fit sursauter... Qui cela pouvait-il être ?... On l'avait, sans doute, suivie.

Elle se leva. Si c'était Cyprian, elle retournerait avec lui dans la salle de bal et se montrerait.

— Cyprian ! appela-t-elle.

Le pas qu'elle avait entendu se rapprochait, mais personne ne répondait.

« C'est peut-être sir Ulick », se dit-elle, glacée d'effroi.

— Madame, c'est moi, Mant. Il faut que je vous parle, c'est pourquoi je vous ai suivie.

— Qu'est-ce que c'est ? questionna-t-elle d'une voix mal assurée.

— Promettez de ne pas me renvoyer...

— Que voulez-vous dire ?

— Si vous criez, ils me régleront mon compte ; je fais partie du Baccarat Club...

— Je ne comprends pas où vous voulez en venir...

— Cela veut dire que je suis le rival de ce... (Il étouffa un gros mot.) Excusez-moi, madame. Nous étions fiancés, et maintenant, elle passe devant moi sans même avoir l'air de me connaître, mais gare à elle !... Je lui montrerai ce dont Mant est capable... Je parle, poursuivit-il en reprenant sa voix habituelle, de la personne qui se fait appeler miss Diana Palliser.

— Savez-vous son véritable nom ?

— Si je connais son nom ?... Certainement mais je sais aussi autre chose... Je vous ai reconnue dès le jour de votre arrivée à Linden Lawn.

— Vous m'avez reconnue ?

Elle se sentait sans force pour combattre.

— N'ayez aucune crainte ; dès maintenant, je suis de votre côté, ajouta-t-il rapidement. Vous aurez besoin d'aide pour avoir raison de sir Ulick. La jeune fille dont nous parlons s'appelle Pansy Stores...

CHAPITRE XXXII

DIAL HOUSE

I

L'entrée de lady Ormsby transforma l'atmosphère de la pièce.

Le ton arrogant de la directrice se radoucit comme par enchantement, et après un court conciliabule, lady Ormsby avait obtenu d'emmener miss Peters.

— Il y a eu erreur, expliqua-t-elle, et... quand sir Ulick l'apprendra, il sera furieux contre Rousseau. Cette aventure est aussi mystérieuse pour moi que pour vous, chère miss Peters, mais ne craignez plus rien, vous allez venir avec moi à Dial House. Ne vous inquiétez pas de vos bagages, on les fera suivre, j'habite tout près d'ici.

La vieille fille n'avait aucun désir de résister, elle remercia lady Ormsby qui l'aidait à enfiler son manteau de soie et ce fut avec un soupir de soulagement, qu'après avoir franchi la porte de la lugubre clinique, elle s'installa confortablement dans la luxueuse auto de la jolie veuve.

— Je peux vous assurer, disait l'infirmière en les accompagnant à la porte, que je ne suis pour rien dans cette méprise. La lettre qui nous était adressée, indiquait qu'une dame, répondant au nom et à la description de miss Peters, allait arriver, et qu'elle devait rester ici jusqu'à ce que le docteur Ludovic, un de nos médecins consultants, ait pris une décision à son sujet. Je n'ai fait qu'agir selon les ordres reçus.

— Vous verrez que tout s'expliquera, répondit aimablement lady Ormsby. Je suis persuadée que l'erreur ne vient pas de vous.

Quand l'auto eut démarré, miss Peters eut une impression de délivrance.

— Par quel miracle avez-vous entendu parler de moi ? demanda-t-elle.

— Di m'a téléphoné, répondit lady Ormsby avec un sourire aimable, elle vient de partir pour voir sa mère, gravement malade à Pontillac, une petite ville du midi de la France.

— Mais comment a-t-elle su où j'étais?... sir Ulick m'avait promis de ne pas lui en parler.

— Je n'en ai aucune idée, chère miss Peters, répondit la jeune femme d'un air candide. Sir Ulick sera furieux en apprenant votre mésaventure. Vous allez vous reposer bien tranquillement cette nuit, et demain vous me raconterez tout.

Ce voyage en auto, à une allure folle, dans un pays qu'elle ne connaissait pas, était chose nouvelle pour miss Peters et la plongeait dans une sorte de rêve. A chaque instant, d'autres voitures croisaient en trombe, trouant la nuit de leurs phares éblouissants. Dans chaque village, un monument modeste rappelait les morts de la grande guerre.

L'auto traversait maintenant des rues désertes où, derrière des volets clos, des lampes s'allumaient, puis ce fut de nouveau la grande campagne, le scintillement d'une rivière, un bois d'où s'élevait le hululement d'un hibou ; enfin, Jenny tomba dans un paisible sommeil.

Elle se réveilla brusquement en entendant lady Ormsby lui annoncer qu'elles étaient arrivées à Dial House.

La maîtresse de maison conduisit la vieille demoiselle dans une petite chambre du rez-de-chaussée, confortablement meublée, et se retira après lui avoir souhaité bonne nuit. Très lasse, miss Peters avait hâte de se coucher ; le lit était excellent et bientôt elle s'endormit d'un sommeil si profond qu'elle se réveilla seulement le lendemain dans l'après-midi. Tout d'abord, ne se souvenant de rien, elle regarda avec étonnement la fenêtre ouverte sur un jardin, se demandant où elle était, puis, un à un, elle revécut les événements de la veille et se sentit glacée jusqu'au cœur.

Si bouleversée qu'elle fût encore, elle devait remercier Dieu d'être installée chez une amie de sa chère Diana et de ne plus être dans cette horrible maison de santé. Mais lady Ormsby était-elle une véritable amie pour sa chérie ?... Miss Peters commençait à en douter. Jamais, en effet, son ancienne élève, malgré la bonté de la jeune femme envers elle, n'avait eu confiance dans sa sincérité.

La porte s'ouvrit doucement devant celle à qui elle pensait. Appuyée sur sa canne, très belle dans sa robe blanche, un foulard rouge noué autour de la tête, elle s'avançait lentement dans la pièce.

— Chère miss Peters, dit-elle câlinement à la vieille institutrice, vous êtes enfin réveillée, j'espère que vous n'êtes plus fatiguée ?

— Je vous remercie, lady Ormsby, je suis tout à fait reposée et j'attends avec impatience les explications que vous m'avez promises hier soir.

— Nous allons d'abord prendre le thé, répondit son hôtesse. Depuis hier, je n'ai cessé de penser à votre aventure sans y rien comprendre...

Elle s'assit sur une chaise basse auprès du lit.

— Comme je vous l'ai dit, Diana a dû quitter l'Angleterre pour aller voir sa mère, très malade ; avant son départ, elle m'a avertie qu'il était inutile de téléphoner à Linden Lawn, Cyprian l'accompagnant en France.

Tandis qu'elle parlait, une femme était entrée, portant un plateau avec du thé et des sandwiches, qu'elle déposa sur une table basse. Quand la domestique eut quitté la pièce, Crystal reprit :

— Je ne sais rien de plus que ce que Diana m'a dit. Elle était très tourmentée de votre disparition. Lorsqu'elle est allée à Londres pour vous faire ses adieux, vous aviez disparu sans prévenir personne ; elle a fini, je ne sais comment, par découvrir que vous étiez dans une maison de santé à Hylton House, près de Spenders Green. Persuadée que vous y seriez malheureuse, et ne pouvant s'y rendre elle-même, elle m'a priée d'aller vous chercher pour vous ramener à Dial House.

— Diana vous a dit cela? fit miss Peters, en regardant son hôtesse d'un air confus.

Lady Ormsby reprit son récit :

— Comme vous le voyez, j'ai tenu parole et je suis venue, dès que cela m'a été possible, à Hylton House, après avoir téléphoné, pour être sûre de vous y trouver.

— Comment vous a-t-on expliqué ma présence dans cette clinique?

— La directrice m'a déclaré qu'une voix masculine avait téléphoné de Folkestone pour demander si l'on pouvait vous recevoir.

— Qui cela pouvait-il être?

— Je n'en sais rien. Diana vous a-t-elle parlé de sa mère dernièrement, figurez-vous que je la croyais morte...

— Non, répondit la vieille demoiselle sans réfléchir, du reste, elles ne s'écrivaient jamais, et Diana ne lui a même pas annoncé son mariage.

— Votre nièce ne vous a donc pas prévenue de son départ?

— Non, fit la vieille fille qui, dans son émotion avait peine à parler.

— Comment arriverons-nous alors, à trouver une explication? En tout cas, pour le moment, il vous faut rester ici.

— Cela m'est impossible, je dois rentrer chez moi.

— Je vous y conduirai moi-même avec l'auto, répliqua lady Ormsby en souriant hypocritement.

II

Huit jours avaient passé et Jenny Peters était toujours à Dial House, mais elle commençait à se sentir sérieusement inquiète : sa malle était restée à la maison de santé, elle n'avait pas un sou sur elle, et, depuis le jour de son arrivée, son hôtesse n'avait pas reparu. Une frayeur grandissante gagnait l'institutrice, et, peu à peu, elle se rendait compte qu'elle avait été entraînée dans un guet-apens.

Elle essayait de se raisonner.

« Après tout, pensait-elle, je n'ai qu'à attendre patiemment ; ma maison de la rue Redmay ne s'envolera pas... »

Lady Ormsby l'avait, d'ailleurs, accueillie d'une façon charmante, et la vie qu'elle menait, était des plus confortables, luxueuse même. Diana et Cyprian voyageaient en France : une carte postale de la jeune femme était venue la rassurer, confirmant l'étrange histoire de sir Ulick.

Persuadée que celui-ci avait été trahi par Rousseau, Jenny lui gardait toute sa confiance, bien qu'elle n'arrivât pas à expliquer comment elle avait échoué à Hylton House.

Elle se sentait sans courage pour tenter quelque chose ; dans la vie courante, son caractère pusillanime lui enlevait déjà tout désir d'action, et cette dernière aventure la laissait sans volonté.

En outre, elle n'avait comme tout vêtement que sa robe du soir, en dentelles et le léger manteau de soie que lui avait prêté lady Ormsby. Ainsi attifée, elle n'osait s'aventurer plus loin que le jardin ; elle se contentait donc d'aspirer au moment où elle pourrait se retrouver chez elle. Une deuxième semaine passa, elle était toujours prisonnière dans la jolie chambre donnant sur le jardin ; ses nerfs avaient été terriblement secoués, et l'espèce de léthargie qu'elle éprouvait n'en était que la conséquence.

Elle ne retrouva complètement sa lucidité qu'à la fin du mois. Ce long séjour l'avait reposée, et maintenant, que lady Ormsby le veuille ou non, elle était résolue à agir.

Elle envoya quelques lignes au crayon à son invisible hôtesse, en lui demandant de bien vouloir la faire reconduire à Londres ; elle se disait tout à fait remise et lui exprimait toute sa gratitude pour son aimable accueil. Bien que sans argent, elle ne voulait pas lui en demander, se trouvant déjà suffisamment indiscrète, en lui empruntant son auto.

Quelques instants plus tard, la réponse de lady Ormsby lui parvenait ; la jeune femme s'excusait d'avoir été souffrante pendant le séjour de miss Peters, et de ne pouvoir la ramener à Londres, avant six heures du soir.

Bien que ce ne fut pas précisément ce qu'attendait Jenny, elle avait maintenant une lueur d'espoir. Ce soir elle partirait donc, sans chapeau, et avec les seuls vêtements qu'elle avait sur elle quand lady Ormsby l'avait ramenée d'Hylton House. La clef de son appartement était restée avec ses bagages dans la maison de santé ; heureusement, Mrs. Stores en possédait une ; décidément, les choses allaient mieux qu'elle ne l'avait pensé.

Un peu tranquillisée, elle sortit dans le jardin, et s'engagea dans une allée qui traversait un petit bois d'ifs, sombre et silencieux ; il lui paraissait étrange de se promener en plein jour, en robe du soir, mais elle se souvint qu'au temps de la reine Victoria les dames de qualité se rendaient à la cour, en robe décolletée, vers la fin de l'après-midi... Au fait, cela avait bien peu d'importance !

L'allée aboutissait à un pavillon, entouré de jasmins grimpants et de vigne vierge. Miss Peters y entra ; il lui fallait attendre deux heures encore avant de partir pour Londres, elle aspirait au moment où elle se retrouverait dans sa petite maison de la rue Redmay, et elle songeait tristement que l'absence de Diana lui ferait sentir davantage la tristesse de son isolement. Sa bonne figure ridée s'assombrit, et deux larmes roulèrent sur ses joues... Elle les essuya rapidement, car il lui semblait entendre des voix... Peut-être étaient-ce des amis de lady Ormsby... Que ferait-elle si elle se trouvait brusquement en face d'eux. Ces élégants londoniens la regarderaient avec le mépris de la jeunesse pour les gens âgés et d'apparence modeste.

Dissimulée par le rideau de verdure, elle observait avec curiosité les deux personnages qui s'avançaient dans le sentier.

Elle reconnut lady Ormsby qui marchait lentement, en s'appuyant sur sa canne ; elle donnait le bras à un homme de haute stature, habillé avec recherche. Le beau visage de la jeune femme n'était pas celui d'une convalescente ; dans sa robe rose pâle, et sous sa grande capeline garnie de feuillages, elle donnait une impression de jeunesse et de santé, et paraissait passionnément intéressée par ce que lui disait son compagnon. Le couple n'était plus qu'à quelques pas du pavillon.

Un long frisson secoua miss Peters, elle venait de reconnaître sir Ulick Lawson...

CHAPITRE XXXIII

LE REFUGE

I

L'appartement, à peine éclairé, qu'habitait Mrs. Stores était encore assombri par des rideaux de velours et de guipure. En dépit de la chaleur de cette journée d'été, la vieille femme, était assise devant la cheminée et contemplait les braises qui achevaient de se consumer.

Elle était persuadée, que la jeune personne qu'elle avait aperçue avec Cyprian Stenhurst était sa fille, dont elle était sans nouvelles depuis un an. Malgré la transformation de Pansy, elle ne pouvait se tromper sur l'identité de son unique enfant. Si Pansy était à Londres, et à plus forte raison, si elle était en relations avec Cyprian Stenhurst, que deviendrait la petite rente que lui servait le jeune homme.

Cyprian semblait totalement ignorer

qu'elle était Pansy Stores, et lui en avait parlé comme étant miss Palliser.

Ce nom de « Diana Palliser » était probablement le pseudonyme que Pansy avait pris en entrant au théâtre, réalisant ainsi le rêve de sa vie. Mrs. Stores se sentant déprimée et attristée, décida de sortir pour se distraire. A peine était-elle dans la rue, qu'elle se dirigea vers le plus proche cinéma et les péripéties d'un sombre drame lui firent bientôt oublier ses tristes pensées.

Quand elle sortit, le crépuscule commençait et le ciel était si clair que les boutiques illuminées ne projetaient qu'une faible lueur sur le pavé ; la brave femme se souciait peu du charme incomparable de cette fin de journée ; elle ne pensait qu'à Pansy... Elle se demandait comment le manteau de fourrure avait pu devenir la propriété de miss Gerrard, la nièce de miss Peters. Personne n'avait pu éclaircir la chose.

— C'est encore un de leurs mystères... bougonnait-elle, en tout cas, je n'abandonnerai pas mes recherches.

Elle arrivait devant sa porte, lorsqu'elle s'entendit appeler :

— Mistress Stores... mistress Stores, criait une voix haletante, qu'elle reconnut pour être celle de miss Peters.

Elle se retourna vivement et aperçut son ancienne maîtresse qui s'avançait en courant. Sans chapeau et vêtue d'un léger manteau de soie qu'elle serrait contre elle, la vieille demoiselle paraissait bouleversée.

— Cachez-moi, cachez-moi... disait-elle, en montant les marches du perron et en se cramponnant au bras de la femme de ménage, s'ils me retrouvaient, je serais perdue...

Mrs. Stores l'entraîna dans le vestibule, et la fit entrer dans sa chambre, après avoir laissé retomber lourdement la porte d'entrée.

— Voyons, qu'y a-t-il ...

— Fermez la porte... fermez la porte... suppliait la vieille demoiselle en se laissant tomber sur une chaise basse. Je suis à bout de forces.

— Je vais vous donner un peu de cognac, cela vous fera du bien.

Après lui avoir fait absorber la liqueur réconfortante, Mrs. Stores s'assit en face de la vieille demoiselle, les mains sur les genoux, attendant qu'elle fut un peu remise.

— Je viens vous demander l'hospitalité, dit miss Peters quand elle fut calmée.

Et, tout en parlant, elle ouvrait son manteau, laissant apparaître, aux yeux surpris de Mrs. Stores, la robe décolletée qu'elle portait.

— Il vient de m'arriver une terrible aventure dont je n'ai échappé que par miracle.

— A quoi avez-vous échappé ? questionna Mrs. Stores, de plus en plus étonnée, je ne comprends pas.

— J'ai été cruellement trompée : on m'a raconté une histoire, inventée de toute pièce — elle se rapprocha du feu en frissonnant — on m'a entraînée loin de Londres... Jusqu'ici je n'en avais pas compris la raison, mais cette après-midi, j'ai découvert ce qu'il en était...

— C'est affreux !

— Dieu sait quelles étaient leurs intentions à mon égard ?... Mais comme je vous l'ai déjà dit, j'ai été miraculeusement protégée ; j'ai pu traverser, sans être vue, le jardin de cette vilaine femme, et arriver à la route, où j'ai rencontré un jeune automobiliste qui a eu la complaisance de m'accompagner jusqu'ici... C'est ainsi que je me suis échappée.

— Echappée ?... répéta Mrs. Stores. Qui vous menaçait ?

— Sir Ulick Lawson... murmura miss Peters. Je n'ose retourner rue Redmay, et c'est pourquoi je vous demande de me cacher chez vous... La prudence me commande de ne pas sortir, il y va de ma vie...

— Sir Ulick ?... Je me souviens de ce nom.

— Jamais je n'aurais supposé qu'il pût y avoir de si méchantes gens de par le monde, fit miss Peters, en étouffant un sanglot.

— Il y en a plus qu'on ne pense, croyez-moi, miss Jenny, répondit Mrs. Stores avec toute l'expérience qu'elle puisait au cinéma. Il y en a même de pires...

— C'est impossible... Sir Ulick et une dame, chez qui ma chérie a été secrétaire, trament contre elle un terrible complot... Je les ai entendus... et...

Elle se pencha vers Mrs. Stores :

— ... Ceci vous concerne... ils ont aussi parlé de votre fille Pansy.

— Pourquoi, au nom du ciel ? Qu'avaient-ils à dire sur elle ?... Rien de bon, je présume...

— D'après ce que j'ai pu comprendre, elle est payée grassement pour jouer un rôle dans le complot organisé contre Mrs. Stenhurst. Je n'ai pas bien saisi, mais il était question d'une énorme somme d'argent...

Miss Peters hocha tristement la tête.

— Ils m'ont dit que Diana et son mari étaient en France...

— C'est faux, en ce qui concerne Mr. Stenhurst, je l'ai rencontré il y a deux jours.

Miss Peterss eut un soupir de soulagement.

— Puis-je rester ici ? demanda-t-elle.

— J'en serais heureuse et flattée, vous avez toujours été si bonne pour moi, et vous m'avez témoigné tant de confiance en me laissant votre clef, que je ne peux l'oublier.

— Etes-vous toujours sans nouvelles de Pansy ?

— Je n'ai pas entendu parler d'elle depuis près d'un an, répondit la vieille femme sèchement, j'ai mon opinion sur elle, mais je ne peux pas oublier que c'est mon enfant. Je ne crois pas qu'elle revienne jamais ici.

— C'est possible, du reste, je ne pense pas être obligée de vous demander très longtemps l'hospitalité.

— Ecoutez, fit Mrs. Stores en se levant pesamment, voici un fauteuil que je me suis acheté, en rabattant le dossier, cela fait un lit ; je ne l'ai jamais essayé, n'en ayant pas eu besoin. Vous occuperez ma chambre, et je coucherai sur le fauteuil, j'en ai toujours eu envie ! Mais peut-être avez-vous besoin de vêtements ? Je pourrais facilement aller vous en chercher rue Redmay ?

— J'en serais ravie, répondit la vieille fille, mais j'ai perdu mon sac dans lequel se trouvait la clef de la maison.

— J'ai toujours conservé celle que vous m'aviez confiée, elle est dans mon réticule, dit-elle en décrochant un sac de velours noir, heureusement que je ne vous l'ai pas rendue... Je vais aller rue Redmay, et je vous rapporterai une robe, un manteau, enfin tout ce qui vous sera nécessaire. Restez bien tranquillement au coin du feu, je serai là dans une demi-heure.

II

Miss Peters remerciait Dieu de lui avoir permis de trouver un refuge dans la petite chambre obscure de Mrs. Stores.

Elle était de retour dans son cher Londres, et tout près de chez elle, où elle comptait bien se réinstaller dès qu'elle aurait retrouvé son calme, et découvert le motif de son enlèvement. Ce qu'elle avait surpris de la conversation de sir Ulick avec lady Ormsby lui suffisait pour savoir que Diana était sérieusement menacée.

Jusqu'alors, elle avait toujours considéré qu'une personne bien élevée ne devait pas écouter aux portes, cependant, elle l'avait fait, et elle avait entendu la belle veuve déclarer ouvertement sa haine pour Diana, et son intention bien arrêtée de lui faire mordre la poussière... elle l'avait entendue se moquer de « cette vieille bête de Jenny », la soi-disant tante de la jeune femme, et elle avait appris par la même occasion qu'on la renverrait d'ici quelques jours dans la maison de santé, dont le souvenir la hantait comme un cauchemar... ils avaient également parlé de Pansy Stores et du rôle qu'ils lui faisaient jouer dans l'affreux complot.

— J'attendrai donc Diana à Paris, disait lady Ormsby, que faudra-t-il faire alors ?

— Mettre au point cette question de l'émeraude des Lifton, avait répondu Lawson sèchement, je suis sûr qu'elle est en sa possession.

Les deux complices ayant repris le chemin de la maison miss Peters avait quitté sa cachette et, comme un animal effrayé, s'était faufilée entre deux ifs. Après avoir couru jusqu'à la haie qui séparait la propriété de la route nationale, elle s'était arrêtée, appelant Dieu à son secours. Elle avait été exaucée. Un jeune automobiliste qui passait, voyant son air affolé et son étrange toilette, lui avait offert une place. Elle se rappelait à peine ce qu'elle lui avait répondu : en tout cas, sans lui demander d'autres explications il l'avait fait monter dans son auto et l'avait déposée au coin de la rue Sloane. Elle avait alors longé les maisons qu'elle connaissait par cœur et s'était cachée dans une église, attendant la tombée de la nuit pour demander asile à Mrs. Stores.

Il était bien tard et il ne fallait pas espérer atteindre Diana ce soir-là. Du reste, miss Peters se sentait trop fatiguée pour tenter la moindre démarche. Elle s'étendit, avec un soupir de satisfaction sur le divan-lit, dans une sorte de torpeur qui l'empêchait de penser et ne tarda pas à s'endormir. Elle fut réveillée par la voix de Mrs. Stores.

— J'arrive de chez vous, miss Peters, disait-elle ; je vous rapporte votre manteau, une paire de gants et différentes choses dont vous pourriez avoir besoin. Il y a bien un peu de poussière sur les meubles, mais tout est en ordre dans la maison.

— Je n'oublierai jamais votre dévouement, mistress Stores, et, dès que je serai remise, je vous en récompenserai ; mais, avant tout, il faut que je voie Mrs. Stenhurst.

— J'irai la prévenir demain matin, dit l'ancienne femme de ménage, en allumant le gaz, car il vaut mieux que ce soit elle qui vienne ici et que vous ne vous montriez pas pendant quelques jours.

— Demain, je serai mieux, je l'espère.

Elle sursauta

— Quelqu'un a sonné à la porte d'entrée. Qui peut venir à cette heure?

— On m'apporte probablement le journal du soir, répondit la vieille femme en allant ouvrir et s'attendant à se trouver en face du marchand de journaux.

Elle resta sans voix, la bouche ouverte, devant la vision qui s'encadrait dans l'embrasure de la porte.

... C'était Pansy...

Elle lui fit signe de la suivre dans la rue.

CHAPITRE XXXIV

UN APPEL TÉLÉPHONIQUE

I

Immobile dans la pénombre, tandis que le son du jazz lointain leur arrivait atténué, Diana considérait Mant avec stupeur.

— C'est cependant vrai, assura-t-il.

— Quelle est l'âme du complot?

— Lawson...

L'expression sinistre du maître d'hôtel s'accentua.

— Il a ruiné sir Wilfred Palliser, et maintenant il s'apprête à en faire autant avec votre mari. C'est son jeu habituel.

— Il a l'intention de ruiner mon mari, dites-vous?

— J'en suis sûr, fit Mant en inclinant la tête, je ne connais pas son plan, car jamais Lawson ne laisse percer le bout de l'oreille ; il ne dit que ce qui est nécessaire à la réussite de ses projets. C'est par moi qu'il a connu Pansy Stores à qui j'étais fiancé... Le soir où vous êtes venue dîner avec sir Rupert, nous avions rendez-vous dans la maison vide, où nous nous rencontrions souvent. Depuis quelques temps, cependant, à la suite d'une scène de jalousie, nos rencontres s'étaient espacées.

— Alors, vous m'avez vue m'enfuir de Hendon House, ce soir-là?

— Oui, je vous ai vue, répondit flegmatiquement le maître d'hôtel, et j'ai deviné la suite.

Diana sursauta soudain.

— Quelqu'un vient, dit-elle fiévreusement, j'entends des voix.

Mant prêta l'oreille.

— Avez-vous entendu la porte s'ouvrir? interrogea-t-il à voix basse.

Au même instant, Diana se redressa, en poussant une exclamation étouffée. La porte de la bibliothèque venait de tourner silencieusement sur ses gonds, et un flot de lumière inondait la serre. Sir Ulick, le bras posé sur celui de Cyprian, se tenait au sommet des marches. Mant recula, sans avoir eu le temps de recouvrer son calme.

— Enfin, Di, vous voilà, je vous cherche partout... s'écria Cyprian avec irritation, nos invités continuent d'arriver.

Mant allait se retirer, quand sir Ulrick lui fit signe. Cyprian s'avança vers sa femme, l'air mécontent.

— Di, fit-il, pourquoi vous cachez-vous ainsi? J'ai l'air d'un idiot, seul devant la porte, à recevoir nos amis. Lawson vous croyait souffrante, car il vous a vue disparaître dans la serre, suivie de Mant, qui a dû également vous croire indisposée... Allons, venez, ajouta-t-il, en embrassant sa femme.

Terrifiée comme elle l'était, Diana ne répondit rien et regagna la salle de bal.

La fête se poursuivit tard dans la nuit et la jeune femme joua son rôle sans défaillance. Elle dansa et parut s'amuser avec autant d'entrain que la folle jeunesse qui l'entourait. A l'heure du souper, elle constata avec surprise, que Mant, toujours si exact, n'était pas là pour diriger les domestiques qui s'affairaient autour des tables. Mais elle n'y attacha pas d'importance, ne songeant qu'à paraître jouir de la fête sans arrière pensée. Elle vit Rowley danser avec la fausse Diana Palliser, et bientôt Cyprian le remplaça auprès de la jeune fille. Comme Mant, sir Ulick avait disparu, et ce lui fut un réconfort dans son angoisse. Enfin la nuit passa ; peu à peu les invités se retirèrent, laissant Diana morte de fatigue, et se réjouissant que Rowley fut parti avec sa danseuse, sans qu'elle eût à la saluer.

L'heure des aveux approchait : comparée à la torture de ces derniers jours, la douloureuse confession qu'elle allait faire à son mari, ne lui semblait plus rien...

Il l'aimait, et même s'il souffrait en apprenant son manque de franchise envers lui, il lui pardonnerait sûrement. A eux deux, ils sauraient déjouer le complot qui les menaçait... et Mant serait là pour témoigner, s'il le fallait, de la vérité de ce qu'elle avançait ; cela simplifiait singulièrement les choses... Quant au Baccarat Club, n'était-ce pas une invention ?..

Le ciel se colorait déjà des teintes délicatement rosées de l'aurore, quand la dernière voiture disparut, suivie du regard de Cyprian, debout sur le perron pour saluer ses invités. Le bal avait été un véritable succès, tous les journaux en parleraient le lendemain.

Diana s'était couchée, et plus heureuse qu'elle ne l'avait été depuis des semaines, attendait Cyprian, la tête sur l'oreiller. Enfin il entra, et la prenant dans ses bras, il l'embrassa tendrement.

— Cette soirée a été en tous points réussie, grâce à vous. Pas une femme ne vous allait à la cheville... Mais avant de dormir, enlevez ce collier et ces bracelets, pour que je les mette en lieu sûr.

Elle lui tendit les bijoux qu'elle venait de retirer.

— Je n'ai pas sommeil, dit-elle, du reste, j'ai à vous dire quelque chose que j'aurais dû vous confier depuis longtemps.

— Grand Dieu ! comme vous êtes solennelle, ma chérie, dit en riant Cyprian, qui s'assit auprès de sa femme. J'espère que ce n'est pas l'histoire de votre vie, Di ?... Il est bien tard pour cela.

Il bâilla :

— Ne pouvez-vous pas attendre ?

— Non, c'est impossible...

De ses yeux clairs, elle fixait son mari.

— Je n'ai que trop tardé, et je ne peux plus remettre ma confession.

— Je vous assure, cependant, que je ne désire pas l'entendre, déclara-t-il gentiment en lui prenant le menton. Je suis très heureux, et je ne m'inquiète nullement de ce que vous avez pu faire... des vétilles, probablement...

— Non, ce ne sont pas des vétilles... répondit-elle, haletante, de plus, ce soir, j'ai entendu de terribles révélations. Il est nécessaire que vous en soyez informé.

Cette insistance impressionna Cyprian, dont le visage se rembrunit.

— Si importantes que soient ces révélations, ne croyez-vous pas, que fatiguée comme vous l'êtes, il vaut mieux remettre cette conversation à demain ? D'ailleurs, ce que vous devez m'apprendre, ne doit pas être si terrible que vous le dites, puisque vous avez attendu jusqu'à aujourd'hui pour m'en parler... Cependant, si cela doit vous rendre malheureuse...

Il venait de penser soudain à Crystal Ormsby et à la tragique histoire de Mrs. Gerrard, dont Diana ne pouvait parler sans souffrir.

— Voyons, est-ce vraiment si urgent ? demanda-t-il. S'est-il passé quelque chose de nouveau ?

— Oui, Cyprian...

Elle baissa la tête.

— Vous m'avez vue dans la serre avec Mant ?... n'est-ce pas ?...

— En effet, et cela me rappelle qu'il n'était pas là ce soir à l'heure du souper, pour faire son service... il faudra qu'il explique sa disparition.

— Sa disparition ?...

Diana, stupéfaite, regardait son mari.

— Oui, je l'ai envoyé chercher et on n'a pu le découvrir nulle part. C'est pourquoi j'ai attendu si longtemps avant de monter. Enfin, n'y pensons plus, il trouvera sûrement une excuse valable. Vous disiez donc...

Il resserra tendrement son étreinte.

— ... Que Mant est venu vous rejoindre dans la serre... Je ne vois pas quel rapport cela peut avoir avec votre passé...

— Il m'a appris des choses terribles... mais...

Elle se rapprocha de son mari.

— ... Il me faut remonter beaucoup plus loin. Mon histoire a débuté le soir de la grande tempête. Cyprian, je vous ai menti depuis le premier jour, avoua-t-elle en levant un visage pathétique vers son mari ; jamais je ne vous ai avoué la vérité... j'étais ici le soir où votre cousin est mort.

— Ici ?... répéta-t-il, stupéfait.

— Oui. J'étais venue voir sir Rupert Hendon le sachant plus ou moins mêlé à mon passé ; une lettre que j'avais reçue à ce sujet m'avait éclairée...

Cyprian suivait attentivement les paroles de sa femme.

— Mon cousin savait-il qui vous étiez ?

— Oui, répondit-elle d'une voix altérée. Je vous promets de tout vous raconter, si vous ne m'interrompez pas.

— Continuez, mon amour chéri.

— Je n'ai jamais été en bons termes avec ma mère, jamais elle ne m'a témoigné d'affection et, si je n'avais eu Jenny Peters...

— Cette brave Jenny, elle était bonne pour vous, n'est-ce pas, Di ? il me semble l'entendre... « Diana est ma nièce favorite... »

Il riait, en imitant la voix emphatique de l'institutrice.

— Elle n'est pas ma tante, répondit Diana, en regardant son mari dans les yeux ; même pas ma parente.

— Vous n'êtes pas parentes ?...

Il ne savait plus que penser.

— Pourtant, elle m'a dit...

— Elle vous a dit ce que je lui avais ordonné et, si elle a menti, j'en suis seule responsable... D'ailleurs, toute mon histoire est un tissu de mensonges d'un bout à l'autre, sauf mon amour pour vous...

Elle éclata en sanglots.

— Il vaut mieux que vous appreniez tout de suite le plus grave de tout, je ne m'appelle pas Diana Gerrard, mes cheveux sont teints, mon visage est maquillé, en réalité, je suis blonde...

— Avant de continuer, dites-moi si Crystal Ormsby est au courant de tout cela ?

— Elle ne sait rien d'autre que ce que je lui ai dit. A elle aussi, j'ai menti, mais je vous en parlerai plus tard, car il faut que je procède par ordre... Je me suis réfugiée chez Jenny parce qu'elle m'avait toujours témoigné de l'affection et qu'elle avait connu ma mère... J'avais besoin de trouver une amie secourable, susceptible de m'aider à changer de personnalité, afin de pouvoir recommencer ma vie sur un autre plan. Quand je vous ai rencontré pour la première fois, je n'avais aucune raison de vous dévoiler mon passé et, depuis lors, je n'en ai pas eu le courage.

Elle frissonna.

— Je ne savais pas qui vous étiez, vous ignoriez qui j'étais, nous nous aimions, et cela suffisait... Pas un instant, je n'ai pensé que vous étiez propriétaire de Hendon House, et que ma vie devrait s'y écouler, quand le...

— Je me rappelle, dit lentement Cyprian, vous vous êtes évanouie...

Elle se pencha en avant, cherchant à renouer le fil de son récit.

— Ainsi donc, reprit-elle enfin, personne n'était renseigné sur ma véritable identité, à part Jenny et une autre personne...

— Qui cela ? interrogea-t-il, angoissé.

— Mant...

— Mant savait à quoi s'en tenir !... Comment ?...

— Il m'a reconnue...

— Di, que me racontez-vous-là ?... Voyons, si j'ai bien compris, vous avez été reçue ici par sir Rupert, le soir qui a précédé sa mort ? Mant vous a reconnue et a gardé le secret, est-ce tout ?

— Je vous ai promis toute la vérité, mais il faut m'assurer que vous m'aimerez toujours, et que mes aveux ne changeront rien à votre tendresse... sinon, j'en mourrais.

— Rien ne saurait détruire mon amour

pour vous, ma chérie, murmura-t-il en l'embrassant ; du reste, je suis persuadé que tout cela n'est pas si grave que vous vous l'imaginez. Même si je me trompais...

Il baisa les lèvres glacées de sa femme.

— ... Rien ne serait changé ; mais, Di, pour l'amour du ciel, dites-moi tout.

— Tout d'abord, sir Rupert croyait que, comme beaucoup de ses protégées, j'étais venue lui demander un secours. Je lui ai alors montré la lettre que j'avais apportée ; elle émanait de quelqu'un que j'avais beaucoup aimé et qui avait toute ma confiance... Je ne pensais pas qu'en en prenant connaissance, sir Rupert éprouverait un si affreux bouleversement.

Elle s'arrêta un instant toute tremblante.

— Alors? interrogea-t-il anxieusement.

— Dès les premières lignes, il a rougi de colère, puis soudain, son visage est devenu pâle, si pâle que j'en ai été épouvantée... Il suffoquait... jamais je n'oublierai l'horrible impression que j'ai ressentie.

— Continuez, continuez, dit farouchement Cyprian, je dois tout savoir.

Au même instant, la sonnerie du téléphone installé à côté du lit de Diana se fit entendre et Cyprian, avec un geste d'impatience, décrocha le récepteur.

La jeune femme, qui observait attentivement son mari, se rendit compte immédiatement qu'il s'agissait d'une mauvaise nouvelle...

CHAPITRE XXXV

SUR LA PISTE

I

— On a trouvé Mant mort sur la route, devant la grille, dit Cyprian en se tournant vers sa femme.

Puis, reprenant le téléphone :

— C'est entendu, je vais me rendre au poste de police, pour faire les déclarations nécessaires.

— Comment cela est-il arrivé? questionna Diana, anxieusement.

— Il a dû être renversé par une auto et tué sur le coup. La mort remonte, paraît-il, à plusieurs heures.

Cyprian regarda sa montre.

— Etendez-vous, Diana, et tâchez de dormir, ce que vous avez encore à me dire peut attendre.

Quelques minutes plus tard, ayant échangé son habit contre un complet du matin, il sortit et se dirigea en hâte vers l'endroit où l'on avait retrouvé le maître d'hôtel. Le soleil se levait et la nature s'éveillait, mais perdu dans ses pensées, Cyprian ne voyait rien. Dans son cerveau se heurtaient le récit fantastique de Diana et la nouvelle de la mort soudaine de Mant. L'attitude renfermée et mystérieuse du domestique lui avait toujours produit une impression désagréable, cependant sa fin tragique n'en était pas moins terrible. Il se rappelait ce que sa femme lui avait dit à son sujet, et comment celui-ci était au courant de la véritable situation de Diana. Il se demandait si cette brute ne l'avait pas fait chanter, car la dernière fois qu'il l'avait vu en vie, au moment où il entrait dans la serre avec sir Ulick pour chercher sa femme, Mant était avec Di et après être resté un instant devant eux, l'air gêné, il avait disparu. Le jeune homme essayait aussi de se rappeler l'histoire que Diana Palliser lui avait racontée. Elle prétendait s'être rencontrée avec une autre jeune fille à Hendon House le soir de la tempête ; elle ne croyait pas que ce fut Pansy Stores... Mais alors, trois jeunes filles, et non pas deux, avaient dû venir chez sir Rupert, et la troisième était sans doute Di, sa femme...

Il y avait aussi cette question de parenté entre sir Rupert et Diana... et ce n'était pas tout, selon Di, Crystal Ormsby lui aurait menti... cependant, elle lui avait aussi parlé de l'émotion violente de sir Rupert à la lecture de la lettre que Diana lui avait remise... l'écheveau s'embrouillait de plus en plus...

Il avait laissé sa pauvre petite Di en larmes ; la nouvelle de la mort subite de Mant paraissait l'avoir complètement abattue, elle déjà si déprimée !

Cyprian n'eut pas de peine à identifier son

maître d'hôtel, les blessures apparentes étaient insignifiantes et le médecin légiste était persuadé que le choc avait suffi à provoquer un arrêt du cœur. Personne n'avait été témoin de l'accident, qui avait dû se produire en pleine nuit, sans que le chauffeur s'en fût même douté.

— Je me souviens très bien de vous, monsieur, disait l'agent à Cyprian, vous êtes venu ici il y a un an et demi environ, au sujet d'une jeune fille que vous aviez trouvée endormie, dans une maison en construction sur le Heath. Nous avons eu beau la rechercher, elle est restée introuvable... et vous, monsieur, l'avez-vous revue?

— Non, répondit Cyprian, indifférent.

Péniblement impressionné par la mort de son domestique, il s'assit sur une des tables du bureau de police, d'une propreté tout officielle.

— Dans les poches du mort, reprit l'agent, j'ai trouvé un porte-cigarettes aux initiales J. M. H., un mouchoir marqué Stenhurst, quelques billets, un peu de menue monnaie, et une lettre qui pourra peut-être nous servir, enfin un portefeuille, qui ne contient, du reste, qu'une photographie. Etait-il marié?

— Pas que je sache, répondit distraitement Cyprian, qui pensait à Diana et à sa confession, si tragiquement interrompue.

Il avait ouvert machinalement le portefeuille et en sortait la photographie, lorsqu'il lui sembla que tout tournait autour de lui... L'image qu'il avait devant les yeux était celle de sa femme, datée de deux ans auparavant, avec la dédicace : « A Jim », une écriture analogue à celle de Diana.

— Vous paraissez surpris? remarqua l'agent.

— En effet, répondit Cyprian, en remettant le portefeuille sur la table, vous dites que vous avez trouvé cette photographie dans la poche de Mant?

— Oui, monsieur, quand l'accident sera connu, peut-être découvrirons-nous cette personne. Je soupçonne toujours ces célibataires d'avoir une femme cachée dans un faubourg de Londres. Vous seriez étonné de ce que réserve parfois, une affaire qui, au premier abord, paraît toute simple, comme cet accident d'automobile. Ces pauvres diables n'ont pas le temps de brûler leurs lettres et de faire disparaître les traces de leur vie privée...

— Si vous apprenez quelque chose de nouveau, vous serez bien aimable de m'en informer, dit Cyprian en se levant. Naturellement, s'il y a des frais, ils seront à ma charge.

— Très bien, monsieur, répondit l'agent en regardant s'éloigner le propriétaire de Linden Lawn.

II

Au lieu de rentrer chez lui, Cyprian prit un taxi et se fit conduire à son club. Il avait besoin de retrouver son calme avant de revoir Diana et il essayait de comprendre pourquoi la photographie de sa femme, avec cette invraisemblable dédicace, se trouvait en possession de Mant.

Bien qu'elle fût parfaitement imitée, il n'avait pas reconnu l'écriture de Diana... Peut-être Mant l'avait-il poursuivie naguère de déclarations passionnées?... Cette hypothèse permettait d'expliquer bien des choses. L'expression sournoise de son maître d'hôtel lui avait toujours déplu, et en y pensant, il ne pouvait réprimer une violente colère. La vie ne lui apparaissait plus aussi belle, il se sentait entouré de menteurs et de traîtres, sans même pouvoir en exclure les êtres qu'il chérissait le plus... Il comprenait maintenont, pourquoi sa femme était si désireuse de ne pas garder Mant à son service : la mort venait de lui révéler que celui-ci l'aimait et cette idée lui était intolérable... L'avait-elle encouragé? Jamais il n'oserait le lui demander. D'ailleurs, il ne voulait pas admettre qu'elle eût aimé cet homme.

Il lui fallait à tout prix reprendre son sang-froid avant de rentrer pour écouter la fin du récit, que la mort de Mant avait interrompu si brusquement. Au lieu d'accuser Di, il devait chercher à l'aider et à la protéger. L'écriture de la dédicace était sûrement un faux et, sans aucun doute, Mant avait dû faire chanter Diana.

Il toucha à peine aux mets qu'on lui présentait : pour la première fois de sa vie sans nuages, il se trouvait seul et désemparé et sentait le besoin de se confier à un cœur ami... Si au moins Rowley avait été là, il lui aurait fait part de ses ennuis, mais il avait l'impression qu'à présent, Bannister n'était plus l'ami d'autrefois, et depuis l'arrivée de miss Pallisser, celui-ci ne venait plus que rarement à Linden Lawn. A n'en pas douter il en était fou... mais cela ne suffisait pas à expliquer son changement d'attitude.

Cyprian alluma une cigarette, et décida de ne pas rentrer tout de suite chez lui ; il voulait laisser sa femme se reposer avant de reprendre la conversation du matin.

Désormais aucun secret ne devait subsister entre eux. Pour effacer le souvenir des mauvais jours, il projetait de partir en croisière sur son yacht avec Diana et Robert.

Il fermerait la maison et en confierait la garde aux jardiniers chargés d'entretenir les serres. Un sort fatal semblait, en effet, attaché à ce logis. Pour retrouver le bonheur envolé, il fallait donc abandonner pour un temps la vieille demeure... L'heureux optimisme de Cyprian lui faisait entrevoir de nouveau l'avenir sous un aspect riant, rien ne le détacherait plus de Diana et, une fois hors de Linden Lawn, ils oublieraient tout, ce qui n'était pas leur amour...

Qu'allait-il faire en attendant l'heure qu'il s'était fixée pour rentrer ?... Bien que ce ne fût pas la « saison », il franchit la grille de Hyde Park. Parmi les quelques cavaliers qui galopaient dans l'allée réservée, Cyprian reconnut sir Ulick Lawson en compagnie d'un riche agent de change de ses amis.

Sa vue lui rappela la singulière antipathie que Diana avait pour lui. C'était pourtant un homme parfaitement distingué et courtois qui avait été le plus intime ami de sir Rupert et dont il admirait le cœur généreux. Sir Ulick traitait Mant amicalement, le considérant comme un vieux serviteur de la maison, où il était reçu en familier. Sans doute serait-il attristé en apprenant la mort du maître d'hôtel.

Cyprian se leva et s'appuya à la grille. Si Lawson, qui ne l'avait pas remarqué en passant, venait de ce côté, il l'arrêterait pour causer avec lui, sans toutefois le mettre au courant de ses chagrins intimes. Cela le soulagerait... La philosophie souriante de sir Ulick et sa connaissance de la vie lui seraient sûrement d'un précieux secours.

Quelques instants plus tard, son ami revenait dans sa direction. Cyprian l'interpella.

Sir Ulick s'arrêta.

— Comment, Cyprian, déjà levé ?... dit-il amicalement. Je croyais être le premier debout, après cette admirable fête.

— Je ne me suis pas couché.

— Diable ! vous n'avez pas l'air dans votre assiette ! s'exclama Lawson, en observant avec curiosité la figure soucieuse de son jeune ami, j'espère que vous n'avez pas d'ennuis ?

— Si, un gros ennui, figurez-vous que Mant, mon maître d'hôtel, a été trouvé mort sur la route devant la grille de la maison. Il a dû être tué par une auto, mais, comme cela s'est passé dans la nuit, on ne peut faire que des hypothèses...

— J'en suis vraiment peiné, dit-il tristement, c'était un ancien serviteur de sir Rupert, que j'avais toujours vu à Linden Lawn, cela a dû vous porter un coup terrible. Votre femme en a-t-elle été informée ?

— Oui, répondit Cyprian en baissant les yeux, je causais avec elle quand on m'a téléphoné du poste de police. Je m'y suis rendu immédiatement mais je n'ai pu qu'identifier le cadavre.

— Vous paraissez éreinté, mon pauvre ami, venez donc vous reposer un peu chez moi, vous vous étendrez jusqu'au déjeuner...

— Merci, j'accepte avec plaisir, mais je ne pourrai pas déjeuner avec vous, il faut que je rentre auprès de Di.

— Alors, venez tout de suite, vous téléphonerez à Mrs. Stenhurst et vous lui demanderez si elle ne voudrait pas faire un tour au Ranelagh, cela la distrairait, il ne faut pas la laisser seule avec ses sombres pensées.

Cyprian n'avait aucune raison pour refuser. Du reste, il était si fatigué qu'il ne se sentait plus la force de lutter ; il traversa le parc et retrouva de l'autre côté de la route sir Ulick qui l'attendait pour le conduire chez lui.

Son installation était un véritable régal pour les yeux et, bien qu'il fût célibataire, tous les moindres détails en étaient parfaitement étudiés. Cyprian ressentit une impression de bien-être quand il se fut installé devant un wisky-soda, dans une pièce confortable et tranquille, donnant sur le jardin.

Tandis qu'étendu sur un divan, il buvait le breuvage réconfortant, son hôte entama la conversation.

— La police pense-t-elle découvrir l'imprudent chauffeur qui a tué le malheureux Mant? demanda-t-il en s'étendant à son tour.

— Jusqu'à présent, elle n'a trouvé aucun indice et l'agent est persuadé qu'étant donné l'obscurité, le chauffeur a pu écraser Mant sans s'en apercevoir.

Sir Ulick fronça les sourcils.

— Est-il très abîmé?

— Très peu la mort a dû être provoquée par le choc.

— Mant n'étant pas très brave cela ne m'étonnerait pas qu'il soit mort de peur.

— C'est bien possible répondit Cyprian d'une voix lasse.

— Voulez-vous téléphoner maintenant à Mrs. Stenhurst? demanda Lawson peu désireux de poursuivre cette conversation.

— Volontiers où est le téléphone?

— Il y en a un dans la pièce à côté.

Il désignait d'un geste paresseux une porte à droite.

A peine Cyprian eut-il quitté le studio que le visage de sir Ulick se transforma; l'expression aimable de ses yeux gris fit place à un regard d'une dureté inouïe, presque cruelle, tandis qu'un sourire de mépris plissait ses lèvres. Il haïssait le manque de courage et se rappelait la figure terrifiée de Mant, quand il était assis la nuit dernière à côté de lui dans l'auto. Le traître qui avait failli à son serment savait ce qui l'attendait: sa frayeur avait été telle que son cœur s'était arrêté sans que sir Ulick ait eu à se servir de son revolver.

— Lawson, s'écria Cyprian en rentrant dans la pièce. Diana est partie en laissant, paraît-il, une lettre à mon adresse. On m'assure qu'elle n'a emporté que son sac à main.

CHAPITRE XXXVI

LE MESSAGE

I

Diana dormit à peine après le départ de Cyprian. Son sommeil était entrecoupé de rêves incohérents; quand elle sonna sa femme de chambre, celle-ci lui dit que Mr. Stenhurst n'était pas encore rentré. La nouvelle que Mant avait été trouvé mort sur la route s'était déjà répandue et elle semblait jeter une ombre sur la splendeur de ce matin d'été.

En pleine lumière, la salle de bal en désordre, avec sa décoration de la nuit, était lugubre. Diana avait l'impression que cette fête avait été un rêve de conte de fées, dont il ne restait que des débris clinquants.

Elle avait hâte de revoir son mari; il lui fallait terminer, au plus tôt, le récit qu'elle avait à peine commencé. Cependant, elle n'était plus, comme les jours précédents, tenaillée par la crainte de perdre l'amour de Cyprian; si elle lui avouait toute la vérité; le plus dur était fait. Il savait, maintenant, à quoi s'en tenir sur sa véritable personnalité, et sur celle de Jenny. Son cœur se serrait en pensant à sa vieille amie... Dans quel guet-apens était-elle tombée?... Pourquoi n'avait-elle pas donné signe de vie?

Il fallait se hâter de la faire rechercher par la police. Plus le temps passait, plus il serait difficile de la retrouver... Depuis un mois déjà elle avait disparu... Cette absence prolongée et ce qu'avait appris Cyprian chez le banquier, ne laissaient pas d'être inquiétant.

Diana réfléchissait à ce que Mant lui avait dit dans la serre, la nuit dernière, au sujet de sir Ulick et du Baccara Club... Cyprian avait écouté sa confession, il l'aimait toujours... Désormais, elle pourrait ne plus rien lui cacher et après l'angoisse affreuse de ces dernières semaines, elle se sentait apaisée.

Elle descendit dans le jardin et alla s'asseoir à l'ombre d'un tilleul. Le petit Robert se promenait avec sa nurse sur le Heath, et Diana restait seule avec ses pensées. Bien qu'elle fût très lasse, il lui était impossible de se reposer... Les heures passaient, et Cyprian ne rentrait pas. Qu'était-il encore arrivé ?...

Ne pouvant plus rester en place, elle sortit du parc et se mit à marcher sur la route, dans l'espoir de voir poindre son mari. Tout semblait dormir à « Casa Carissima », dont les persiennes étaient baissées, et sur la route poudreuse, elle n'apercevait qu'une femme âgée, habillée de noir, s'avançant lentement. Cette silhouette ne lui était pas étrangère... Où donc l'avait-elle vue ?...

Quand l'inconnue ne fut plus qu'à quelques pas d'elle, Diana reconnut la femme de ménage de miss Peters qu'elle avait rencontrée, le soir de son arrivée rue Redmay.

Mrs. Stores marchait, regardant d'un air soupçonneux autour d'elle. Soudain, Diana pensant que celle-ci lui apportait un message, l'interpella :

— Vous êtes bien Mrs. Stores ?

La vieille femme la regarda étonnée.

— Oui, dit-elle, je cherche une maison qui s'appelle Linden Lawn.

— Dans ce cas, vous l'avez trouvée, répondit en souriant Diana, j'espère, mistress Stores, que vous allez me donner des nouvelles de miss Peters.

— On pourrait nous entendre, répondit la vieille femme, je vous parlerai tout à l'heure.

— Veniez-vous me voir ?... questionna Diana, quand elles eurent pénétré dans le parc. Vous devez vous souvenir de moi ?

— Vous êtes miss Gerrard, si je ne me trompe.

Elles s'arrêtèrent sous le grand cèdre. Enveloppée jusqu'au cou, malgré la chaleur, Mrs. Stores restait silencieuse, et serrait nerveusement son parapluie.

— Avez-vous vu miss Peters ?

— Oui, répondit la femme de ménage.

Puis, elle ajouta à voix basse :

— Je suppose que nous pouvons causer sans danger d'être entendues ?

— Personne ne nous écoute, n'ayez aucune crainte.

— Eh bien, dit-elle avec une pointe de vanité, miss Peters est chez moi, et c'est à son sujet que je suis ici.

— Oh ! racontez-moi tout, je vous en prie, comment va-t-elle ?

— Pas très bien. Elle m'est arrivée hier, en robe décolletée, et à moitié morte de fatigue, pour ne pas dire plus.

— Que voulez-vous dire ?

— Oh ! rien... Je suis venue ici, parce que j'ai beaucoup d'affection pour miss Peters, qui m'a toujours traitée avec égards.

— Mais vous disiez qu'elle n'était pas bien ?... Savez-vous pour quel motif elle a quitté Londres.

— Non, répondit Mrs. Stores, en hochant la tête, du reste, personne ne le sait, pas même elle...

— Désire-t-elle me voir ?

— Naturellement. Mais elle se cache.

— Pourquoi cela ?...

— Elle n'ose même pas rentrer rue Redmay, la pauvre chère dame, ni même s'aventurer sur le seuil de la maison, Dieu sait que je ne l'en blâme pas...

— Quand m'attend-elle ?

— Le plus tôt possible ! ce sont ses propres paroles.

Diana réfléchissait... Que faire ?... Elle désirait attendre le retour de Cyprian et d'un autre côté, elle avait hâte de retrouver sa vieille Jenny, et de la ramener à Linden Lawn.

— C'est bien, je vais commander l'auto.

— Pas d'auto, s'il vous plaît, miss. Si nous voulons ne pas être suivies, il nous faudra rentrer à pied, comme je suis venue.

— Suivies... par qui ?... interrogea Diana avec anxiété.

Mrs. Stores dodelina de la tête, de droite à gauche, comme un mandarin, sans répondre.

— Alors, partons... fit Diana nerveusement.

— Peut-être ne pourrez-vous pas revenir ici aussi tôt que vous le pensez, vous feriez bien de laisser un mot pour votre mari.

— Vous avez raison, je cours à la maison, attendez-moi. J'en ai pour un instant.

Et Diana s'enfuit en courant, petite silhouette blanche dans le soleil matinal, elle pénétra dans la maison par la fenêtre ouverte de son boudoir, et s'installa devant son bureau... elle en arrivait maintenant, à se méfier de tout le monde, et se demandait si Mrs. Stores était véritablement venue en amie... il lui fallait être prudente... elle prit son crayon et se mit à griffonner :

« Mon chéri,

« Ne vous inquiétez pas si, à votre retour, je ne suis pas encore rentrée ; je viens d'avoir des nouvelles de Jenny qui m'attend chez Mrs. Stores, celle-ci est venue de sa part me chercher. Je ne puis me dispenser d'aller voir par moi-même ce qu'il en est... J'espère ramener miss Peters avec moi, mais il paraît qu'elle est terrorisée, au point de ne pas vouloir franchir la porte de son ancienne femme de ménage, chez qui elle s'est réfugiée... Cette dernière ne m'a pas caché que Jenny courait de grands dangers... Tout cela est bien étrange, n'est-ce pas ?... »

Ayant signé et cacheté la lettre, elle la confia à sa femme de chambre :

— Vous remettrez cette lettre à Monsieur, dès qu'il sera de retour, dit-elle, n'y manquez pas, c'est très pressé.

Diana songeait à sa conversation avec Mrs. Stores : il était bizarre que Jenny fût rentrée à Londres, sans autre vêtement qu'une robe du soir ?... Pauvre vieille Jenny, que lui était-il arrivé ? Elle mit rapidement son chapeau, prit son sac à main, et rejoignit la femme de ménage qui l'attendait assise, sous le grand cèdre.

Celle-ci la regarda de nouveau, avec curiosité et se leva.

— Nous allons prendre le métro à Righgate, et nous descendrons à Blackfriard, dit-elle à Diana.

— Est-il nécessaire de faire ce grand tour ?

— Oui, afin de dépister ceux qui pourraient nous suivre, il nous faudra près de deux heures pour arriver chez moi.

— J'espère que miss Peters n'est pas sérieusement malade ?

— Elle a reçu un choc, tout comme moi, répondit Mrs. Stores qui marchait péniblement.

II

Deux heures s'étaient écoulées, quand les deux femmes atteignirent la rue Alderney. Diana se précipita dans la petite chambre sombre où miss Peters l'attendait, et se jeta dans ses bras en pleurant. Jenny était si pâle et si changée, qu'elle devait avoir beaucoup souffert, mais ce fut elle qui, plus courageuse que Diana, consola la jeune femme, dont elle caressait tendrement les mains.

— Diana, Diana chérie, s'écriait-elle rayonnante de bonheur, Dieu soit béni, vous voilà.

— Il s'est passé des choses affreuses depuis votre départ, disait Di, la tête appuyée sur l'épaule de sa vieille amie, j'ai été horriblement inquiète de votre absence mystérieuse. Pourquoi êtes-vous partie ?

— Je vous raconterai cela plus tard... je dois commencer par le plus pressé. Savez-vous que vous courez de grands dangers ?

— Moi ?... s'exclama Diana, stupéfaite.

— Oui, vous...

Elle joignait les mains :

— D'après une conversation que j'ai surprise, ces scélérats ont l'intention d'agir rapidement, chaque instant qui passe à de l'importance. J'ai envoyé Mrs. Stores vous chercher, afin de vous recommander de vous tenir sur vos gardes... Oh ! ma chérie, si vous aviez tout avoué à Cyprian, nous n'en serions pas là ! Lady Ormsby, cette vilaine femme et sir Ulick ont tiré avantage de votre mensonge ; ils complotent de vous séparer de votre mari et de le ruiner.

Diana, immobile, écoutait, semblable à une statue de marbre.

— Ainsi Crystal est mêlée à cette affaire ?

Miss Peters poussa un profond soupir.

— Dites tout à Cyprian, avant qu'il ne soit trop tard.

— J'avais commencé ma confession la nuit dernière, répondit Diana, les yeux brillants, mais il a été obligé de me quitter avant que j'aie eu le temps de terminer. Je vois clairement le danger qui nous menace. Jenny, il nous faut agir, être clairvoyantes et dresser méthodiquement notre plan de défense. Pour le moment, vous allez revenir à Linden Lawn avec moi, et vous raconterez à Cyprian ce que vous avez appris... mais auparavant, il faut que je sorte...

Déjà elle se levait, et mettait son chapeau.

— Oh ! ne partez pas, ne partez pas... implorait miss Peters.

Mais Diana sans vouloir rien entendre, la serra dans ses bras. Une seconde plus tard, la porte battait derrière elle.

CHAPITRE XXXVII

LE RÉCIT DE DIANA

I

La nuit tombait quand Mrs. Stenhurst, complètement transformée, revint rue Alderney. C'était l'ancienne Diana, avec ses cheveux dorés, ondulant en vagues harmonieuses, et le teint clair et velouté d'une pêche. Elle était redevenue la jolie blonde d'autrefois ; miss Peters s'en montra ravie.

— Diana... s'écria-t-elle, ma petite Diana ! enfin, je vous retrouve.

La jeune femme assise sur le lit de Jenny, la fixait attentivement.

— Maintenant, dit-elle, vous allez m'expliquer pourquoi vous avez quitté la rue Redmay.

— Eh bien voilà, répondit miss Peters, j'ai été trompée cruellement par sir Ulick... et quand je pense que moi, Jenny Peters, j'ai écouté une conversation qui n'était pas pour mes oreilles !... mais laissons cela, nous avons d'autres chats à fouetter.

— Jenny ! .

Diana se penchait vers sa vieille amie :

— Je lutte en ce moment pour Cyprian et Robert, et je vais vous raconter pourquoi je suis arrivée affolée chez vous, la nuit du terrible orage.

« Vous vous rappelez que j'avais rencontré sur la route, un homme qui m'avait prêté de l'argent ? C'était Cyprian.. Un soir, dans le jardin de lady Ormsby, nous nous sommes trouvés, face à face, et il m'a reconnue. A ce moment-là, j'étais très fière de moi, parce que j'avais pu le persuader qu'il faisait erreur, et que j'étais la nièce de miss Peters : Diana Gerrard... Ce mensonge a été cause de tous nos malheurs... Je craignais tellement de détruire notre amour en avouant la vérité, que j'ai laissé passer le temps, sans avoir le courage de parler et quand je m'y suis décidé, il était trop tard.

— Vous avez toujours été obstinée, chérie.

Diana regarda le doux visage de sa vieille amie, en s'efforçant de sourire.

— J'étais venue à Londres à la suite d'une querelle particulièrement violente avec ma mère, vous savez que nous nous disputions sans cesse... A ma majorité, l'ancien notaire de mon père, me fit parvenir une lettre que celui-ci m'avait écrite avant sa mort, et dans laquelle il me demandait de lui pardonner certains faits, si jamais je venais à les apprendre. Il ajoutait qu'il était seul responsable, et, que dans aucun cas, je ne devais blâmer ma mère. Sur le point de mourir, il voyait les événements sous un autre jour que par le passé.

Diana étouffa un sanglot à ce souvenir.

— Il écrivait encore :

« Autrefois, j'étais riche, et maintenant je suis presque ruiné, je me demande si j'ai agi comme je devais le faire envers vous. Si, ce que je ne souhaite pas, vous aviez des ennuis, confiez-les à sir Rupert, qui connaît bien des choses vous concernant et que vous apprendrez plus tard. S'il venait à manquer, j'ai un autre ami susceptible de vous aider : sir Ulick Lawson... »

« L'enveloppe contenait une seconde lettre, adressée à sir Rupert, et que je devais lui remettre s'il me fallait faire appel à lui. J'ai lu et relu la lettre de papa tant de fois, que je la connais par cœur.

Miss Peters ajusta ses lunettes et resta silencieuse.

— Vous rappelez-vous ma mère ? Jenny, elle était belle, n'est-ce pas ?... et extravagante...

— Oui, dit Jenny. Très jeune, elle fut entourée d'adorateurs... il y avait là de quoi lui tourner la tête.

— Avez-vous su qu'Oscar Levinge voulait l'épouser ? C'est à propos de cet homme odieux, mais formidablement riche que nous

nous sommes querellées pour la dernière fois... Je venais de recevoir la lettre que mon père me faisait parvenir à ma majorité. La vie n'était plus supportable pour moi ; aussi possédant maintenant les adresses des deux meilleurs amis de mon père, je me rendis à Londres, dans l'intention bien déterminée de rompre définitivement avec le passé. Ma mère partit de son côté avec Oscar Levinge pour le sud de l'Afrique, et ne s'inquiéta plus de moi.

— Vous auriez dû me demander asile, Diana, observa la vieille demoiselle, sur un ton de reproche.

— J'avais écrit, en premier lieu, à sir Ulick. Ne recevant pas de réponse, je décidai alors, d'aller voir l'autre ami de mon père...

Diana fronça les sourcils.

— Il n'y a jamais eu d'intimité entre ma mère et moi, je ne lui avais donc pas parlé de cette lettre, ni de mes intentions. Avant de me rendre chez sir Rupert, je tenais à voir Mr. Hilditch. Celui-ci répondit d'une façon évasive à mes questions et ne me cacha pas, qu'il ne restait rien de la très belle fortune de mon père. Mais il refusa de me parler de sir Rupert Hendon, car, n'ayant reçu aucune instruction de ma mère à cet égard, il se croyait tenu au silence. Je l'écoutais, étonnée, et je ne devinais rien.

Diana s'arrêta, et vint s'agenouiller auprès du fauteil de miss Peters.

— Continuez, ma chérie, qu'y avait-il à deviner? questionna-t-elle, en caressant les cheveux soyeux de la jeune femme. Peut-être y a-t-il une erreur ?... Lady Palliser était si négligente en matière d'argent...

Jenny pensait à ses gages bien modestes, qui pendant de longs mois ne lui avaient jamais été payés.

— Il ne me restait donc, reprit Diana, qu'à aller voir sir Rupert et à lui remettre la lettre de mon père. Jamais je n'oublierai cette journée... La tempête faisait rage, et je me sentais si seule, si désemparée ! n'ayant même pas un toit pour m'abriter. C'est par un hasard providentiel que je ne suis pas allée, tout d'abord, aux Cloîtres. Les bureaux de Mr. Hilditch sont au bas de la Cité et le trajet jusqu'à Hampstead me parut interminable. En sortant du métro, je m'étais égarée, et je ne suis arrivée qu'à la nuit tombante à Hendon House, tremblante de froid et de fatigue.

— Vous aviez, pourtant, votre manteau de fourrure ?

— Non, car ce manteau n'était pas à moi.

— Pas à vous ?

— Je vous expliquerai cela plus tard, laissez-moi d'abord vous raconter ma visite chez sir Rupert, il est nécessaire que je n'omette rien.

Miss Peters joignit de nouveau les mains, dans une attitude attentive.

— Je sonnai donc à la porte de Hendon House, et ce fut Mant, le maître d'hôtel, qui vint m'ouvrir. Il parut stupéfait en me voyant, et il me regardait d'un air singulier comme s'il me reconnaissait... Mais dès que j'eus parlé, il parut rassuré et me fit entrer dans la grande serre, pendant qu'il allait prévenir sir Rupert... Celui-ci arriva presque aussitôt.

— Il passait pour très bon, interrompit miss Peters. C'était un grand philanthrope...

— Comme je lui exprimais mon désir de travailler, il accueillit ma demande avec beaucoup de bienveillance, et me donna sa carte avec l'adresse d'un home de jeunes filles. Quand le gong sonna pour le dîner, il m'offrit de partager son repas et j'acceptai sans hésiter... Ce fut une étrange soirée... Préoccupée par le sujet qui m'avait amenée à Hendon House, je parlais à peine et sir Rupert n'était pas plus loquace que moi... Cet homme austère, malgré sa bonté, ne se départissait pas d'une attitude glacée. Je me rends compte maintenant qu'il était effrayé. Mant nous servait sans me quitter des yeux, je ne pensais pas alors que...

Elle s'arrêta frissonnante, et essaya de reprendre le fil de son histoire.

— Après le dîner, nous nous sommes rendus dans la galerie où le café était servi.

« — Sir Rupert, dis-je alors, en prenant mon courage à deux mains, je crois que vous étiez un ami de mon père, sir Wilfred Palliser... Je ne lui avais pas encore dit mon nom.

« Oh ! Jenny... jamais je n'ai vu un changement pareil... il devint pâle comme un mort, et une flamme de colère passa dans ses yeux.

« — Votre père ?... répétait-il.

« — Oui.

« Je m'efforçais de le regarder bien en face.

« Je vous apporte une lettre qu'il vous a écrite avant de mourir.

« Il s'assit près du feu, la tête dans ses mains... après un silence qui me parut un siècle, il se leva, et prit enfin l'enveloppe que je lui tendais...

« — Je suppose que vous savez ce qu'elle contient ? me demanda-t-il d'un ton méprisant, en achevant sa lecture. On m'a menti pendant des années, on m'a fait souffrir sans remords et le plus cruellement du monde.

« — Je ne sais rien, sinon que mon père m'a conseillé de m'adresser à vous si je me trouvais dans la peine, et Mr. Hilditch, que je suis allée voir aujourd'hui, m'a appris simplement notre ruine. Quant à ma mère, elle ne m'a jamais parlé de rien.

« — Est-ce elle qui vous a envoyée ici ?... demanda-t-il en tapant sur la lettre.

— Jenny, il me semblait que c'était moi qu'il frappait. Je sentis gronder en moi une telle colère, que je l'aurais tué... Je lui ordonnai de me rendre la lettre, afin que j'en prisse connaissance... Il se mit à rire.

« — Je n'ai jamais rien vu de plus ignoble que cela, cria-t-il...

« Il me semble entendre encore son rire cruel...

« — Votre mère a dû vous renseigner... Mais j'ai conservé quelque chose qui vous appartient et que je vais vous donner...

« J'attendis, me demandant pourquoi il me traitait si durement. Que ma mère lui avait-elle fait ?... Devais-je partir, ou rester ? Dans ma terreur, je priais Dieu de m'aider, et je restais près du feu, en tremblant comme une feuille.

— Pauvre petite chérie, murmura tristement miss Peters, comment a-t-il pu être si méchant ?...

— Soudain, un bruit léger me fit lever la tête : une jeune fille se tenait debout à l'extrémité de la galerie... Elle paraissait de mon âge et portait un manteau de fourrure grise, sur le col duquel était épinglée une orchidée rouge. Je fus immédiatement frappée de notre ressemblance et je pense qu'elle eut la même impression que moi, car elle me contemplait avec stupeur ; elle s'avançait d'un pas glissant, sans me quitter des yeux.

« — Que se passe-t-il ? demanda-t-elle.

« Je lui répondis que je n'en savais rien...

« — Il vous enverra à la Protection de la Jeune Fille, déclara-t-elle, je connais la maison, c'est une espèce de couvent !... Je ne vous conseille pas d'y aller.

« — Mais où irais-je ?...

« L'inconnue se rapprocha de moi, et murmura :

« — J'étais cachée dans la serre... je vais partir. Où a-t-il été ?

« — Je l'ignore, lui répondis-je.

« — Alors dépêchez-vous de prendre vos affaires, et partons. Je vous attendrai devant la porte.

« Elle commençait à m'impressionner, Jenny, et je me sentais si seule et si triste, que l'idée de me savoir attendue par quelqu'un fut presque un réconfort pour moi... Je la pris par le bras, la suppliant de ne pas partir encore, de ne pas me quitter... mais elle marmonna quelque chose au sujet de Mant, j'ai cru comprendre qu'il la tuerait s'il la trouvait encore là...

Diana rejeta la tête en arrière d'un air accablé. Le récit de son aventure était plus pénible qu'elle ne l'avait pensé, et elle dut faire appel à toute son énergie pour le continuer :

— Je ne pus arriver à la retenir... elle s'en alla, après m'avoir dit qu'elle avait entendu sir Rupert ordonner à Mant de l'accompagner dans la bibliothèque, pour l'aider à prendre le coffret contenant les émeraudes des Lifton... Je devais la retrouver dans le jardin, dès que sir Rupert serait revenu dans la galerie... Je l'écoutais à peine, tant ces émeraudes m'intéressaient peu... Enfin, au bout de dix minutes, sir Rupert rentra dans la pièce, le visage décomposé et plus furieux encore que précédemment. Il prit des mains du maître d'hôtel, le coffret à bijoux, et le déposa sur une petite table, puis il s'assit en face de moi.

« — Voyons, que savez-vous ? demanda-t-il brusquement.

« — Je vous l'ai dit, je ne sais rien... Je regrette maintenant, d'être venue ici, et de vous avoir donné cette lettre de mon père.

« — Vous voyez ces bijoux, fit-il en

ouvrant le coffret. Votre mère s'est vendue pour ces émeraudes.

« Jenny, je ne pus supporter de l'entendre parler ainsi. Je perdis positivement la tête et l'accusai d'être un menteur, de trahir la confiance que son ami avait mise en lui. Folle de rage, je saisis les pierreries qui étaient sur la table, et je les jetai sur le tapis... Tenant toujours à la main la lettre de mon père, il me regardait faire avec une expression cruelle.

« — Si vous connaissiez la vérité, dit-il enfin, je me demande si vous en seriez contrariée ou contente...

« — Quelle est la vérité ? demandai-je un peu honteuse de mon geste.

« — La voici... Votre mère m'a épousé, il y a vingt-deux ans, et elle est encore légalement ma femme... Je suis votre père...

— Mon père était donc cet homme dur et cruel et non pas l'être bon et charmant qui avait entouré mon enfance d'affection et de soins... Je sentais que je le détestais, et je le lui criai de toutes les forces de ma haine... Jenny, je vous jure que je me suis à peine rendu compte de ce qui se passait, ajouta-t-elle d'une voix brisée par l'émotion. Mais je me rappelle qu'il s'avança vers moi, et que je le repoussai violemment. Il chancela et s'abattit sur le divan, pâle comme un mort et le nez pincé... L'avais-je tué ?... Prise d'une terreur folle, à cette pensée, je me précipitai dans la galerie et descendis l'escalier en courant... Quand je fus arrivée dans le vestibule, j'entendis une sonnerie ininterrompue, ce devait être sir Rupert appelant au secours.

— J'ouvris alors la porte d'entrée, et m'élançai dans la nuit...

CHAPITRE XXXVIII

UNE NUIT D'ORAGE

I

Les yeux agrandis par l'effroi, miss Peters regardait Diana.

— Diana... murmura-t-elle, terrorisée.

— Que pensez-vous de cela ?... Jenny... demanda la jeune femme, en fixant sa vieille amie. Jusqu'alors, je croyais à l'honneur, à la loyauté, et je venais d'avoir la révélation du contraire, tout s'écroulait devant moi... Je n'avais plus confiance en personne, tout le monde m'avait menti : ma mère, et même mon père bien-aimé !... J'étais hors de moi, je haïssais ce méchant homme qui se prétendait mon véritable père... En arrivant près de la grille du jardin, je pensai soudain à l'inconnue qui devait m'attendre devant le perron, mais elle n'y était pas... Comme les autres, elle avait menti.

« Il pleuvait à torrents et, sans manteau ni chapeau, je grelottais... Oh ! Jenny... toutes les fois que j'entends le vent souffler en rafales, et la pluie fouetter contre les vitres de Linden Lawn, il me semble revivre cette nuit tragique. Ce sont ces souvenirs si douloureux qui m'ont enlevé le courage de parler...

— Vous auriez quand même dû vous confier à quelqu'un... Votre vieille amie, ma chérie, excuse cependant votre silence...

— J'étais si désespérée... — Diana s'agenouilla aux pieds de miss Peters — que j'ai voulu me jeter à l'eau. Ne sachant où aller, je courais devant moi. Finalement, à bout de souffle et sur le point de m'évanouir, je me laissai tomber sur un banc. Bientôt, une horloge lointaine sonna minuit... Je me levai, glacée, et complètement trempée. Une maison en construction se dressait non loin de là ; peut-être y trouverais-je un refuge contre la tempête jusqu'au lendemain matin ?... J'y courus. Elle était presque achevée, et me parut plus confortable que je ne l'avais cru tout d'abord. Je grimpai dans l'obscurité un petit escalier conduisant au premier étage, afin de mieux me cacher, et ayant ouvert une porte au hasard, je m'avançai dans la pièce, lorsqu'un obstacle me fit trébucher.

— Qu'était-ce, Diana ? demanda miss Peters, de plus en plus angoissée.

— Vous le saurez bientôt. Folle de terreur, je me précipitai à la fenêtre pour ouvrir les volets. La clarté intermittente de la lune me permit de distinguer une femme étendue sur le parquet. J'avais des allumettes dans mon sac, j'en frottai une, et je reconnus la personne avec qui j'avais parlé à Hendon House. Elle dormait profondément, comme si elle était sous l'influence d'un narcotique.

Diana se rapprocha de son amie :

— En la regardant plus attentivement, je constatai de nouveau qu'elle me ressemblait. Comme moi, elle était trempée, et gisait là, misérable et abandonnée... Je la contemplai, sans pouvoir lui porter secours...

Diana s'arrêta un instant. Quand elle reprit son récit, sa voix tremblait.

— La terreur de ce qui pourrait arriver, me donna un regain d'énergie... Il me fallait, à tout prix, quitter cette maison et cette mystérieuse inconnue... Bien souvent depuis, en pensant à cette nuit de cauchemar, je me suis dit que j'avais agi sans réflexion... je n'aurais pas dû abandonner cette jeune fille qui, après son réveil, plus ou moins tardif, aurait pu m'aider : elle connaissait la vie..., son attitude et ce qu'elle m'avait dit à Hendon House, me laissaient croire que c'était une femme décidée et hardie... Mais ce sommeil léthargique, qui me donnait l'impression de me trouver en face d'une morte, me terrorisait. Voyez, je vous dis tout ce que j'ai ressenti... déclara Diana d'une voix qui trahissait son émotion.

— Je décidai donc de partir, mais je n'avais ni manteau, ni chapeau, et la tempête redoublait de violence... J'ouvris mon sac, il me restait encore cinq livres sterling, toute ma fortune... Avec cet argent, l'inconnue pourrait facilement s'acheter un manteau plus élégant que le sien. Ayant glissé dans son sac mes billets de banque, je lui enlevai son manteau, ainsi que son chapeau. Elle fit un mouvement, et murmura quelques mots inintelligibles, dont je ne compris qu'un seul : « Jim », et elle retomba endormie. Après avoir enfilé le manteau, je m'approchai machinalement de la fenêtre, et j'aperçus une ombre qui courait sous la tempête. Je pouvais à peine la distinguer, mais le bruit de ses pas se rapprochait de plus en plus... Perdant la tête, et après avoir fermé précipitamment la fenêtre, je m'enfuis de la pièce, sans penser à prendre mon sac... Peut-être, me disais-je, aurai-je le temps de sortir avant d'être découverte... Mais, déjà, j'entendais l'inconnu frapper ses pieds pour se débarrasser de la boue ; je me glissai rapidement dans une des pièces du rez-de-chaussée.

« Heureusement pour moi, il entra dans la chambre opposée à celle où je me trouvais. Dissimulée derrière la porte, je tremblais de tous mes membres, Il ne me restait plus qu'à attendre dans ma cachette la fin de l'orage ; à ce moment, l'inconnu sortirait sûrement de la maison vide. Je commençais à reprendre mon sang-froid, lorsque j'entendis bouger. Un rayon de lumière filtra sous la porte, et... Jenny, j'ai failli m'évanouir... l'inconnu pénétra dans la chambre où j'étais.

— Ma chérie, ma pauvre chérie, disait Jenny en essuyant ses larmes, pourquoi m'avez-vous caché si longtemps cette douloureuse histoire ?

— Une fois entré, il me parla... C'était Cyprian. Dès lors, tout changea. Il me témoigna une grande bonté et m'offrit de me ramener à Londres, mais j'étais si désemparée que je ne savais où aller... Tandis que nous traversions le plateau de Heath, un taxi attardé passa, j'y montai... vous savez le reste.

La journée était déjà avancée quand Diana, ayant terminé son récit, Mrs Stores vint annoncer que le thé était prêt

. . . .

Les deux amies passèrent dans la petite salle à manger de l'ancienne femme de ménage.

— Mistress Stores, demanda brusquement Diana, en fixant la grosse femme, où est votre fille ?... Si vous le savez, par pitié pour moi, dites-le nous... Vous êtes au courant de ce qui est arrivé à miss Peters, d'autres dangers plus graves la menacent peut-être encore... Quant à moi, ma vie dépend de ce qui arrivera ce soir, car nous devons agir pour déjouer le complot tramé contre nous...

II

Mrs. Stores était devenue encore plus mystérieuse que d'habitude depuis qu'en ouvrant sa porte elle s'était trouvée en face de sa fille. Toutes deux étaient descendues dans la rue, et dès le premier mot, Pansy lui avait recommandé de ne pas parler de sa visite. Elle avait l'air tourmentée :

— Mère, ne me renvoyez pas, je suis affreusement inquiète, dit-elle d'une voix suppliante.

— Encore des ennuis !... fit Mrs. Stores, en haussant les épaules, je n'ai jamais eu que ça.

— J'ai peur, répliqua la jeune fille fébrilement, mais tout d'abord, je dois vous annoncer mon prochain mariage.

— Avec Jim Mant ?...

— Oh ! non, avec Mr Bannister, et c'est cette raison qui m'amène.

— Tes ennuis viennent-ils de lui ?

— Au contraire, mais j'ai fait quelque chose de mal : Je me suis présentée comme étant une jeune fille de la société, et mon fiancé ne se doute pas que j'ai menti... Je viens donc vous demander de ne pas me trahir.

— Ainsi donc, Pansy, répondit Mrs. Stores furieuse, tu as honte de moi ?...

— C'est faux... — malgré son élégante toilette, elle paraissait affreusement lasse, et ses traits étaient tirés — mais je suis entre les mains de sir Ulick, qui peut faire de moi ce qu'il veut... Il me menace sans cesse, car il sait que j'ai volé la fameuse émeraude des Lifton... Mant m'a vendue, et maintenant je ne crois plus en personne... Mère, bien que je n'aie pas toujours été pour vous ce que j'aurais dû être, je vous supplie de m'aider.

— Pansy, interrogea Mrs. Stores, les yeux pleins de larmes, s'agit-il d'un scandale mondain ?

— C'est beaucoup plus grave. Sans connaître les projets de sir Ulick, je me suis engagée sous la foi du serment à lui obéir. Il m'a obligée à mentir et maintenant, il est trop tard pour revenir en arrière : c'est lui qui m'envoie pour obtenir votre promesse de ne jamais dévoiler à personne que je suis votre fille. Jurez-le moi, sinon je suis perdue.

Comment Mrs. Stores aurait-elle pu refuser ?... Abasourdie par ces révélations, auxquelles elle ne comprenait pas grand'chose, elle promit ce que lui demandait sa fille. Pansy l'embrassa et disparut, tandis que sa mère la regardait partir, le cœur serré.

Tant que Pansy avait été là, il lui avait semblé facile de promettre le secret, mais maintenant, elle se demandait si elle n'avait pas eu tort.

Tout d'abord, il lui faudrait renier sa fille, cela lui coûterait beaucoup... et d'ailleurs, elle n'avait pas la moindre idée du motif pour lequel celle-ci lui avait demandé d'agir ainsi.

Pansy avait l'intention de se marier dans un milieu supérieur au sien, c'était très bien, mais après tout, se disait-elle, si, sachant qui elle est, master Bannister ne l'épouse pas, elle s'en consolera...

En rentrant chez elle, décidée à ne pas parler de la visite de Pansy, elle avait déclaré à miss Peters qu'une vieille amie était venue la voir.

Mais, en cet instant, les paroles de sa fille la hantaient... tandis qu'assise devant la table à thé, Diana la suppliait de lui venir en aide. Enfin elle se leva, et se dirigeant à pas lourds vers le portemanteau, elle en décrocha la fourrure, et la tendant à Diana d'un air bourru :

— Tenez, voici le manteau, miss Gerrard, dit-elle. Prenez-le, je m'en lave les mains...

CHAPITRE XXXIX

UN VÉRITABLE AMI

I

Quand Cyprian annonça que Diana avait quitté Linden Lawn en laissant un mot pour lui, sir Ulick parut stupéfait ; vraiment la Providence secondait ses desseins...

En réalité, il avait l'intention de ne réaliser ses projets que dans quelques jours, mais les choses se présentaient si bien, que tout se terminerait peut-être plus tôt qu'il ne le pensait.

— Dans ces conditions, mon cher Cyprian,

nous n'avons rien de mieux à faire, que de nous rendre le plus rapidement possible à Linden Lawn, afin que vous puissiez prendre connaissance de la lettre de votre femme, et voir ce qu'il en est.

L'attitude de sir Ulick était si singulière, que l'angoisse de Cyprian ne fit qu'augmenter... Son ami paraissait trouver tout naturel ce brusque départ de Diana. Soudain, il revit le portefeuille de Mant, et la photographie qu'il contenait :

Il ne savait plus que penser, le mystère s'obscurcissait de plus en plus.

— Pourquoi ne déjeuneriez-vous pas avec moi ? demanda gaiement sir Ulick, nous irions ensuite tous deux à Linden Lawn ; peut-être votre femme sera-t-elle rentrée.

— Mais il paraît que cette lettre est urgente.

Sir Ulick se rassit sans répondre, en caressant la tête de son chien.

— Les bêtes, déclara-t-il pensivement, ont une qualité que l'on trouve rarement chez les humains : mon vieux Black a suivi mes fortunes diverses pendant des années ; une femme ne l'aurait sans doute pas fait.

— Diana en serait certainement capable, répondit Cyprian d'un ton brusque.

— J'en suis persuadé, acquiesça courtoisement sir Ulick, et vous êtes certainement l'homme le plus heureux que je connaisse. Mais vous savez que je suis cynique, cela tient probablement à ce que je vois clair dans la vie.

— Pour l'amour du ciel, pas de sermon, Lawson, s'écria Cyprian irrité. Je tiens à garder mes illusions, quoi qu'il arrive...

— Eh bien, partons, puisque vous êtes si pressé. Vous avez passé une sale matinée, et Mrs. Stenhurst doit être bouleversée par la tragique fin de Mant.

Il se tourna vers un domestique qui venait d'entrer.

— Voulez-vous commander la voiture, Wilton, je suis pressé, je ne rentrerai probablement que fort tard.

— Je ne voudrais pas vous déranger, objecta Cyprian, vous devez avoir autre chose à faire.

— Mon cher Cyprian, quand mes amis ont besoin de moi, je les fais passer avant mes affaires, répondit sir Ulick sur un ton d'aimable reproche, j'espère que vous n'en doutez pas...

D'un mouvement impulsif, Cyprian se tourna vers lui.

— Vous êtes trop bon pour moi, Lawson, dit-il, je suis affreusement tourmenté en ce moment, et je ne sais plus ce que je dis. Pardonnez-moi mon irritation de tout à l'heure.

— Vous êtes fou, mon cher ami, je sais que vous avez besoin d'aide en ce moment, c'est pourquoi je vous accompagne.

II

La lettre de Diana tranquillisa Cyprian, mais il fut surpris de la façon silencieuse dont sir Ulick en accueillit la lecture. A partir de ce moment, sa gaieté sembla envolée et pendant tout le déjeuner, il ne se dérida pas une fois. C'était tellement contraire à ses habitudes, que Cyprian commença à s'inquiéter de l'humeur sombre de son ami.

— Vous paraissez préoccupé, Lawson, lui dit le jeune homme quand ils furent installés dans la serre pour prendre le café. A quoi pensez-vous ?

— A Mant, répondit-il d'une voix rude. M'avez-vous réellement tout dit à son sujet ?

— Oui, tout ce qui le concerne, répondit Cyprian méfiant.

Sir Ulick alluma un cigare.

— Il y a certains moments dans la vie, où on ne sait quelle décision prendre... remarqua-t-il pensivement. A-t-on le droit de détruire les illusions des gens heureux ? Je me demande, si je ne ferais pas mieux de vous quitter, sans vous avoir avoué une chose importante, que vous ignorez.

— Que voulez-vous dire ? interrogea Cyprian, sans bouger, mais le cœur serré par une douloureuse angoisse.

Sir Ulick croisa les jambes.

— J'ai par hasard surpris un secret concernant votre femme, commença-t-il.

Ces paroles semblèrent soudain transformer l'atmosphère de la pièce. Un silence glacial suivit, puis Lawson reprit :

— Maintenant que j'ai commencé, il me faut continuer, au risque de perdre votre amitié.

— Si vous êtes venu ici pour me raconter des histoires sur ma femme, vous pouvez garder pour vous vos mensonges, répliqua Cyprian furieux, je n'aime pas les potins, en général, et encore moins quand il s'agit de Diana.

— Calmez-vous, Cyprian, vous parlez comme tout bon mari doit le faire. Ce que j'ai à vous raconter n'est que l'exacte vérité, et je n'ai nullement l'intention de calomnier votre femme... Dans la lettre que vous venez de me lire, ne dit-elle pas qu'elle est partie avec Mrs. Stores ?...

Cyprian, impressionné par le calme et l'amabilité dont ne s'était pas départi sir Ulick se radoucit, mais il n'en restait pas moins fort inquiet.

— Mrs. Stores n'a rien à voir dans l'affaire.

— Je vais vous montrer, qu'au contraire, elle y joue un rôle important... Vous savez que votre femme me déteste.

— En effet, répondit Cyprian à contre cœur, elle n'est pas bien disposée à votre égard.

— Pourquoi ?

— Elle ne me l'a jamais dit.

Sir Ulick se pencha en avant, et fixa attentivement Cyprian.

— En voici la raison, dit-il, elle sait que je connais son secret... Je m'empresse d'ajouter qu'il n'y a rien de déshonorant dans la conduite de Mrs. Stenhurst. Il ne s'agit, après tout, que d'une ruse féminine... toutes les femmes en font autant.

— Voyons, Lawson, expliquez-vous.

— Vous vous rappelez le soir où j'ai dîné ici et où je vous ai montré une émeraude ?... Pendant que vous étiez sorti pour comparer la pierre que j'avais apportée, avec celle décrite dans la liste de vos bijoux, j'ai abattu mon jeu.

— Je m'en souviens, dit Cyprian dont le visage se décomposait.

C'était la nuit où Diana l'avait supplié de défendre l'entrée de Linden Lawn à son ami.

— Il y a deux autres personnes, poursuivit celui-ci au courant du secret de Mrs. Stenhurst : Mant et Diana Palliser. Vous n'ignorez pas qu'elle les déteste également.

Cyprian regardait son hôte. Il ne pouvait nier l'exactitude de ses assertions, mais sa colère contre lui augmentait de minute en minute... Où voulait-il en venir.

— Si ma femme a quelque chose à m'avouer, ce sera par elle que je l'apprendrai, et non par vous... en tout cas, je ne veux rien entendre avant son retour. Devant elle, vous pourrez dire ce que vous voudrez mais je ne la discuterai pas en son absence. Ce serait lâche de ma part.

— Je partage tout à fait votre avis, mon cher Cyprian, et je vous assure que la tâche que j'ai entreprise m'est profondément pénible. Je ne vous aurais du reste rien dit si je ne savais que Mrs. Stenhurst ne reviendra probablement jamais...

Cyprian se leva brusquement.

— Que dites-vous, Lawson ?

— Voyons, calmez-vous, et attendez de savoir ce que j'ai à vous apprendre, vous pourrez alors agir en toute connaissance de cause, et découvrir, peut-être où elle est.

— D'après sa lettre, elle doit être chez miss Peters.

— C'est du moins ce qu'elle vous a écrit... répondit froidement sir Ulick, et vous croyez probablement que miss Peters est sa tante ?

— La nuit dernière, elle m'a raconté toute son histoire, dit Cyprian les coudes appuyés sur la table. C'est sans doute, celle que vous connaissez...

— Vous a-t-elle parlé de Mrs. Stores ?

— Non, fit Cyprian étonné, je ne peux vous répéter ce qu'elle m'a dit, cela ne regarde qu'elle et moi. Je suis désolé, Lawson, d'être malhonnête, mais je vous prie de ne plus me parler de Diana.

— Je continuerai, cependant.

Les yeux de sir Ulick avaient pris une expression implacable.

— Vous ferez ce qu'il vous plaira, quand vous m'aurez entendu, mais je tiens à vous dire tout ce que j'ai sur le cœur.

— Eh bien, parlez, dit Cyprian qui ne pouvait dissimuler sa colère, mais vous en supporterez les conséquences.

— Vous prétendez que votre femme vous a raconté tout son passé, c'est faux, si elle ne vous a pas parlé de Mrs. Stores... Mon bon ami, vous avez cru épouser Diana Gerrard, il n'en est rien...

— Je le sais, elle me l'a dit...

— Diana Palliser l'a reconnue la première fois qu'elle l'a vue, malgré la transformation qu'elle avait subie, mais elle a gardé le silence.

Cyprian fixa durement son interlocuteur, sans répondre.

— Vous vous rappelez, je suppose, votre première rencontre avec miss Palliser?... Vous vous souvenez aussi que Mrs. Stenhurst a refusé de la recevoir?...

Cyprian se leva et se mit à se promener de long en large dans la serre... Le silence devenait oppressant... enfin, se rapprochant de la table devant laquelle sir Ulick était assis :

— Allez, continuez...

— Je crains d'avoir à vous faire de la peine...

Ses yeux d'acier ne quittaient pas le jeune homme.

— Il est nécessaire que vous appreniez toute la vérité : Mrs. Stores m'a tout raconté, et miss Palliser peut certifier de la véracité des déclarations de la femme de ménage... Je les ai, du reste, contrôlées moi-même... Miss Palliser avait surpris une querelle entre la jeune inconnue et sir Rupert, la nuit de la mort de votre cousin.

— Alors?...

Cyprian s'assit dans une pose accablée.

— Mrs. Stores a une fille : Pansy...

— Je la connais... C'est moi qui l'ai découverte dans la maison vide le soir de l'orage, depuis elle a disparu...

— Elle n'est pas allée bien loin... Elle s'était simplement réfugiée rue Redmay, chez miss Peters, dont la mère faisait le ménage, et qui connaissait la jeune fille depuis son enfance. Miss Peters, la bonté même, sachant que l'enfant était malheureuse chez Mrs. Stores, et attirée par son joli visage et ses boucles blondes, s'est toujours occupée d'elle.

Sans mot dire, Cyprian, d'une main qui tremblait, alluma une cigarette.

— La nuit de cet affreux orage fut dramatique pour Pansy Stores, continua lentement sir Ulick, en détachant ses mots. Elle était fiancée à Mant, mais celui-ci, un véritable sauteur, se fatigua bien vite de cette enfant très au-dessus de sa position. Rappelez-vous qu'elle avait été élevée par miss Peters. Elle était venue chez sir Rupert, ce soir-là, pour lui demander d'intervenir auprès de Mant, afin de l'obliger à tenir sa promesse. Elle portait un manteau de fourrure grise, celui que Mrs. Stores a trouvé, peu après, pendu dans le vestibule de la rue Rednay.

— Que signifie cette histoire diabolique? s'écria Cyprian.

CHAPITRE XL

LE TRAITRE

I

— Prenez patience, vous allez bientôt comprendre... Donc, après sa courte halte chez miss Peters, Pansy Stores disparut complètement... C'est alors que sa mère vint vous voir au sujet de la rente que vous deviez lui servir, et on peut dire qu'à partir de cet instant, Pansy cessa d'exister. Mrs Stores m'a montré les lettres et les photographies que sa fille avait échangées avec Mant, et d'autres preuves de ce que j'avance...

Sir Ulick déposa son cigare.

— Je ne retrouvai les traces de Pansy Stores qu'un peu plus tard, lorsque mon amie, Crystal Ormsby, m'écrivit pour m'annonçer qu'elle venait de prendre comme secrétaire miss Gerrard, une charmante jeune fille, avec des yeux de blonde sous une chevelure d'ébène et un teint bronzé. Miss Gerrard avait donné comme référence sa tante, miss Peters, et quelque temps après mon entrée à Dial House, elle avait raconté son passé à lady Ormsby, sous le sceau du secret; je n'ai pas besoin de vous dire que jamais elle n'a parlé de sa mère.

— Lawson!...

Cyprian frappait de son poing, la table devant laquelle il était assis.

— Je ne crois pas un mot de tout cela. D'après vous, ma femme serait la personne que j'ai trouvée endormie dans la maison vide, et elle aurait pour mère la vieille femme qui est venue ici pour parler du manteau de fourrure?... C'est fou... je ne l'admettrai jamais.

— Je savais, mon pauvre Cyprian, que je vous ferais de la peine, reprit sir Ulick gentiment, cependant, il faut m'écouter jusqu'au bout. Vous êtes allé à Dial House, et là, vous avez rencontré la soi-disant miss Gerrard... Vous en êtes devenu amoureux, et elle a répondu à votre flamme... Ne vous a-t-elle pas dit, alors, qu'il existait dans son passé quelque chose dont elle ne désirait pas parler?... Est-ce vrai, oui ou non?...

— C'est vrai, répondit douloureusement le malheureux garçon.

— Rappelez-vous donc, et c'est tout en sa faveur, qu'à ce moment, elle vous croyait un petit employé sans fortune, et qu'elle vous a épousé uniquement par amour... Ne lui avez-vous pas menti, vous aussi, en lui cachant votre situation? Cela a dû être un coup terrible pour elle, quand elle a connu la vérité?...

Cyprian demeura silencieux : de nouveau, le passé surgissait devant lui, il revoyait le visage livide de Diana tandis qu'il la transportait dans sa chambre, le jour de leur arrivée à Linden Lawn, l'expression étonnée de Mant... et sa femme le suppliant de ne pas garder le maître d'hôtel. Il lui semblait que les murs d'une prison se refermaient sur lui, une terreur sans nom l'étreignait. Que ferait-il si cet affreux récit était véridique?...

— Je sais qu'elle a fait bonne figure, continua sir Ulick. Mais déjà le jour de votre mariage, le destin travaillait contre elle... Diana Palliser, qui avait été à l'étranger, revint en Angleterre à la même époque. Se trouvant, par hasard, à Spenders Green, à son grand étonnement elle reconnut en vous l'homme qu'elle avait rencontré dans la maison vide. Elle m'a avoué que sa curiosité l'avait entraînée au mariage de son « Don Quichotte » pour voir qui il épousait... Vous vous imaginez sa stupeur, en retrouvant sous les traits de la jeune mariée, la personne qu'elle avait vue à Hendon House, le soir où elle avait dîné avec sir Rupert.

— Pourquoi Diana Palliser se croit-elle autorisée à se mêler de mes affaires? demanda Cyprian furieux, en quoi cela la regarde-t-il?

— Vous désirez le savoir? demanda sir Ulick d'un air railleur. C'est tout bonnement parce que Diana Palliser est la fille de sir Rupert.

II

— Diana Palliser, la fille de sir Rupert!... répétait machinalement Cyprian, oubliant sa propre détresse devant l'importance de la déclaration de sir Ulick. S'il en est ainsi, je n'ai plus le droit de rester ici.

— Attendez Cyprian, n'exagérez rien. Sir Rupert vous a laissé toute sa fortune, en dehors de la somme faisant l'objet de sa recommandation verbale à Mant avant de mourir, recommandation à laquelle vous, vous êtes d'ailleurs généreusement conformé, d'après ce que je sais. Rien ne vous obligeait, légalement, envers miss Palliser... Avant cette fameuse nuit, elle ignorait que sir Rupert fût son père, et ce n'est sûrement pas pour obtenir quelque chose de plus qu'elle m'a raconté cela. Vous faites une grave erreur en la considérant comme une intrigante... Il m'a paru que vous préfériez savoir exactement à quoi vous en tenir...

— Que je préférais savoir... répéta Cyprian, en enfonçant les mains dans ses poches, mais si, connaissant la vérité, je profitais de la générosité de cette jeune fille, je serais un malhonnête homme... — il recommença à marcher de long en large dans la serre — évidemment c'est un coup dur, mais l'argent est bien peu de chose en comparaison du reste, tout cela est si inattendu que je ne le prends pas aussi calmement que je devrais... Mon Dieu, aidez-moi... suppliait-il, rien ne compte pour moi en dehors de Diana. Au fait, quelle importance cela a-t-il qu'elle soit la fille de Mrs. Stores?

« Tout ceci est très bien, Lawson, reprit-il, mais il me faut une preuve irréfutable de ce que vous avancez au sujet de Diana et de miss Palliser. Comment peut-on l'établir?...

Sir Ulick s'appuya à la table, semblant réfléchir.

— Il est difficile de le dire, car nous ne savons pas l'attitude que prendra Mrs. Stenhurst... Peut-être voudra-t-elle se défendre?

— Je suis sûr qu'elle ne me cachera rien, répondit Cyprian, indigné.

— Eh bien, moi, je suis persuadé, au contraire, qu'elle luttera jusqu'au bout, et qu'elle persistera dans sa dissimulation. Essayez donc de lui faire avouer sa véritable origine.

— Ce n'est pas tout, poursuivit Cyprian gravement, il reste à régler cette question des droits de Diana Palliser sur l'héritage de sir Rupert. A-t-elle la preuve qu'elle est sa fille?

— Tenez, répondit sir Ulick, en tirant de sa poche la lettre que Diana avait apportée à sir Rupert, le soir de sa visite à Hendon House, et en la déposant sur la table.

« Cette lettre est écrite par sir Wilfred Palliser, pour être remise à sa fille adoptive le jour de sa majorité. En voici une deuxième que Diana devait remettre à sir Rupert, et qui ne pouvait laisser à votre cousin, aucun doute sur sa paternité. Je sais que vous pourriez discuter la chose, et contester la sincérité de sir Wilfred. Aussi pour établir, sans discussion possible, l'identité de la jeune fille que vous avez rencontrée dans la maison vide, je vous ai apporté un document dont l'authenticité ne saurait être mise en doute : il existe encore d'autres lettres, écrites par sir Wilfred à sir Rupert. Comment étaient-elles en possession de Mant?... Pas très honnêtement je le crains; en tout cas il les a données à Mrs. Stores. Tous deux jouent une grosse partie... et si Mant n'était pas mort, vous seriez sans doute menacé d'un fameux chantage.

Cyprian prit les lettres et les lut lentement.

— Je vous répète encore, assura Lawson, que miss Palliser ne réclame rien, et qu'elle ne manifeste aucun désir. Le voudrait-elle, que ce serait inutile, car elle n'a aucun droit légal à la fortune de sir Rupert.

— Je me fiche pas mal qu'elle n'y ait pas droit... Me prenez-vous donc pour un voleur? Lawson... La fille de sir Rupert doit, de par les lois divines et humaines, hériter de lui. Dieu merci, je ne suis pas la canaille que vous pensez...

— Ne vous emballez pas, Cyprian, fit sir Ulick en posant sa main sur l'épaule du jeune homme. Rappelez-vous que vous avez femme et enfant et que vous ne devez pas abandonner cet héritage.

— Puisqu'il ne m'appartient pas, s'écria Cyprian, au comble de la fureur, en repoussant la main de son hôte. Quant à Diana, elle ne l'accepterait pas plus que moi... En se mariant, elle croyait épouser un pauvre diable, ce qui indique bien qu'elle ne tient pas à l'argent. Vous pensez probablement que je crains la lutte, eh bien, je ne serais que trop heureux de travailler pour Diana et Robert... En tout cas, — il regardait bien en face son interlocuteur, — jamais je ne prendrai ce qui ne m'appartient pas, je verrai le notaire à ce sujet, et tout s'arrangera...

Son optimisme lui revenait peu à peu.

— Vous devriez téléphoner à miss Palliser pour lui demander de venir ici... Je le ferai pour vous si vous le voulez bien.

Une fois sorti de la serre aux parfums grisants, sir Ulick se mit à réfléchir :

Il avait cru que miss Peters se trouvait encore en lieu sûr, chez la belle Crystal, et la démarche de Mrs. Stores, envoyée comme émissaire par la vieille demoiselle, pour chercher Diana, l'effrayait singulièrement... Pour réussir, il ne fallait plus perdre un instant... Le récit qu'il venait de faire n'avait pas impressionné Cyprian autant qu'il l'avait espéré et celui-ci était si amoureux de sa femme, qu'il était prêt à tout lui pardonner, même son ancienne liaison avec Mant...

Sir Ulick en ressentait un certain mépris pour le jeune homme, mais il était obligé de reconnaître que, malgré son opinion personnelle à ce sujet, l'amour est le facteur important dans la vie d'un homme... Il se trouvait en face d'une nature exceptionnellement droite, qui, non seulement restait fidèle envers et contre tout à son amour, mais qui était prête à renoncer, sans une minute d'hésitation, à sa formidable fortune, pour une simple question d'honneur. Ce geste donnait une valeur encore plus grande, à la formidable partie que jouait sir Ulick, et le président du Baccarat Club se jurait bien qu'aucune femme au monde, pas plus Jenny Peters que Diana Stenhurst, ne l'empêcherait de réussir cette colossale affaire. A l'encontre de la plupart des malfaiteurs qui ne connaissent que la violence, le vol ou le meurtre, sir Ulick Lawson mettait la psychologie au service du crime.

Ainsi pensait-il en se rendant au téléphone, lui seul restait à l'abri de tout soupçon, et dirigeait le cours des événements...

Il décrocha le récepteur, et demanda la communication avec « Casa Carissima ».

CHAPITRE XLI

LA DAME DE LA NUIT

I

Quand il rejoignit Cyprian, sir Ulick paraissait contrarié :

— Miss Palliser est sortie avec Mrs. Bannister, avait répondu la femme de chambre, et ne sera pas de retour avant la fin de l'après-midi.

Ainsi donc, la jeune fille avait enfreint ses ordres, et sir Ulick en était fort mécontent.

— J'ai un rendez-vous d'affaires à Londres, dit-il à Cyprian, je dois vous quitter, mais je reviendrai dans la soirée, si vous voulez bien de moi pour dîner.

Cyprian accepta la proposition avec indifférence. Plus rien ne l'intéressait... Il n'avait qu'un désir, rester seul jusqu'au retour de Diana, pour réfléchir à tout ce qu'il avait appris dans cette pénible journée.

Tout en se promenant nerveusement dans la serre, il se rappelait ce que Diana lui avait dit, à propos du faux nom qu'elle s'était approprié ; elle lui avait avoué également qu'elle n'était pas la nièce de Jenny Peters, et n'avait pas caché son aversion pour les trois personnes soi-disant au courant de son passé : sir Ulick, Mant et miss Palliser. Le récit de Lawson, corroborait celui de Diana.

L'identité de Diana Palliser semblait indiscutable, elle était, sans aucun doute, la jeune fille qu'il avait rencontrée dans la maison vide, et cependant, il y avait dans sa voix, dans ses gestes, quelque chose d'indéfinissable qui différait du souvenir qu'il en avait gardé. Mais comme il ne l'avait vue qu'une fois, dans une demi-obscurité, cela n'avait rien d'étonnant. Depuis la fameuse nuit, il y avait souvent pensé, l'entourant dans ses rêves, d'une auréole romanesque, et elle avait été son idéal, jusqu'au jour où il avait rencontré Di. La véritable Diana l'avait donc forcément désillusionné, quand il l'avait revue de plus près et dans d'autres circonstances... Cela, du reste, importait peu.

Il essayait de rassembler ses souvenirs sur celle qu'il savait maintenant être la fille de sir Rupert. Il se rappelait le malaise et la crainte qu'elle avait témoignés au moment où il l'avait découverte dans la petite maison, son silence étrange quand il aurait été si naturel qu'elle dit son nom, sa fuite... et tout cet enchevêtrement d'événements qui avaient réuni Mrs. Stores, Mant et lui-même, chacun d'entre eux suivant une route mystérieuse et cachée, conduisant à un but inconnu. Ce but, il le voyait maintenant : c'était la pauvreté pour lui et sa femme, et la lutte à soutenir pour s'assurer un toit, pour élever décemment le petit Robert. Car, quelles que pussent être les objections soulevées par Diana Palliser, il était absolument déterminé à lui abandonner la totalité de l'héritage de sir Rupert.

Plongé dans ces tristes pensées, il continuait de marcher à travers la pièce.

A plusieurs reprises, Diana avait tenté en vain de lui raconter sa lamentable histoire. Il ne pouvait croire à cette aventure avec Mant... C'était sûrement une erreur ou un mensonge... Même la photographie ne prouvait rien. Peut-être Mant avait-il poursuivi Diana de ses assiduités, quand elle n'était qu'une pauvre fille travaillant pour gagner sa vie, mais non, ce n'était pas possible...

« C'est sûrement un mensonge », se disait-il, en redressant la tête.

Que lui avait encore dit sir Ulick ?...

Cyprian regardait les massifs d'orchidées. Pauvre petite Di... Crystal Ormsby lui avait raconté que sa mère était en prison pour meurtre ! Comment Diana avait-elle préféré inventer un pareil conte, plutôt que d'avouer tranquillement qu'elle était la fille d'une honnête femme de ménage ? Cette idée l'obsédait... car c'était si peu conforme au caractère de Di d'agir ainsi... Pourtant, il ne pouvait douter de l'évidence, et quand Diana lui avait parlé de son ancienne maison de campagne, de sa vie passée, une fois de plus elle avait menti...

« Peut-être est-ce de ma faute », se dit-il, en se laissant tomber sur un siège. Dans le silence qui l'entourait, il n'entendait que le bruit monotone de l'eau qui tombait dans la fontaine, et le gazouillement des oiseaux dans leur volière.

Quand deux êtres s'aiment, et que l'un d'eux conserve un secret, la confiance en est diminuée. Il fallait que Diana se rendît compte maintenant, qu'elle ne pouvait douter ni de lui, ni de son amour.

Son esprit se reporta de nouveau à la nuit de tempête. Il se rappelait l'émotion qu'il avait ressentie, quand, en cherchant le sac de Diana Palliser, il s'était heurté à un corps étendu sur le parquet, et qu'il avait cru se trouver en présence d'un cadavre.

Une fois de plus, en songeant à elle, il était assailli d'un doute persistant. Elle était pauvrement habillée, et dormait d'un sommeil anormal et profond ; sous ses cheveux d'un blond pâle, que les rayons de la lune argentaient, son visage apparaissait livide. Jusqu'alors, il n'avait guère pensé à Pansy Stores : elle ressemblait certainement à Diana Palliser et à la jeune fille qui dormait dans la maison, de même qu'elle avait une ressemblance avec sa chère Di, à part qu'elle était blonde...

Di lui avait révélé qu'elle avait changé délibérément la couleur de ses cheveux et de son teint. C'était donc elle qu'il avait soulevée dans ses bras, la croyant morte, et il n'y avait plus pensé... C'était elle qu'il avait embrassée à Dial House, dans le champ tout parfumé par l'odeur du foin coupé... En y réfléchissant, ce n'était pas aussi impossible qu'il l'avait cru tout d'abord... Au fait, ne l'avait-il pas prise pour Diana Palliser, ce soir de juin, déjà lointain, à Dial House ?...

Il fallait se rendre à la dure réalité... Le doute n'était plus possible.

Le menton appuyé sur ses mains jointes, il songeait :

Peut-être, s'il n'avait pas aimé sa femme d'un si tendre amour, les révélations de sir Ulick auraient-elles suffi à détruire leur bonheur ?... Mais rien ne pouvait l'atteindre. Il n'y aurait plus, maintenant, entre eux, ni doute, ni crainte, ni secret d'aucune sorte... et déjà il envisageait l'avenir avec son optimisme habituel, une vie nouvelle s'ouvrait devant eux : avec leur jeunesse, leur courage, leur amour, ils gagneraient la victoire. L'argent comptait peu à côté de ces biens... Il se leva, et au même instant, la porte vitrée de la grande serre s'ouvrit doucement. Cyprian resta stupéfait, et transfiguré à la vue de la silhouette immobile qui se détachait au sommet des marches de marbre...

C'était sa « Dame de la Nuit »...

Non pas Diana Palliser, mais celle qu'il avait vue dans ses rêves... Elle portait le modeste manteau en fourrure grise, et le simple chapeau enserrant étroitement sa petite tête qu'elle avait lors de leur première rencontre ; entre le col relevé et le bord du feutre rouge, les yeux bleus de Di le regardaient... Au clair de lune, il n'avait pas été capable d'en discerner la couleur... maintenant, il la connaissait.

— Di, Di !... s'écria-t-il en courant vers la délicieuse vision.

Et Di, toute chancelante, s'abandonna en sanglotant dans les bras tendus vers elle.

— Oh ! Di... répéta-t-il, je ne sais que vous dire... Di, ma chérie retrouvée...

Et il l'étreignit avec une douce violence.

II

La nuit tombait, tandis que Cyprian et sir Ulick dînaient solitairement dans la petite salle à manger de Linden Lawn. Il y avait quelque chose de singulier dans les manières de Stenhurst, que le grand chef du Baccara Club, ne pouvait définir. Le jeune homme paraissait agité, et regardait parfois son hôte avec une expression bizarre. Cependant, rien ne semblait changé dans ses décisions : il était toujours fermement décidé à renoncer à sa fortune, et paraissait tout aussi anxieux que le matin, de voir arriver Diana Palliser, et de régler avec elle, cette affaire de succession, aussi anxieux que pouvait le désirer sir Ulick.

Soudain, celui-ci regarda la pendule :

— Peut-être miss Palliser est-elle rentrée ? dit-il, et ses narines frémissaient en prononçant ce nom.

— Au fait, nous sommes un peu parents, remarqua Cyprian sèchement.

— Vous ne savez toujours rien de Mrs. Stenhurst ?

— Rien, répondit froidement Cyprian, en regardant au loin, afin d'éviter les yeux perçants de son interlocuteur.

— Je crains que votre femme n'accepte pas votre ridicule projet, si généreux soit-il, reprit Lawson, après un instant de silence, et en contemplant son verre ; votre décision est folle, n'oubliez pas que vous avez un fils...

— Je n'oublie rien, ma mémoire est excellente...

— Vous passez par une terrible épreuve. Décidément, les femmes jouent un rôle fatal dans la vie des hommes.

— C'est vrai, je suis tombé amoureux de Diana Palliser la nuit de la tempête. Vous ne le saviez peut-être pas ?...

— Amoureux ?... répéta sir Ulick avec un rire railleur.

— Di l'a deviné, et cela l'a beaucoup chagrinée...

— Etes-vous inquiet de son absence ?

Cyprian s'agitait nerveusement sur sa chaise. Il mourait d'envie d'étrangler cet homme qui était son hôte, mais il devait se dominer, il était trop tôt pour intervenir...

— Si elle est partie avec Mrs. Stores, elle ne doit pas être en danger.

Un nouveau silence plana entre les deux hommes. Il fut interrompu, soudain, par le son lointain d'une porte que l'on ouvrait.

— C'est probablement miss Palliser, fit sir Ulick.

Cyprian se leva pour écouter.

Ce furent des pas masculins qu'ils entendirent dans le hall, et le valet de chambre annonça :

— Mr. Hilditch.

Sir Ulick lui jeta un regard furtif :

— Qu'était cet homme ?... Un ami ou un ennemi ?...

— Mon notaire, présenta froidement Cyprian, master Hilditch, sir Ulick Lawson. Je l'ai fait appeler pour rédiger l'acte de renonciation à mes biens.

Sir Ulick s'inclina froidement.

CHAPITRE XLII

LES RÉVÉLATIONS DE PANSY

I

Cyprian contemplait Diana avec ravissement, sans comprendre ce retour inattendu. Qu'était-il arrivé ?... Son premier amour était-il devenu sa femme ?... Ou bien sa femme était-elle devenue la jeune fille de son rêve évanoui ?... Elle lui souriait, les yeux mi-clos, et une griserie d'une douceur infinie, montait en lui.

Il l'attira vers le banc de marbre ombragé qu'entouraient les orchidées pourpres, au parfum enivrant. Désormais, les fleurs fatales ne seraient plus que des fleurs de joie.

— Racontez-moi tout, chérie, demanda-t-il, en l'embrassant.

Diana commença son récit. Elle répéta ce qu'elle lui avait dit le matin, relativement à sa visite à Hendon House, sa rencontre avec Pansy Stores, les émeraudes jetées sur le tapis, dans sa rage, contre sir Rupert, les paroles cruelles du vieux philanthrope, qui avait terni les plus chers souvenirs de son enfance...

Sans doute, la secousse qu'il avait éprouvée en apprenant que sa fille n'était pas morte, avait-elle réveillé en lui une douleur encore présente à la mémoire de cet homme, qui n'avait jamais pardonné à sa femme, son infidélité. De nouveau, il s'était trouvé en face d'un mensonge, et dans sa colère, il en avait rejeté la faute sur Diana, avec la plus injuste cruauté... elle avait alors défendu sa mère et la mémoire de sir Wilfred Palliser, en maudissant son véritable père.

— Cyprian, mon amour, comprenez-vous maintenant la raison de ma décision?... Je n'étais plus Diana Palliser, et je ne voulais pas être Diana Herdon ; Jenny ayant déclaré à Mrs. Stores que je m'appelais miss Gerrard, je me décidai à adopter ce nom ; j'étais assez folle alors pour croire que je pourrais dissimuler la vérité à tout le monde, même à vous... Le côté romanesque de la chose me plaisait, et je n'avais jamais pensé qu'un jour j'aurais des comptes à rendre...

— Quoi que vous ayez fait, ma chérie, vous étiez toujours vous-même.

— C'est vrai. Mais il y a encore autre chose : ma rencontre avec Pansy Stores...

Elle lui narra alors rapidement leur entrevue, tout d'abord à Hendon House, puis dans la maison vide, enfin, l'histoire de l' « emprunt » du manteau de fourrure. Tout cela était arrivé si naturellement, qu'elle avait persisté avec un faux orgueil dans son mensonge.

— Cependant, j'avais toujours eu le désir de tout vous avouer et souvent, même, vous vous rappelez, j'ai essayé de parler...

— Crystal Ormsby m'avait dit de ne jamais vous laisser raconter l'histoire qu'elle avait inventée sur vous...

— Crystal fait partie du complot organisé contre nous par sir Ulick, dit Diana en pâlissant. Nous aurons à lutter durement, Cyprian, mais maintenant qu'il n'y a plus l'ombre du mensonge entre nous, qu'importe?...

La jeune femme avait enlevé son manteau et l'avait déposé sur une chaise : son rôle dans le drame était terminé. Tendrement enlacés, ils montèrent l'escalier et pénétrèrent dans la chambre de Diana, dont Cyprian ferma soigneusement la porte.

— Di, demanda-t-il alors, où est Jenny Peters?...

— Je l'ai laissée dans la bibliothèque. Elle a aussi un récit à vous faire, et quel récit!... Comme preuve de culpabilité de ces deux misérables, on ne peut trouver mieux... Nous sommes sorties de chez Mrs. Stores par une porte dérobée, afin de ne pas être suivies. Par miracle, personne ne nous a vues partir.

Cyprian marchait dans la pièce, en réfléchissant.

— Leur plan était de vous garder à vue jusqu'à ce que mes soupçons fussent devenus des réalités... C'était un complot hardi! La jeune fille de « Casa Carissima » vous ressemblait suffisamment pour me faire tomber dans le piège. Quant à Lawson, renseigné probablement par Mant, il était au courant de tout ce qui vous touchait... et en a profité avec une habileté diabolique.... mais nous n'en avons pas fini avec lui, dit-il, il le paiera durement.

— Où est-il?...

— Il vient de retourner à Londres. Je vais vous raconter l'affreuse histoire qu'il avait inventée pour vous perdre... Si terrible qu'elle soit, il faut que vous l'entendiez...

Diana écoutait tranquillement les calomnies déloyales accumulées contre elle par le chef du Baccara Club. Soudain, elle se dirigea vers son bureau, dont elle tira un cadre en cuir.

— Ainsi que je le pensais, dit-elle en regardant Cyprian, qui surveillait attentivement les gestes de sa femme, ma photographie a disparu... Je l'avais gardée pour vous la montrer, le jour où je vous avouerais ma supercherie, puis dernièrement, me sentant menacée, je l'ai cachée, craignant qu'on ne me dérobe cette preuve de mon identité. S'ils avaient réussi à retenir Jenny prisonnière, je n'aurais personne sur la terre pour témoigner en ma faveur, puisque je suis brouillée avec ma mère, et que, d'ailleurs, elle vit maintenant dans l'Afrique du Sud. J'étais donc seule pour me défendre, et si sir Ulick avait réussi à nous séparer aujourd'hui, je crois qu'il gagnait la partie.

Il la prit dans ses bras et l'embrassa passionnément.

— Di chérie, dit-il, j'ai cru un instant, en effet, que vous étiez Pansy Stores, mais je vous jure, par tout ce que j'ai de plus sacré, que je ne vous en aimais pas moins... Asseyez-vous, j'ai encore quelque chose à vous dire...

Et il l'entraîna sur le divan et l'entoura de ses bras :

— Cette jeune fille, qui est une véritable marionnette entre les mains de Lawson, doit venir ici, pour me jouer la fin de son rôle... — les yeux de Cyprian brillaient comme de l'acier — et je vois là un moyen de vous venger. Laissons-la venir, ma bien-aimée, sir Ulick sera là également.

Diana frissonna.

— Il me fait une peur affreuse, Cyprian, murmura-t-elle.

— Courage, Di... Lawson dînera avec moi, comme c'est entendu. Je verrai Pansy Stores, puis je ferai venir votre notaire, Mr. Hilditch, et le mettrai au courant de la comédie que nous allons jouer. Mais il faut que Lawson ne se doute de rien... nous nous arrangerons, Hilditch et moi, pour le rouler, comme il essayait de le faire pour moi... Ne vous inquiétez pas, je vous ferai appeler au moment opportun. Grand Dieu ! s'écria-t-il en se levant, nous allons avoir une rude bataille à livrer... Croyez-vous que Jenny sera à la hauteur ?...

— Elle ferait n'importe quoi pour me sauver, répondit Diana en riant.

Mais brusquement, la tension de cette journée ayant été trop grande, elle éclata en sanglots...

II

Pansy Stores, assise dans son petit salon, les yeux fixés sur la pendule, agitait de sombres pensées.

Le but vers lequel toute l'énergie et toute l'habileté de sir Ulick s'étaient concentrées, allait être atteint, et Pansy en était glacé jusqu'au cœur. Elle devait raconter à Cyprian son histoire, inventée de toute pièce pour les besoins de la cause et dont les moindres détails avaient été si intelligemment prévus que Stenhurst ne pourrait faire autrement que de la croire. Sir Ulick détenait l'acte de naissance et la lettre écrite par sir Wilfred Palliser... La substitution était parfaite, et Pansy elle-même était un jouet entre les mains de Lawson. Elle n'avait donc rien à craindre, et cependant, elle avait peur.

Elle savait que sa mère, lui ayant donné sa parole, ne la trahirait pas. Quant à Diana et à miss Peters, elles étaient gardées à vue et dans l'impossibilité d'intervenir. Tout danger était donc écarté. Elle hériterait la formidable fortune de sir Rupert et pourrait épouser Bannister... Un avenir doré s'ouvrait devant elle, et cela aurait dû la rendre follement heureuse, mais elle ne pouvait dominer le terrible pressentiment qui l'angoissait.

Pour changer le cours de ses idées, elle se leva et se prépara un cocktail, espérant y puiser la force nécessaire pour soutenir son rôle jusqu'au bout. Sir Ulick lui avait assuré que l'épreuve ne serait plus de longue durée et qu'elle s'en tirerait sans le moindre ennui. Elle l'espéra, tout en détestant, dans le fond de son cœur, son mauvais génie. Il lui avait promis, en effet, les plaisirs de ce monde et ses biens matériels, mais Pansy comprenait maintenant que tout cela n'était que peu de chose... Elle aurait voulu pouvoir échapper à ce cauchemar... hélas ! elle était liée, sans espoir..

La mort de Mant, tout en l'impressionnant, avait été pour elle une délivrance ; si elle pouvait arriver à passer sans ennui le moment fatidique de la réalisation du plan diabolique, elle n'aurait plus rien à craindre. Peut-être son bonheur, édifié sur les sables mouvants du mensonge et du crime, n'en serait-il pas moins durable ?...

Sachant qu'elle ne pourrait pas échapper à sir Ulick, elle n'avait pas osé, tant que son plan ne serait pas réalisé, en parler à Rowley Bannister, et ses craintes ne lui laissaient pas un instant de repos.

Le temps passait avec une rapidité inquiétante, il était déjà tard, et Bannister devait venir souper chez elle ce soir pour fêter leurs fiançailles. Sir Ulick avait promis d'être des leurs et de dévoiler à Rowley que Pansy était officiellement la fille de sir Rupert.

La jeune fille traversa le vestibule, afin de jeter un dernier coup d'œil sur le couvert ; tout était déjà prêt pour le dîner : la table avait un air de fête, avec ses rubans et son miroir reflétant les fleurs et les cristaux. Soudain, une terreur s'empara d'elle, comme si la main d'un spectre la saisissait... elle se retira en tremblant. Elle savait bien que, même si le plan de sir Ulick réussissait, elle ne serait pas assurée de trouver le bonheur... Un serment la liait pour toujours à l'homme qui était le chef du Baccara Club... elle aurait beau mettre les mers entre eux, vivre au loin avec Rowley, tôt ou tard, Lawson la retrouverait pour s'en servir de nouveau, quand il en aurait besoin... Elle regardait la robe étincelante qu'elle portait : autrefois, quand elle était Pansy Stores, elle avait à peine une toilette convenable dans sa garde-robe, et maintenant, il lui était possible d'acheter tout ce qu'elle désirait...

Tout en contemplant la table élégamment dressée dans la salle à manger silencieuse, elle se demandait si ce luxe n'avait pas été trop chèrement payé... Elle avait vendu à sir Ulick certaines choses que l'argent ne peut procurer : l'honneur, la loyauté, la fierté qui ne rougit pas d'une origine modeste... Pour les vêtements soyeux qu'elle portait, pour le luxe qui l'entourait, elle avait vendu son âme...

Elle fit un effort pour retrouver son calme, et ferma doucement la porte. La pendule sonna ; il fallait se hâter, car sir Ulick la punirait sévèrement, si, par distraction, elle risquait d'entraver la réussite du complot si habilement combiné. Elle sortit dans le petit jardin, et regarda les étoiles. Avec une sorte de honte, elle pensait à Cyprian Stenhurst et à sa générosité, envers elle et sa mère... Son visage brûlait d'une rougeur ardente, en songeant à celle-ci et à la promesse qu'elle avait exigée d'elle.

Mais il était trop tard, beaucoup trop tard pour revenir en arrière ; elle ouvrit la barrière qui séparait le jardin de la grande route et s'avança dans la direction de Linden Lawn, en essayant de ne plus penser... Mais son cœur était sur le point d'éclater, en gravissant les marches du perron.

CHAPITRE XLIII

PANSY ABAT SES CARTES

I

— Vous devez comprendre, master Stenhurst, qu'en renonçant à votre héritage, vous vous ruinez entièrement, remarqua Mr. Hilditch.

— Quand je vous ai téléphoné, je ne vous ai pas caché mes intentions, répondit Cyprian au notaire.

— Pardon, mais je tiens à vous prévenir, qu'en faisant donation de votre fortune, vous n'aurez plus aucun recours dans le cas où l'on découvrirait qu'il y a eu erreur sur l'identité de miss Palliser...

Mr. Hilditch eut une petite toux sèche. Derrière sa froideur professionnelle, il s'amusait follement, et se tournant vers sir Ulick pour l'interroger :

— Que dites-vous de cette folie, sir Ulick ?

— J'ai déjà exprimé à Cyprian ma manière de voir.

— Je suis au courant de beaucoup de choses, reprit le vieux notaire, mais je suis très désireux d'avoir une entrevue avec miss Palliser, ne va-t-elle pas venir ?...

— D'un moment à l'autre, dit Cyprian en offrant du vin à sir Ulick. Nous pourrons rédiger l'acte de donation, et je serai enfin libéré de ce souci.

— A votre place, je ne serais pas si pressé, remarqua en riant le notaire. On voit bien que vous êtes jeune !

Les nerfs de Cyprian étaient à bout, il tressaillait au moindre bruit, espérant toujours voir apparaître miss Palliser. Tandis que dans la chambre voisine, Di et miss Peters attendaient qu'on les fît appeler, il regardait furtivement sir Ulick et s'étonnait de son audace. Hilditch, prévenu par le jeune homme de ne pas lui poser de questions gênantes, était entré très adroitement dans le jeu ; le temps passait, et la tension de chacun devenait presque insupportable. Lawson, lui-même, ne pouvait pas arriver à dissimuler une certaine nervosité.

— J'entends sonner, s'écria Cyprian, en interrompant la conversation d'Hilditch et de sir Ulick. La voilà enfin !

La porte s'ouvrit, et Pansy Stores apparut. Même maintenant qu'il savait la vérité, et où il fallait la démasquer, Cyprian ne put se défendre d'admirer la jeune fille. Elle jouait son rôle sans défaillance et s'efforçait de dissimuler son émoi...

— Me voici, dit-elle. Quelle est cette ridicule histoire dont sir Ulick m'a parlé, Cyprian ?... (Elle s'assit sur la chaise qu'on lui avançait.) Je vous l'ai déjà dit, je refuse catégoriquement une donation à laquelle je n'ai aucun droit.

Mr. Hildjtch contemplait la jeune fille avec admiration.

« Quelle merveilleuse comédienne, pensait-il, et comme elle ressemble à la véritable Diana ! »

— Nous sommes ici pour affaires, répondit Cyprian gentiment, et je crains de ne pouvoir vous donner satisfaction. Sir Ulick m'a remis votre acte de naissance, que vous aviez apporté à sir Rupert le soir de sa mort, ainsi que d'autres lettres vous concernant. Il faut maintenant — il la fixait — nous dire tout ce que vous savez.

Elle détourna les yeux un instant, tandis que sir Ulick poussait vers elle un verre d'eau, dont elle but une gorgée.

D'une voix parfaitement assurée, elle répondit aux questions du notaire ; la présence de cet inconnu l'avait un peu surprise, car il ne devait y avoir que sir Ulick et Cyprian dans cette réunion, mais elle relata, sans se troubler, les faits qu'on lui demandait.

« Après tout, ce n'est pas si difficile », se disait-elle...

— Ce que vous me racontez est fort intéressant, remarqua gravement Mr. Hilditch, votre récit est clair et net ; vous le connaissiez déjà, n'est-ce pas ?... demanda-t-il en se tournant vers sir Ulick.

— Oui, répondit tranquillement celui-ci, et bien que cela ne me regarde pas, je conseille à miss Palliser d'accepter l'offre de Cyprian, mais avec des modifications.

— Je n'accepterai aucun compromis, fit le jeune homme, dont la voix résonna aux oreilles du notaire comme un avertissement.

— Vous vous rendez compte, je pense, que Mr. Stenhurst est décidé à vous abandonner l'énorme héritage de sir Rupert jusqu'à la ruine ?... (Il guettait Pansy à travers ses lunettes d'écaille.) Vous êtes bien Diana Hendon ?...

— En doutez-vous ?... demanda-t-elle dans une attitude combative.

— Je n'ai pas dit cela, miss Hendon, asseyez-vous. Il y a encore une difficulté à aplanir, étant donné que vous ne voulez pas accepter la donation de Mr. Stenhurst, et que celui-ci, de son côté, ne veut pas céder. Mais, avant de continuer, je veux encore vous poser une ou deux questions sans importance. D'après ce que j'ai compris, vous avez rencontré Mr. Stenhurst, pour la première fois, dans une maison en construction de Hampstead ?...

— Oui, fit Pansy en inclinant la tête.

Elle commençait à devenir nerveuse. Cet interrogatoire ne faisait plus partie du programme tracé par sir Ulick.

— Cette question est-elle bien nécessaire ? dit celui-ci en s'interposant.

— Tout à fait nécessaire, à mon avis, répondit Mr. Hilditch, qui ne quittait pas la jeune fille des yeux. Ne portiez-vous pas, ce jour-là, un manteau de fourrure ?...

— Oui répondit Pansy, en baissant la tête.

Les questions du notaire lui devenaient insupportables. Où voulait-il en arriver ?...

— Ce manteau a été retrouvé, rue Redmay, dans le vestibule d'une certaine miss Peters... (Il jeta un regard autour de lui.) Quel dommage qu'elle ne soit pas là ! Et Mrs. Stores, sa femme de ménage, l'a reconnu.

Pansy leva les yeux sur sir Ulick ; il restait impassible, et cependant, la jeune fille eut l'impression que le notaire venait de toucher à un point sensible...

— C'était votre manteau... ajouta-t-il lentement.

— Comment pourrais-je le savoir, puisque je n'étais pas là ? répondit sèchement Pansy.

— Je dis que c'est votre manteau, et vous

allez bientôt comprendre l'importance que cela présente. Mister Stenhurst voulez-vous sonner, je vous prie...

Cyprian fit ce que lui demandait le vieux notaire, tandis que sir Ulick regardait sa montre.

— Nous perdons notre temps en niaiseries, il me semble, remarqua-t-il, et nous en oublions le but de notre réunion.

— Pas autant que vous le pensez, sir Ulick, vous allez voir... répliqua, d'un ton doucereux, Mr. Hilditch.

II

Pansy fixait la porte, comme fascinée... Elle s'ouvrit lentement et Mrs. Stores entra, la tête basse.

Mr. Hilditch l'accueillit d'un :

— Ah ! vous voilà, mistress Stores, comme c'est aimable à vous d'avoir si promptement répondu à notre appel. Nous voudrions avoir un renseignement que vous seule pouvez nous donner. Cette jeune personne affirme qu'au moment où elle a rencontré Mrs. Stenhurst, elle portait un manteau de fourrure que vous avez reconnu, quelques heures plus tard, comme étant la propriété de votre fille...

— C'est vrai, fit Mrs. Stores, en fixant obstinément le parquet.

— Vous avez pris ce manteau chez miss Peters et vous l'avez gardé depuis lors ?...

Sir Ulick eut un geste de contrariété.

— Quel rapport cela a-t-il avec l'objet de notre réunion, demanda-t-il, en repoussant sa chaise.

— Asseyez-vous, Lawson, dit Cyprian d'une voix subitement changée, tandis que leurs yeux se rencontraient durement. Allons, mistress Stores, répondez.

— Je l'ai pris, en effet, concéda-t-elle, mais je l'ai rendu à sa véritable propriétaire.

— Avez-vous jamais rencontré cette personne auparavant ? questionna le notaire, sur un ton joyeux. Voyons, mistress Stores, dites la vérité.

La vieille femme leva la tête et regarda Pansy, mais celle-ci, dans un geste de défi, évita les yeux de sa mère.

— Jamais, répondit enfin Mrs. Stores.

Un sourire glacial passa sur les lèvres de sir Ulick.

— Je devine votre ligne de conduite, dit-il avec mépris, en haussant les épaules. Cyprian, je ne m'attendais pas à cela de votre part.

Pansy se leva et s'immobilisa ; les deux mains appuyées au dossier de sa chaise, elle fixait la porte ouverte derrière sir Ulick. Hilditch était assis devant la table ; Cyprian se tenait debout à côté de Mrs. Stores.

Dans l'embrasure de la porte, Pansy aperçut une femme et un homme : Mrs. Stenhurst et Rowley Bannister...

A cette vue, une vive rougeur empourpra son visage ; Lawson l'avait trompée... Il lui avait formellement promis qu'elle ne reverrait jamais Diana Stenhurst et que Rowley ignorerait tout...

Il avait donc vendu la mèche... Il verrait ce qu'il lui en coûterait, et, serrant les dents, elle s'écria :

— Tout cela est un mensonge... un mensonge...

A ces mots, avec un élan passionné d'amour maternel, Mrs. Stores se précipita vers sa fille en lui tendant les bras :

— Pansy, ma Pansy, disait-elle en sanglotant, je savais bien que vous ne m'abandonneriez pas...

III

A peine Mrs. Stores venait-elle de prononcer ces mots, que la scène changea brusquement. On entendit le déclic d'un commutateur... Dans l'obscurité, Cyprian se sentit saisi à la gorge par une poigne de fer ; il engagea une lutte désespérée contre son agresseur, mais sir Ulick, d'une force peu commune, le traînait déjà dans le hall, tandis que Bannister, qui les avait suivis, essayait en vain d'allumer l'électricité.

— On a coupé le courant, hurla-t-il ; tenez-le. Shipps, je vais téléphoner au poste de police.

— Me croyez-vous assez bête pour n'avoir

pas pris toutes mes précautions ?... (Cyprian entendait la voix railleuse de sir Ulick à son oreille, tandis qu'il luttait contre la main qui l'enserrait.) Pauvre fou !... Votre valet de chambre est à mes ordres, et vous n'aurez raison ni de lui, ni de moi.

— Cyprian ! Cyprian ! criait Diana.

Il sentit l'étreinte se relâcher et parvint à se dégager. Etourdi et chancelant, il s'appuya au mur pour reprendre haleine.

— Ce n'est rien, ma chérie, fit-il d'une voix éteinte, allez tourner le commutateur de commande, nous ne pouvons rien faire dans cette obscurité. Lawson m'a blessé au cou, — un filet de sang coulait sur son épaule, — mais tranquillisez-vous, Di, ce n'est pas grave. Surtout, ne le laissez pas échapper, il est encore sûrement dans la maison.

La voix de Rowley se fit entendre dans la bibliothèque.

— Les fils sont coupés, il n'y a rien à faire, Shipps.

— N'est-il pas possible d'avoir une bougie ? demanda Mrs. Stores. Ah ! c'est vous, miss Peters... non... rassurez-vous, personne n'est mort... nous sommes tous dans le hall. Pansy, où vous cachez-vous ?...

Aussi rapidement qu'elle s'était éteinte, la lumière revint, et un domestique épouvanté surgit du palier du premier. Les traits décomposés, le visage livide, les acteurs du drame rapide qui venait de se passer se regardaient, lorsque le bruit d'une auto descendant l'avenue à toute allure attira leur attention. La porte d'entrée se fermait violemment.

— Grand Dieu ! s'écria Cyprian, en se précipitant sur le perron...

Mais en arrivant à la porte, il ne vit plus que l'allée sablée et le gazon velouté qu'éclairait la lune.

— Lawson s'est échappé...

III

Une heure plus tard, Cyprian, sa femme et ses amis se trouvaient réunis dans la bibliothèque : Pansy, assise sur le divan à côté de Bannister, pleurait silencieusement ; un peu plus loin, Mrs. Stores les contemplait d'un air attendri ; miss Peters, étendue dans un fauteuil auprès de Diana, jouissait de sa paix enfin retrouvée ; Cyprian, installé aux pieds de sa femme, avait posé sa tête sur ses genoux... son faux col arraché était remplacé par une bande enroulée sur la blessure, heureusement sans gravité.

Diana interpella Pansy gentiment :

— Racontez-nous ce qui s'est passé.

— Allez, ma chérie, du courage, fit Bannister, en lui prenant la main et en déposant un baiser furtif sur la nuque de sa fiancée.

Tout en s'essuyant les yeux, Pansy commença son difficile récit. Elle avait entendu la scène entre sir Rupert et Diana, et, après le départ de celle-ci, elle s'était cachée sur le palier, puis s'était faufilée dans la galerie, où elle avait trouvé les émeraudes répandues sur le parquet. Elle avait alors ramassé la plus grosse, qui s'était détachée de sa chaîne, et l'avait glissée dans la doublure de son manteau. Persuadée que sir Rupert était mort et épouvantée par le vol qu'elle venait de commettre, elle avait appuyé sur le bouton de sonnette qu'elle savait communiquer avec Mant, puis elle s'était enfuie, sans bruit, dans la nuit.

Une fois dehors, Pansy s'était rendue, ainsi qu'elle l'avait déclaré, dans la maison vide. Après avoir pris une assez forte dose de laudanum, elle était tombée dans un sommeil profond.

Quand Cyprian la réveilla de cette sorte de catalepsie, elle fut terrifiée. Elle croyait voir Mant...

Dans sa conscience troublée, elle s'imagina que son vol était découvert et que la police était déjà sur ses traces, aussi fit-elle semblant de ne pouvoir se réveiller et, dès que Cyprian eut quitté la maison, encore à demi endormie et toute chancelante, elle avait repris le chemin de Londres.

Pas un instant, tandis qu'elle narrait sa triste histoire, elle n'avait osé lever les yeux sur Bannister.

— En tout cas, le manteau de fourrure est sauf, dit Mrs. Stores, je l'ai vu avant d'entrer dans la salle à manger...

— Je vais le chercher, dit Bannister en se levant. Ne pleurez plus, Pansy, sinon il ne vous restera plus de larmes le jour où je ne vous aimerai plus, comme dit la chanson.

— Comment pourrez-vous jamais me pardonner, implora-t-elle en regardant ses nouveaux amis, je me suis conduite d'une façon indigne...

Diana se leva et, entourant la jeune fille de ses bras, l'embrassa.

— Je vous affirme que tout est oublié et que nous vous pardonnons de grand cœur, dit-elle gentiment.

— Ainsi va la destinée... remarqua Mrs. Stores, en essuyant une larme.

— Le manteau gris a disparu... annonça Bannister, en rentrant dans la pièce.

Le même soir, sir Ulick s'embarquait pour l'Espagne sur son yacht *L'Enchanteresse*.

Un modeste manteau de fourrure avait été abandonné par lui, sur la route, durant son trajet en auto, de Londres à Douvres...

Mais dans la poche de son gilet se trouvait soigneusement cachée l'émeraude fameuse des Lifton...

FIN

Imp. [illegible], 19, rue François-Guilbert, Paris, XVe, France. — [illegible]/193[illegible].

CINÉMA-BIBLIOTHÈQUE

Collection d'ouvrages illustrés par les PHOTOGRAPHIES DES FILMS

*Extrait des ouvrages en vente : (Les ouvrages précédés d'un * peuvent être mis entre toutes les mains.)*

1re série

format in-8 raisin Couverture en couleurs.

4 fr. Par poste — 4.45 —

SIMONE ALBINET
367 La Vénus des Mines d'Or.

ANNE-ARMANDY
232 Rose d'Ombre.
345 Quand on a tué.

PIERRE ARVERS
297 Mon cœur est un Jazz-band
301 Roses blanches de Gilmore.

J. BERNARD-DEROSNE
311 Le Gardien de la Loi.
324 La Taverne de l'Angoisse.
328 L'Inconnu.

ARTHUR BERNÈDE
349 L'Homme au masque de Fer.

GASTON BIARD
363 Le Bonheur Défendu.

G. BIARD ET J. D'ANSEN
306 La Revanche du Maudit.

BOISYVON
308 Nuits Ardentes du Coq Rouge.
337 Le Cœur Isolé.

ALBERT BONNEAU
20? * Sans Ami.
220 * Le Petit Détective.
355 * Les Pirates.

MAURICE CAMMAGE
314 Haut les Mains ! Je veux ton cœur !

ANTONY CARLYLE
329 Les Nuits de Londres.

JACQUES CHAILLOT
304 Ce n'est que votre main Madame ..

JEAN CHARMAT
276 Tu M'appartiens !

CHARLES CLUNY
250 Sur les Pistes du Sud.
253 Au Service de la Loi.
259 Sérénade.
275 Le Don Juan du Cirque.
278 Secret de la Téléphoniste.
290 Le Briseur de Chaînes

LUCIE DERAIN
274 Ris donc, Paillasse !
369 Sa Vie m'appartient.

ROGER DESSORT
263 Amours d'Actrice.
318 Fièvres.

ANDRÉ DUBEUX
351 Le Fantôme du Bonheur.

GERMAINE DULAC
320 Bêtes Humaines.

JACQUES FAURE
225 L'Ange de la Rue.
234 Le Clan des Vautours.
244 La Femme au Léopard.
261 Griffes Blondes.
269 Palais de Danse.
277 Quand le Mal triomphe.
307 Adam et Eve, ou l'Éternel Péché.
365 Réveillon Tragique.

JACQUES DE FÉRAUDY
226 Le Sous-Marin de Cristal.
283 La Grande Aventurière.

J. FORJEAC et P. BUISSON
222 Club 73.
282 L'Auberge de Satan.

GERMAIN FRIED
255 Le Looping de la Mort.
292 Mascarade d'Amour

G. FRIED & E. FORNAIRON
332 Anny de Montparnasse.

GEORGE FRONVAL
291 Séduction (Erotikon)
323. L'Épave Vivante.

RENÉ GÉRALDE
211 Le Retour
357 Jours d'Angoisse.

CAMILLE GEX
233 Orient-Express
271 L'Épreuve de la Haine

JACQUES GRANDLY
303 Flammes.

C.-A. GRAZA
298 La Belle Ténébreuse.
320 Les Nuits du Désert

CLAUDE HENRIO
240 Cocaïne.
258 La Peur de Mourir.
284 Supplice de Femme.
321 Les Tartares.

PAUL D'IVOI
257 Jalma la Double.

F.-J. JANIN
353 Jean l'Écorcheur

RENÉ JEANNE
280 Paris-Girls.

A. DE LADERNADE
315 L'Appel de Chair.

G. LE FAURE
227 Le Crime du Soleil.
256 Un Cri dans le Métro.
264 Un Drame au Studio.
287 La Blonde de Singapour.
300 Roi de Carnaval.
305 Cœur Embrasé.
313 La Mort du Corsaire.
325 Le Légionnaire 67-82.
330 La Cité Tentatrice.

NICOLAS MAILLARD
231 La Colombe.

PIERRE MARIEL
200 Le Diamant du Tzar.
223 Vienne qui Danse
289 L'Éternelle Idole.

JEAN MARIN
359 Un Crime dans le Montmartre Américain.

JULES MARY
5 à 7 La Pocharde.
35 à 38 La Fille Sauvage.
43 à 46 Roger-la-Honte.
57-58 La Maison du Mystère.

VICTOR MAYER
209 Les Coupables
230 Monsieur Albert.
238 Les Serfs.
310 Les Damnés de l'Océan.

M. MAZEDIER
293 Trois femmes amoureuses

FRANÇOIS MAZELINE
295 Les Fers aux poignets.
312 L'Amante légitime.
331 Cour Martiale

J.-K. RAYMOND MILLET
184 Rue de la Paix.

G. MONTVIGNIER
299 Le Fardeau

GEM MORIAUD
181 Le Baiser qui tue

C.-A. MORSKOI
237 Crise.
252 Les aventures d'Anny.

IVAN NOÉ
339 Le Requin.

Georges OHNET
204 L'Ame de Pierre.
341 Dette de Haine.

GRÉGOIRE OLIVIER
301 Sous les Toits de Paris.

ANNE OSMONT
215 Le Passager.
285 Les Masques de Satan.
329 Le Bateau des Rêves.

J. PETITHUGUENIN
245 Le plus beau Sacrifice.
251 Papillon d'Or
272 Théâtre.
316 Ivresse
347 Les Damnés du Cœur

PETITHUGUENIN et ROUDÈS
197 * Cousins de France.

RAOUL PLOQUIN
205 Le Chauffeur de Mademoiselle.
249 Looping the loop
268 Le Grain de beauté.
279 Vive la Vie !
291 Le Mensonge de Nina Pétrovna.
327 La Fuite devant l'Amour.

JACQUES PRÉJEAN
30? C'est la Vie

J. CH. REYNAUD
133 * Le Miracle de Lourdes
177 La Petite des Variétés.

J. Ch. REYNAUD et A. ROMANE
160 Paris, Cabourg, Le Caire et l'Amour.
185 La Divorcée.
189 Le Voilier triomphant.
216 La Maîtresse de Satan.
270 L'Étudiant Pauvre.

GASTON-CH. RICHARD
242 Ouragan.

E. DE RICHE
243 Le Bourreau.

ANDRÉ ROMANE
296 Béguin fou.

FRANCIS-F. ROUANET
224 La Proie du Seigneur.
241 La Rose des Pays d'Or.
267 Un Amant sous la Terreur.
317 L'Homme le plus laid du Monde

GABRIEL SORGAN
260 La Dernière Grimace.

CLAUDE VALMONT
265 La Femme du Voisin.

CHARLES VAYRE
214 La Puissance des Faibles.
239 L'Article X ou la traite des Blanches.
266 Lady Raffles.
273 Le permis d'Aimer.
286 Au Temps des Cerises.
309 L'Étreinte Justicière.
334 Cousin... Cousine...

PERCY WEDER
333 Les Quatres Diables.

RENÉ WILD
288 Chaînes (sexes enchaînés).
343 L'Instinct Héréditaire.

MARCEL WILLAUME
217 L'École du Mariage.
248 Chicago.
262 Gai ! Gai ! Divorçons.

MICHEL ZÉVACO
12 à 15 Le Pont des Soupirs.
79 à 81 Triboulet.
86 à 89 Buridan, le héros de la Tour de Nesle.

1re série

format in-8 raisin Couverture en couleurs.

2.50 Par poste — 2.75 —

GASTON BIARD
336 L'Amour en cage

MAURICE CAMMAGE
348 Tango d'Amour.

M. DAREAUSY
358 Les Fautes d'un Père.

ALBERT DIEUDONNÉ
370 La Douceur d'Aimer

J. DORAN
360 Maudit

JACQUES FAURE
335 Les Bas-Fonds de New York
350 Amours de Gosses.

ERNEST FORNAIRON
354 Une femme qui tombe.

CAMILLE GEX
340 Le Bourreau des Cœurs.

CLAUDE HENRIO
.4. Mortelle Somnolure

CÉCIL JORGEFÉLICE
350 L'Appel du Large.
366 Don Juan malgré lui.

JEAN DE LOZÈRE
344 Pirate Malgré Lui

F. MAZELINE
368 L'Adorable Bandit.

ANNE OSMONT
352 L'Amazone des Mers.

J.-CH. REYNAUD
338 La Grève des Femmes

F.-F. ROUANET
340 La Femme que l'on désire

J. TRANCHANT et A. VERSE
364 Crime Passionnel.

CHARLES VAYRE
36? Dompteur de Femmes.

2e série

format in-4°, Couverture en couleurs

4 fr. Par poste — 4.45 —

JEAN ARROY
48 De Profundis.

J. ARROY & J.-CH. REYNAUD
Attention ! On tourne ! (H. S.)

PIERRE ARVERS
64 Volga ! Volga !
66 Waterloo.

H. DE BALZAC
55-56 La Cousine Bette.

RÉGINALD BERKELEY
42 Dawn, Edith-Cavell.

TRISTAN BERNARD
92 Le Danseur Inconnu

J. BERNARD-DEROSNES
68 Volga en feu !

GASTON BIARD
77 Les Cosaques.
90 L'Âme Noire (Hallelujah).

BOYSIVON
50 Don Quichotte.
87 La Nuit est à Nous.
95 * Évangéline.

ROBERT CHAUVELOT
82 La Mélodie du Monde.

LOUIS DELAPRÉE
63 Le Village du Péché.

LUCIE DELARUE-MARDRUS
47 L'Ex Voto, Diable au Cœur

JACQUES FAURE
84 Broadway Melody

ABEL GANCE & J. ARROY
91 La Roue.

THÉOPHILE GAUTIER
57-58 Le Capitaine Fracasse.

RENÉ GÉRALDE
75 Le Chevalier d'Eon

JOSÉ GERMAIN
50 Maman.

ARLINE DE HAAS
81 Le Chanteur de Jazz

RIDER HAGGARD
51 L'Esclave Reine

Abel HERMANT
34 Les Transatlantiques.

RENÉ JEANNE
41 Duel.
45 Le Prince Jean.
59 Shéhérazade
65 Figaro.
78 La Tentation.

HENRY KISTEMAECKERS
85 L'Instinct.

E. LABICHE et M. MICHEL
29 Un chapeau de paille d'Italie.

A. DE LAMARTINE
32-33 Jocelyn.

P. LOUYS et P. FRONDAIE
67 La Femme et le Pantin.

JEAN MARIN
71 La Chanson de Paris

FRANÇOIS MAZELINE
60 Le Drame du Mont-Cervin.
72 En 1812. (Sur la Route de Moscou.)

GEM MORIAUD
7 * La Rose effeuillée ou un Miracle de Sainte-Thérèse.
21 * Cœurs Héroïques.
46 Espionne, ou la guerre sans armes.
62 * Chacun porte sa croix.
88 * Bernadette ou la Petite Miraculée.

J. PETITHUGUENIN
74 * La Merveilleuse Vie de Jeanne d'Arc.
76 Marie Stuart.
79 Samba.
83 Les Hommes de la Forêt.

MARCEL PRIOLLET
54 La Petite Sœur des Pauvres.

GASTON RAVEL
73 Le Collier de la Reine.

THÉRÈSE ALIGNIER
93 * La Servante au Grand Cœur.

J.-CH. REYNAUD
49 La Valse de l'Adieu.
86 * La Divine Croisière.
89 * La Vie Miraculeuse de Thérèse Martin.

J.-Ch. Reynaud et A. Romane
11 * L'Agonie de Jérusalem.
14 * Calvaire.
80 Tempête sur l'Asie.

ANDRÉ ROMANE
40 Âme errante.
69 Anna Karénine.

SABINE SINCLAIR
94 * Maternité.

GÉNÉRAL LEW WALLACE
61 * Ben Hur.

ÉMILE ZOLA
39 Thérèse Raquin.
52-53 L'Argent.

CINÉ-OR

format in-4°. Couverture en couleurs et or. Plus de 100 photos en héliogravure.

5. » Par poste — 5.45 —

* LE ROI DES ROIS.
MADAME RÉCAMIER.
NAPOLÉON, vu par Abel Gance.
* VERDUN, VISIONS D'HISTOIRE

IMP. CRÉMIEU, R. DES SUISSES, PARIS (FRANCE)

www.ingramcontent.com/pod-product-compliance
Lightning Source LLC
LaVergne TN
LVHW020325230826
846091LV00003B/775